Michelle C. Paige

Where have the Stars gone

Michelle C. Paige, geboren 1990, hat schon als Kind in jedes Freundebuch als Traumberuf »Schriftstellerin« geschrieben, denn ihre Leidenschaft ist und war schon immer nur eins: Geschichten schreiben. Wenn man sie nicht in einem ihrer vielen Tagträume findet, dann vermutlich irgendwo in Island, wo sie seit 2016 jedes Jahr hingereist ist und ihr Herz verloren hat. Seit Sommer 2022 darf sie die nordische Insel ihre neue Heimat nennen und geht dort zur Filmschule, um Geschichten nicht mehr nur auf dem Papier zu erzählen.

Michelle C. Paige

Where have the Stars gone

Roman

PIPER

Mehr über unsere Autorinnen, Autoren und Bücher:
www.piper.de

Wenn Ihnen dieser Roman gefallen hat, schreiben Sie uns unter Nennung des Titels »Where have the Stars gone« an empfehlungen@piper.de, und wir empfehlen Ihnen gerne vergleichbare Bücher.

Wir produzieren nachhaltig
www.piper.de

ISBN 978-3-492-50673-1

Sprachredaktion: Uwe Raum-Deinzer
Satz auf Grundlage eines CSS-Layouts
von digital publishing competence (München)
mit abavo vlow (Buchloe)
Covergestaltung: Emily Bähr, www.emilybaehr.de
Covermotiv: Shutterstock (Aun Photographer, rawpixel.com, Anna_Kim, Ivan Kovbaskniuk, Bokeh Blur Background); Freepik
Printed in Germany

Für alle, die nach den Sternen greifen wollen, und nicht genau wissen, wo sie anfangen sollen.

Og fyrir alla Laugavegsverði og sjálfboðaliða SAR.

Playlist

Brother – Kodaline
Forever Yours – Grayscale
THE LONELIEST – Måneskin
My Addiction – Adam French
Oblivion – Palaye Royale
F Major – Hania Rani
The Lament of Eustace – The Oh Hellos North
– Sleeping At Last
Eden – Hania Rani
Runaway – AURORA
Overture – Sleeping At Last
If I'm There – Bad Omens
Preludium es-dur – Hania Rani
play this when I'm gone – Machine Gun Kelly
Alone – I prevail
How a Storm Break – Astyria
Afterlife – Haile Steinfeld
Daydreamer – AURORA
Chasing Stars – Fleurie

Prolog

Glücklich soll ich mich schätzen.

Meine Beine geben nicht nach, auch wenn ich mir sicher bin, dass sie das längst tun müssten. Das Handy presse ich weiter fest an mein Ohr, auch wenn der Teamleiter bereits aufgehört hat zu sprechen und jetzt nur noch schwer atmet. Der Schock, es ist der Schock, deshalb bringt er nicht mehr über die Lippen.

Glücklich soll ich mich schätzen.

Weil wir uns doch unser Leben lang hatten, weil ich so einen wunderbaren Menschen immer an meiner Seite hatte. Nicht jeder hat so wertvolle Freundschaften, sagen sie mir. Ich soll mich nur an die guten Zeiten erinnern, soll nicht daran denken, wie er sich in den letzten Momenten seines Lebens gefühlt hat, auch wenn ich nichts mehr verstehen möchte als ebendiese Momente. Aber es würde nichts bringen, darüber nachzudenken, denn was für mich zählt, ist sein Leben, nicht sein Tod.

Glücklich soll ich mich schätzen.

Ich setze mich ins nasse Gras, schlinge die Arme um meine Beine. Meine Hände sind kalt, mein ganzer Körper ist kalt, weil der eisige Regen nicht aufhören will und die Tropfen immer größer werden. Alle anderen sind vernünftigerweise schon vor einer Weile gegangen, haben halbherzig versucht, auch mich zum Gehen zu bewegen.

Aber wie könnte ich?

Ich starre seinen Grabstein an, der viel zu karg ist. Ganz klassisch, keinerlei Verzierungen, obwohl er sich die sicher gewünscht hätte. Kein witziger Spruch, der ein Muss gewesen wäre, weil er das Leben nie so verdammt ernst genommen hat, wie es ihm dieses klägliche Stück Granit unterstellt:

Ingvi Ragnarsson
Gelebt und gestorben als Retter in der Not. Search & Rescue Team für immer.
Geliebter Sohn, Bruder und Freund.

Um nicht aufzuschreien vor Wut, beiße ich mir auf die Zunge. Verdammt, er war doch noch so viel mehr! Ein unverbesserlicher Witzbold, ein fabelhafter Sänger und außerdem der warmherzigste Mensch, den ich je gekannt habe. Mein bester Freund auf der Welt, nein, im ganzen Universum. Und mein Partner in Crime, mit dem ich mein restliches Leben verbringen wollte. Scheiß auf romantische Beziehungen. Was wir hatten, war so viel wertvoller.

Glücklich soll ich mich schätzen.

Die ganze Insel betrauert seinen Tod. Jeder Isländer weiß, dass Ingvi sein Leben gegeben hat, um das Leben eines jungen Mädchens zu retten, auf das die Eltern nicht richtig aufgepasst hatten. Tagelang hatte jeder seinen Namen im Mund. Als Held sei er gestorben. Als verdammter Held, der in die verdammte Geschichte eingehen wird.

Wieso zur Hölle soll ich mich glücklich schätzen? Was bringt ihm das, ein Held gewesen zu sein, wenn er jetzt tot ist? Und was bringt es mir, dass ich es nicht habe mitansehen müssen? Jede Minute davon hätte ich mit ihm verbringen wollen, seine letzten Atemzüge hätte ich mit ihm teilen wollen. Seine Hand hätte ich dabei halten sollen, wie er meine immer gehalten hat, wenn ich Angst hatte, wenn ich nicht wusste, wie es weitergehen soll.

Und jetzt ist er weg. Einfach nur weg. Aber ich bin noch da. Ganz allein, ohne meinen Nordstern, der mir die Richtung weist.

»Ganz toll gemacht, du bescheuerter Vollidiot«, flüstere ich.

Kapitel 1

»Du?« Margrét lacht auf. »Du sträubst dich doch davor, auch nur eine einzige Nacht in einem Zelt zu schlafen. Und jetzt willst du den ganzen Sommer in die Berge? Dir ist schon klar, dass Weglaufen dich nicht weiterbringen wird, oder?« Sie steht auf, reißt ihre Augen besonders groß auf. »Es gibt dort nicht mal Strom.«

Na klar, wird mich Weglaufen weiterbringen, was weiß Margrét schon? Ich bin nicht so wie sie. Jeder Tag, den ich in dieser Wohnung verbringe, erstickt mich langsam und qualvoll. Das werde ich ihr aber kaum ins Gesicht sagen.

Stattdessen weiche ich ihr aus, während ich verzweifelt versuche, meinen Schlafsack in den viel zu kleinen Packsack zu quetschen. »Das ist nicht up to date«, entgegne ich. »Die Hütten haben mittlerweile Solarzellen. Sogar W-LAN. Das ist nicht wie im Zelt zu schlafen. Außerdem sind Hildur und Einar auch noch da. Die haben gesagt, es macht total viel Spaß, den Sommer in den Bergen zu verbringen.« Genervt lehne ich mich an den Schlafsack und zerre an dem Band, um den Packsack zu verschließen.

»Saga ...« Ein Wort. Mit ihrer Stimme kann sie so viel mehr als nur meinen Namen ausdrücken. Sie spricht ihn so vorsichtig aus, als wäre ich zerbrechlich, dabei bin ich verdammt noch mal das Gegenteil von zerbrechlich. Alles ist bereits kaputt. Ich habe nichts mehr zu verlieren. Ich war nie so frei.

Deshalb atme ich tief ein und bemühe mich angestrengt um ein Lächeln.

»Ich laufe nicht weg, Margrét. Ich nehme mir eine Auszeit«, lüge ich.

Margrét zieht eine Augenbraue ungläubig nach oben. Natürlich hat sie mich längst durchschaut. Natürlich laufe ich davon. Ich habe ihr direkt ins Gesicht gelogen, und sie ist nicht doof. Aber es kann wohl kaum jemand von mir erwarten, dass ich einfach so in den Alltag zurückkehre. Ich wüsste ja nicht einmal mehr, wo ich anfangen sollte.

Mein Magen zieht sich unangenehm zusammen.

Wie soll mein Alltag ohne ihn überhaupt funktionieren?

Selbst das Umschauen in dieser Wohnung, in unserer WG, ist ein Kraftakt, zu dem ich mich tagtäglich überwinden muss und zu dem ich mich nicht mehr länger überwinden will. Tränen kommen keine, aber manchmal kann ich förmlich spüren, wie mein Körper einfach nur in sich zusammensinken möchte. Jeder Zentimeter des Apartments erinnert mich an ihn, sein Geruch hängt noch in der Luft, und wenn ich die verschlossene Tür zu seinem Zimmer ansehe, wird mir schwindlig.

Am Anfang war ich mir sicher, dass es nur ein Traum war, aus dem ich jede Sekunde aufwachen würde, weil es unmöglich real sein konnte, dass er einfach weg war. Immerhin haben wir fast jede Sekunde unseres Lebens miteinander verbracht. Er war ein Teil von mir und ich ein Teil von ihm. Aber ich bin niemals aufgewacht, und jetzt fehlt ein ganz essenzielles Stück von mir. Für immer und ewig herausgebrochen. Das tiefe Loch, das sich hinter »immer und ewig« versteckt, ist zu schrecklich, um sich ihm zu stellen.

»Auszeit, richtig.« Margrét seufzt und bindet sich ungeduldig ihre knallrot gefärbten Haare zusammen. Sie nimmt mir den gepackten Schlafsack ab, an dem ich mich unbewusst festgekrallt habe, und stopft ihn in meinen vollgepackten Trekkingrucksack, den sie mir ausgeliehen hat. Sie sieht zu mir auf und lächelt zuversichtlich. »Auszeit klingt gut. Ein bisschen den Kopf freibekommen und danach in das erstbeste Abenteuer stürzen, das dir über den Weg läuft, richtig?«

Richtig.

Ich schlucke, bekomme den Kloß in meinem Hals jedoch nicht herunter und kann es nicht aussprechen.

»Willst du denn Ende des Jahres trotzdem noch nach Amerika gehen?«, fragt sie weiter, als wäre auch das nicht offensichtlich. Aber natürlich nicht für sie. Margrét ist die personifizierte Hoffnung, die Sonne, die jeden Tag aufgeht, in einer Welt, in der es keine Sonnenfinsternis gibt. Ich war doch eigentlich auch mal so, deshalb haben wir ja so gut zusammengepasst.

Ich senke den Kopf, schaffe es nicht einmal mehr, ihr in die Augen zu sehen.

»Mal schauen«, erwidere ich, als wäre auch das keine offensichtliche Lüge. Natürlich ist der Plan mit ihm gestorben. Ich würde auf keinen Fall die Dinge allein tun, die wir zusammen machen wollten. Dafür brauche ich ihn zu sehr, auch wenn mir das vorher gar nicht so bewusst war. Auf einmal ist da eine Lücke, die mir aufzeigt, wie miteinander verschlungen unsere Leben waren. Jetzt habe ich keinen verdammten Schimmer mehr, was aus meinem Leben werden soll. Margrét weiß nicht, dass ich seit seinem Tod keine einzige Melodie zusammenbekommen habe. Dass mein Hals sich zusammenschnürt, wenn ich auch nur an eines unserer Lieder denke. Dass sich meine Finger auf der immer mehr verstaubenden Gitarre wie taub anfühlen und es nicht wagen, auch nur eine Saite anzuschlagen. Das habe ich weder ihr noch sonst jemandem erzählt. Es ist, als wäre die Musik in meinem Kopf verpufft. Als wäre sie nie da gewesen. Dabei hätte meine Stimme Berge versetzen können und mit Ingvi zusammen einen Plattenvertrag in New York absahnen sollen.

Weg. Von jetzt auf gleich. Ohne jede Vorwarnung.

Ich atme tief ein, schließe einen Moment die Augen und atme wieder aus, versuche, den Strom an Gedanken wegzudrücken und zurück ins Hier und Jetzt zu kommen. Aber hier und jetzt gibt es auch keine Lösung. Hier und jetzt muss ich einfach nur weg.

Weil Margrét nichts mehr sagt, sehe ich endlich wieder zu ihr auf und begegne ihrem mich musternden Blick. Für einen Moment halte ich die Luft an, denn ich bin mir ziemlich sicher, dass sie mir alles, was mir gerade durch den Kopf ging, an meinem »Mal schauen« angesehen hat. Sie kennt mich zu gut, wir wohnen schon zu lange zusammen, kennen uns fast so lange, wie ich Ingvi kenne. Kannte – ein Wort wie ein Stich in den Bauch.

Schnell sehe ich wieder zu Boden. Sein Tod muss sie genauso getroffen haben wie mich, also wie macht sie das nur? Wie schafft sie es, nicht auseinanderzubrechen und in tausend kleine Teile zu zerfallen? Ich würde sie so gern danach fragen, aber ich traue mich nicht. Was, wenn ich das, was sie kann, nicht kann?

Bevor ich reagieren oder sie gar aufhalten kann, nimmt Margrét mich in den Arm und schmunzelt, weil ich mich sofort versteife. Sie ist größer als ich, oder ich bin einfach nur klein, und sie legt ihr Kinn auf meinem Kopf ab, atmet tief ein.

»Egal was kommt, Saga, ich bin mir sicher, dass du die Welt erobern wirst, du ganz allein. Das hast du lange genug geübt.« Ihre Stimme ist so sanft, ihre Worte so sicher, dass ich eine Gänsehaut bekomme. Was sie noch sagen will, weiß ich auch: dass ich Ingvi dafür nicht brauche. Aber wie könnte sie das jemals aussprechen? Und wie zur Hölle kann ich so etwas überhaupt denken?

Sie drückt mich noch ein wenig fester, lässt mir keine Chance, mich herauszuwinden, und will mir damit vermutlich sagen: Ich hab dich lieb, Saga. Und als ich die Umarmung erwidere, fühlt sie hoffentlich dieselben Worte an sich gerichtet.

»Ruf mich an, okay?« Endlich löst sie sich ein wenig von mir. »Du weißt ja, da draußen ist die wahre Natur, und du bist mittendrin. Also ruf mich einfach an, wenn du keinen Bock mehr hast. Ich schicke dann ein *Search & Rescue*-Rettungsteam.« Sie zwinkert.

»Ich bitte dich.« Statt des langen Seufzers, der mir in der Kehle liegt, erkämpfe ich mir ein schiefes Grinsen. »Das Rettungsteam hat doch keine Ahnung, wenn ich sie nicht anleite.«

Margrét verdreht die Augen.

»Richtig. Ich vergaß. Natürlich, Eure *Search & Rescue*-Hoheit.« Sie neigt den Kopf und stupst mich an der Schulter, weil ich meine Lippen fest zusammenpresse, statt weiterhin zu grinsen. »Die kommen auch ohne dich klar.«

»Ja«, sage ich, ohne es zu meinen, weil *fake it til you make it* und so. Und immerhin lasse ich nicht nur Margrét allein in unserer WG zurück, ich habe mich auch bei den *Search & Rescue Volunteers* abgemeldet. Ich kann nicht mehr dahin zurück. Die Morgenschichten in der Autovermietung und die Abendschichten im Pub, die mir das Studium finanziert haben, habe ich auch abgesagt, weil ich mir ein Urlaubssemester genommen habe. Aber seien wir mal ehrlich, auch das Musikstudium werde ich ohne Ingvi nicht fortsetzen. Wie könnte ich auch? Sein leerer Stuhl in den Vorlesungen neben meinem wäre unerträglich. Und somit begrabe ich alles, was Musik ist, mit ihm. Denn auch wenn Musik immer alles für mich war, ist Musik ohne ihn nicht mehr als ein unerträglicher Lärm. Und deshalb lebe ich jetzt in eiskalter Stille.

Ich atme tief durch, dränge zurück, was sich wie eine verlorene Zukunft anfühlt.

Um sicherzugehen, dass ich nichts vergessen habe, laufe ich noch einmal durch mein Zimmer, schaue in die Schränke und unters Bett. Es sind nur ein paar Monate, und trotzdem will ich darauf vorbereitet sein, zur Not für immer in den Bergen bleiben zu können. Nur für den Fall, dass ich nicht mehr in die Wohnung zurückwill, nachdem ich sie einmal so richtig verlassen habe.

Mein Blick wandert schließlich auf die Uhr, die mir zuschreit, dass ich mich beeilen sollte, wenn ich nicht zum Bus rennen will. Ich schultere den Trekkingrucksack, der fast halb so groß wie ich ist, und trage einen kleinen Tagesrucksack in der Hand.

»Und du bist dir sicher, dass ich dich nicht wenigstens bis Hella mitnehmen soll? Ist echt nur ein paar Minuten von Hvolsvöllur, und meine Eltern würden sich so freuen, dich noch mal zu sehen. Du könntest doch den späteren Bus nehmen, außerdem müsstest du dich dann nicht zwischen die ganzen Touristen aus Reykjavík quetschen, die auf die verrückte Idee gekommen sind, wandern zu gehen.« Erwartungsvoll wackelt Margrét mit den Augenbrauen, hofft vielleicht darauf, dass ich kalte Füße bekomme, doch ich schüttle entschieden den Kopf.

»Nein, alles gut. Einar und Hildur erwarten ja, dass ich mit diesem Bus komme. Das passt schon so. Aber danke.« Ich atme tief ein, stecke den Wohnungstürschlüssel in meine Hosentasche, bevor ich mit einem mulmigen Gefühl nach draußen gehe. Nur noch ein einziges Mal wage ich es, mich umzudrehen, spüre meinen Herzschlag schneller werden, als mein Blick über Ingvis Tür gleitet und ich den Atem anhalte. Und ich halte ihn für ein paar Augenblicke an, spüre irgendwann den Schwindel, der über mich zu kommen droht, bevor ich endlich wieder einatme und Margrét mit einem Lächeln zunicke. »Grüß Lilja von mir, okay? Ich freue mich drauf, dass ihr mich besuchen kommt.« Mahnend halte ich den Zeigefinger in die Luft. »Mein Zimmer bleibt tabu für euch beide. Verstanden?«

Margrét lacht auf.

»Ja, ja, versprochen. Wir haben damals wirklich nicht …« Sie schüttelt schmunzelnd den Kopf, wird dabei leicht rot, wie sie es immer wird, wenn sie über Lilja nachdenkt. »Schreib mir einfach, wenn du die Hütte wechselst, damit wir dich am richtigen Ort antreffen.«

Ich halte einen Daumen in die Höhe und ziehe die Wohnungstür hinter mir zu. Dann schließe ich die Augen noch einmal und atme tief ein. Ich löse meine verkrampfte Hand vom Tagesrucksack und ziehe mein Handy aus der Hosentasche. Ohne zweimal darüber nachzudenken, tippe ich auf Ingvis Kontakt und wähle die Nummer an. Sofort drücke ich das Gerät fest an mein Ohr.

Jo! Jeder sollte wissen, dass ich aus Prinzip eh nicht ans Telefon gehe. Schreibt mir einfach ’ne Nachricht. Die Mailbox höre ich nie ab. Vielleicht rufe ich ja zurück, wenn ich Bock habe. Bis dann!

Seine Stimme überzieht mich mit einer Gänsehaut. Mein Puls wird mit jedem Wort ruhiger, das Atmen fällt mir so viel einfacher als noch vor ein paar Minuten. Das ist das letzte Mal, dass ich mir die Mailbox-Nachricht anhöre. Das verspreche ich mir selbst. Wenn ich mit meinem Leben weitermachen will, dann muss ich ihn loslassen. Zumindest klingt das logisch, oder?

Trotzdem höre ich sie mir noch mal, noch ein einziges Mal an. Wirklich, das ist jetzt das allerletzte Mal.

Danach befreie ich mich endlich davon.

Versprochen.

Kapitel 2

Sobald ich auf meinem Platz im Bus sitze, starre ich für eine lange Zeit einfach nur in den blauen Himmel Reykjavíks, der für Wochen grau war und heute zum ersten Mal so richtig aufklart. Das Thema Wetter scheint in den meisten Kulturen zu den langweiligen Themen zu gehören, über die eigentlich niemand so richtig sprechen möchte. Hier ist das anders. Bei uns geht man mit dem Wetterbericht beinahe religiös um. Er kann auslösen, dass sich fast alle Isländer am Wochenende auf eine Fahrt in die Highlands begeben, oder dafür sorgen, dass niemand sein Haus verlässt.

Heute ist einer dieser sonnigen Tage, und laut Vorhersage soll es die nächsten Tage genauso schön bleiben. So sonnig sogar, dass der Bus komplett voll und jeder Platz besetzt ist. Touristen und Einheimische gemischt. Was ziemlich ätzend ist, aber gut, ich habe es mir so ausgesucht, und ich würde es trotz allem nicht anders wollen.

Ich muss das jetzt allein machen. Ich kann mich nicht noch zehnmal von meinen Freunden am Busterminal verabschieden. Am Ende würde mich noch jemand zu einem Rückzieher bewegen, und das wäre exakt das, was ich nicht will. Ich mache das jetzt einfach, ich ziehe das durch, egal was kommt. Und hoffentlich habe ich danach eine Ahnung, wie es für mich weitergeht. Aber dafür brauche ich erst Abstand von allem und von jedem, der mir normalerweise so über den Weg läuft. Einen Neuanfang vielleicht. Und wo bekomme ich den, wenn nicht da draußen? Fernab von allem, was ich kenne.

Ich nicke. Das ist exakt das, was ich brauche.

Den ersten Teil der Fahrt durch Reykjavík und auf der Hauptstraße Richtung Süden verschlafe ich fast vollkommen, werde aber aufgerüttelt, als der Bus auf die unbefestigte Bergstraße fährt. Nun ruckelt er heftig hin und her, während sich die großen Reifen über Stock und Stein kämpfen. Klar hätte Margrét mich sicher gern bis nach Landmannalaugar gefahren, aber spätestens hier hätte ihr kleines Stadtauto zu viele Kratzer abbekommen, über die sie sich später geärgert hätte. Es hat schon seinen Grund, warum selbst wir Einheimischen lieber den Bus nehmen und unsere Autos schonen.

Aber ich bin froh, dass ich jetzt wach bin, denn vor den Fensterscheiben eröffnet sich eine neue Welt, die mich glatt davon überzeugen könnte, dass ich nicht in die Highlands gefahren, sondern mit dem Bus auf einen anderen Planeten geflogen bin. In der Ferne tun sich die ersten Berge auf, während uns eine grau-schwarze Steinwüste umgibt, durch die sich die holprige Straße schlängelt. Irgendwo im Nirgendwo. Weiter könnte ich mich aus meinem Stadtleben vermutlich kaum entfernen. Der Bus lässt den Staub vom Boden in die Luft wirbeln, und sobald ein anderes Fahrzeug an uns vorbeifährt, sind wir kurz vollkommen darin eingehüllt.

Aber erst als wir das Camp von Landmannalaugar fast erreicht haben, bleibt mir völlig der Atem weg, denn die Hügel und Berge, die es umgeben, sind nicht einfach nur Hügel und Berge. Die Rhyolithberge sind abgeflacht, wie Sandhügel oder hohe Dünen, und bunt, in Braun, Beige, Grau, aber manchmal auch rötlich und einige grün gefärbt von den Mineralien der vulkanischen Aktivität. Sie sind so geschichtet und miteinander verschlungen, dass sie die Geschichte der letzten Jahrtausende erzählen – in Form eines erdfarbenen Regenbogens. Der übrig gebliebene Schnee des Winters verteilt sich immer noch über diese Hügel und wirkt wie gesprenkelter Zuckerguss, der in die Rillen gelaufen und dort getrocknet ist.

Sie wirken so surreal, und doch bin ich wirklich hier vor Ort. Klar, auf Bildern habe ich unsere Highlands schon oft gesehen, aber bisher habe ich es nie geschafft, sie mir selbst anzuschauen. So oft haben meine Freunde versucht, mich dazu zu überreden, hier mit ihnen wandern zu gehen, aber ich habe immer abgelehnt. Zu anstrengend, zu weit weg von der Zivilisation, zu weit *draußen.* Doch auf einmal kann ich mir nichts Schöneres vorstellen.

Vor mir entdecke ich eine Frau, die begeistert Fotos schießt, und sinke in meinen Sitz zurück, weil ich auf keinen Fall wie sie wirken will. Es soll bloß keiner denken, dass ich eine von den Touristen bin. Das wäre ein Etikett, mit dem ich aktuell nicht leben könnte. Nicht, nachdem es deren Schuld war, dass ...

Ich schüttle den Kopf, um den Gedanken wegzubekommen, ihn nicht zu Ende zu denken.

Der Hochlandbus windet sich noch eine Weile über die holprige Straße, bevor er einen kleinen Fluss überquert, der uns zu den Hütten und dem Campingplatz von Landmannalaugar bringt. Hier braucht man unbedingt das richtige Auto, um unbeschadet durchzukommen, aber der speziell für die Berge hochgelegte Bus tut so, als wäre es das Einfachste der Welt.

Meine Augen weiten sich, als ich die Masse von Zelten auf dem großen Platz entdecke und all die Menschen, die sich um das Camp tummeln. Ich schlucke. Einar und Hildur haben erzählt, dass Anfang Juli die Hauptsaison bereits in vollem Gange ist, trotzdem bin ich überrascht, weil ich diese Ansammlungen nur von den üblichen Touristenattraktionen gewohnt bin und so weit im Inland nicht erwartet habe. Ich seufze. So viel weiter weg von der Zivilisation bin ich hier wohl doch nicht gelangt.

Ich warte, bis alle anderen den Bus verlassen haben, und schlendere mit Sack und Pack aufs Camp zu, mustere die braunen Hütten mit ihren grünen Dächern, bis ich ein großes »i« für Information auf einem von ihnen entdecke. Dort finde ich ein Mädchen, das zusammen mit Hildur und Einar *Warden,* also quasi Aufseher für die Hütten und den Campingplatz sowie Ansprechpartner für die Besucher, sein muss. Sie steht in einem kleinen Bereich mit einer Kasse und orangen Papier-Armbändern, die sie eben an ein paar Reisende verteilt hat. Hinter ihr sind Snacks und Getränke in einem Regal. Sie mustert mich mit gerunzelter Stirn.

»Hast du einen Platz in der Hütte gemietet, oder willst du zelten?«, fragt sie unvermittelt auf Englisch, beäugt mein Gepäck, sodass ich sie kurz irritiert ansehe. »Oder bist du nur für den Tag da und willst die Toiletten nutzen?«

»Oh«, entfährt es mir. Ich wechsle direkt ins Isländische. »Ich sollte Einar und Hildur hier treffen.« Unsicher sehe ich mich um. »Ich bin neu im ... Team?«

»Ach!« Sofort verwandelt sich die angespannte Miene des Mädchens in ein warmes Lächeln. »Dann musst du Saga sein, richtig?«

»Genau.« Ich schlucke, fühle mich ein wenig blöd und fehl am Platz mit dem ganzen Gepäck und entdecke Gäste, die sich hinter mir anstellen wollen, um tatsächlich ihre Camping- oder Hüttenplätze zu bezahlen.

»Schau mal um die Ecke«, bittet das Mädchen mich und lehnt sich nach vorn, um über die Theke zu deuten. »Die große Hütte dahinten ist unsere. Du kannst da deine Sachen ablegen, wenn du magst. Mach dir gern einen Kaffee oder so. Einar und Hildur sind grade am Saubermachen, sollten aber bald durch sein, wenn sie sich nicht wieder eine Schwammschlacht liefern.« Sie grinst. »Ich bin Íris. Willkommen im Team! Ich hoffe, du bist bereit, viele Toiletten zu schrubben.« Ein Zwinkern schenkt sie mir noch, bevor sie sich an die Campinggäste wendet, damit diese bezahlen können.

Ich laufe nervös zu der größeren Hütte, die den Wardens vorbehalten ist, und bin überrascht, sobald ich mich drinnen umschaue. Ich habe erwartet, dass wir uns alle einen Raum teilen müssen und vielleicht nur einen Gaskocher haben. Stattdessen stehe ich in einer kompletten Küche mit Kühlschrank, Herd mit Ofen, Tisch, Couch in einem Loungebereich und allem Drum und Dran. Eine ganz normale Studentenbude also, die ich nur wegen der Abgelegenheit der Berge als »Luxus« bezeichnen würde.

Meine Sachen lege ich auf die Couch, die sich im abgetrennten Bereich der offenen Küche befindet. Ein Lächeln schleicht sich auf meine Lippen. Hier lässt es sich leben. Das wird vielleicht alles gar nicht so schlecht, und auch meine Anspannung vergeht endlich. Neugierig sehe ich mich um und entdecke zu meiner Erleichterung auch noch ein kleines Bad mit Dusche, und wenn ich mich nicht täusche, gibt es sogar einzelne Schlafzimmer. Wow, das ist ganz und gar nicht wie Campen!

Ein wenig unbeholfen mache ich mir in der Küche eine viel zu starke Tasse Kaffee, die ich danach eine gefühlte Ewigkeit lang einfach nur anstarre, vertieft in all die Möglichkeiten, wie es hier für mich werden könnte. Vielleicht kann ich hier nicht nur meinem schmerzhaften Alltag entgehen, sondern sogar tatsächlich vergessen. All das, was mich zu Hause erdrückt hat.

Weil ich nichts Besseres zu tun habe, schlendere ich aus der Wardenhütte nach draußen und sehe mich ein wenig um. Dabei muss ich mir immer wieder die strubbeligen dunkelblonden Strähnen hinters Ohr streichen, die mir der aufkommende Wind ins Gesicht bläst. Zwar strahlt die Sonne auch hier über die Berge, aber die Windböen lassen mich etwas frösteln, sodass ich mir die hochgekrempelten Fließärmel bis über die Hände streife und diese darin vergrabe. Der Sommer ist zwar da, aber eben auch gerade erst angekommen.

Neben der Information und der Wardenhütte entdecke ich noch eine Hütte für Gäste und ein größeres Toilettenhäuschen. Außerdem gibt es einen langen Steg, der anscheinend zu einem natürlichen Wasserbecken inklusive heißer Quelle führt, die in der Ferne zwischen hohem Gras und darin herumspringenden Kindern dampft. Umgeben ist das Camp von zahlreichen bunten Hügeln und Bergen, auf denen ich in der Ferne kleine Menschen entdecke, die wie Ameisen wirken. Und mittendrin liegt wie eine Lichtung der offene Campingplatz auf flachem, brachem Land. Er ist nicht umsonst so beliebt. Landmannalaugar ist eins der Wanderparadiese Islands, und die Berge sind hier so besonders, dass man sich vorkommt wie in einer anderen Welt.

Oder in einem anderen Leben.

Zwar stehen auf dem Campingplatz mindestens hundert Zelte, doch von den meisten Besitzern fehlt jede Spur. Vermutlich sind sie unter den Ameisen auf den Wanderpfaden, denn warum sollte man seinen Tag im

Zelt verschwenden, wenn man immer weiter und weiter laufen kann?

Ich seufze leise, gehe an den letzten Zelten vorbei und atme tief ein, während ich versuche, den Anblick in meinen Kopf einzubrennen. Wie alt sind die Berge hier? Tausende Jahre? Hunderttausende? So viel älter, als jeder Mensch jemals werden würde. Weil unsere Zeit eben begrenzt ist. Die dieser Berge vielleicht auch, aber sie haben so viel mehr davon.

Super, jetzt bin ich schon neidisch auf Berge.

Ich schlucke, spüre, wie das altbekannte Gefühl in meine Knochen zurückkommt, das Gefühl, dass mir alles zwischen den Fingern zerrinnt, und ganz automatisch wandert meine Hand zu meinem Handy, weil ich mich sofort nach Ingvis Stimme sehne. Frustriert schließe ich die Augen. Warum ist das so verdammt schwer?

Für ein paar Augenblicke starre ich auf das Display, tippe dann zu den Kontakten und fixiere seinen Namen.

Fuck! Ich bin doch hier, um genau das nicht mehr zu tun. Mein Zeigefinger schwebt über dem Gerät, während ich die Luft anhalte und seine Stimme bereits in meinem Kopf hören kann, bevor ich ihn anrufe. Doch als ich drauftippen will, holt mich eine Melodie in die Realität zurück. Der Klang einer Gitarre tönt durch die Luft, dazu eine leise Stimme, deren gesungene Worte ich nicht verstehen kann.

Ich sehe mich um, kann aber niemanden entdecken und frage mich, wer so verrückt sein würde, eine Gitarre mit hierher zu schleppen. Als die Musik genauso plötzlich wieder endet, wie sie angefangen hat, runzle ich die Stirn. Was war das denn? Eine Gesangsübung? Ich schlucke, weil ich die früher auch täglich gemacht habe. So viele

Jahre lang. Wie viele Tage habe ich jetzt schon verpasst? Sind die neunzig bereits voll?

Von Neugier angetrieben, laufe ich über den Campingplatz, bis mir bewusst wird, dass in jedem dieser Zelte jemand mit seiner Gitarre sitzen könnte. Bevor ich mich an allen hundert oder mehr vorbeischleiche, stoppe ich und gehe zurück zur Wardenhütte. Die Melodie steckt aber in meinem Kopf fest. So traurig, dass ich mich davon verstanden fühle. Ich hätte gern noch viel länger gelauscht. Wenn ich schon selbst nicht mehr singe, will ich zumindest zuhören.

»Saga!«

Das Quietschen kommt mir allzu bekannt vor. Sobald ich mich umdrehe, entdecke ich Hildur, die auf mich zurennt. Sie hat ein breites Grinsen auf den Lippen und stürzt sich mit so einer dicken Umarmung auf mich, dass ich fast mit ihr zusammen zu Boden falle.

»Schön, dass du da bist!«, quietscht sie noch einmal, tritt einen Schritt zurück und mustert mich. »Gut siehst du aus.«

Ich blinzle überfordert. Hildurs dunkelbraune Haare sind nass und in einen unordentlichen Dutt zusammengesteckt. Ihre Arbeitsklamotten sind teilweise ebenfalls nass, aber trotzdem ist das Lächeln auf ihrem Gesicht augenscheinlich total aufrichtig. So schlimm kann die Arbeit hier also nicht sein, oder?

»Du auch«, erwidere ich endlich und entdecke auch Einar, als ich über ihre Schulter blicke, der ihr mit einem bedröppelten Lachen folgt und die Hand zur Begrüßung hebt.

»Saga!« Das Lächeln auf seinen Lippen ist ein wenig zurückhaltender als das von Hildur. Er fährt sich durch die halblangen blonden Haare, die ich so chaotisch gar nicht aus seinem ganz normalen Stadtleben kenne, und zieht mich wortlos in eine feste Umarmung. »Schön, dich hierzuhaben.« Die Worte sind so sanft, dass ich mich versteife. Klar, Einar war ebenfalls ein guter Freund von Ingvi, trotzdem hoffe ich, dass Ingvi kein Thema sein wird. Immerhin bin ich doch hier, um endlich nicht mehr ständig an ihn zu denken. Das Nicken jedoch, das Einar mir schenkt, scheint fast wie ein unausgesprochenes Einverständnis, und für ein Moment will ich ihn fragen, ob er aus demselben Grund hier ist wie ich, wage es aber doch nicht. Nicht auszudenken, wenn seine Antwort *Ja* wäre.

»Schön, euch zu sehen. Und danke noch mal, dass ihr es möglich gemacht habt, dass ich hier spontan mit euch Warden sein darf«, sage ich schnell, schaue dabei zwischen Hildur und Einar hin und her.

»Na klar«, sagt Hildur und betrachtet mich erwartungsvoll.

Erst da wird mir bewusst, dass sie das wahrscheinlich so nicht von mir kennt. Diese leise Stimme, diese Ruhe. Ich sollte ihr Löcher in den Bauch fragen oder mich über ihr Outfit lustig machen. Vielleicht den ein oder anderen Salto schlagen, weil ich so begeistert bin. Das erstbeste total banale Lied singen, das mir in den Sinn kommt, um diesen Tag zu beschreiben.

Ich schlucke, weil ich nicht weiß, ob ich diese Seite von mir verloren habe oder ob sie nur auf Eis liegt.

»Also ...«, beginne ich vorsichtig, »... ich habe mich zwar schon ein wenig umgeschaut, aber wollt ihr mir noch die Insider-Tipps geben?«

Das lässt Hildur laut lachen, sodass sie mir auf die Schulter klopft.

»Lass mich dich in die Geheimnisse des Landmannalaugar-Lebens einführen.« Sie zwinkert. »Einar, kannst du

Íris ablösen? Und dann trinken wir später alle zusammen einen Tee?«

Einar sieht aus, als wäre er kurz davor zu stöhnen, scheint es jedoch zu unterdrücken und nickt, bevor er davontrottet.

Hildur grinst zufrieden und klatscht in die Hände.

»Okay.« Sie stupst mich mit ihrer Schulter an. »Einmal Insider-Führung, los geht's!«

Zuerst zeigt Hildur mir, dass es für den Zugang zum Toilettenhäuschen verschiedene Papier-Armbänder für die Gäste gibt – orange für Camper, blau für Hüttenbesucher, grün für Tagestouristen. Die Duschen und Toiletten sauber zu machen, ist eine tägliche Aufgabe, die einen Großteil des Jobs ausmacht, wie sie mir gesteht. Gut, nicht die schönste Tätigkeit, aber putzen sollte nicht so schwer sein.

Danach zeigt sie mir die heiße Quelle, die hauptsächlich von Touristen besetzt ist, und erklärt mir, dass die Leute sich nur mit den ausgeteilten Armbändern später in den Duschen abduschen können. Ansonsten kosten fünfminütige heiße Duschen extra. Gut für mich, dass ich kein Camper bin, sondern die Sonderbehandlung mit eigener Dusche in der Wardenhütte genießen darf.

In dem kleinen Shop an der Information verkaufen wir neben den Camping- und Hüttenplätzen außerdem Snacks und Getränke. Ein großer Teil der Touristen greift aber lieber auf die separaten Shops in alten, stillgelegten Bussen zurück, die außerhalb des Camps platziert sind – denn dort gibt es auch Bier.

Zuletzt führt sie mich zurück in die Wardenhütte.

»Manchmal kommen noch Tourgruppen vorbei, die sich einen Hüttenraum komplett gemietet haben, die Tourguides sind aber meistens ganz cool und Leute, die wir kennen oder die selbst mal Warden waren«, erklärt Hildur. Bevor wir reingehen, stoppt sie abrupt. »Und? Freust du dich, hier zu sein?« Sie mustert mich. »Wie geht's dir denn?«

Wieder dieser erwartungsvolle Blick. Denkt sie, ich würde ihr jetzt all meine Gefühle ausschütten? Erwartet sie wirklich, dass ich ehrlich zu ihr bin?

Ich blicke schnell zu Boden.

»Ja, alles gut«, sage ich, sehe sie wieder an, hoffe, dass mein Lächeln nicht zu fake erscheint. »Ich freue mich, ein bisschen Abstand zu bekommen. Aber wie geht es denn Einar mit allem?« Warum auch immer ich erwarte, eine ehrlichere Antwort zu bekommen, wenn ich selbst keine geben will.

»Der blüht hier richtig bei der Arbeit auf«, erklärt sie. »So motiviert kenne ich ihn definitiv nicht.«

Verstehend nicke ich. Er macht es also tatsächlich so wie ich. Gut.

»Und?«, fragt Hildur. »Lust auf einen Tee und eine Runde Quatschlabern wie früher?«

Ich widerstehe dem Drang, meine Augen zu schließen, versuche stattdessen, Hildurs strahlendem Blick standzuhalten.

»Quatsch klingt immer gut«, antworte ich.

Quatsch ist besser als jedes echte Gespräch.

Kapitel 3

Die erste Nacht ist kürzer, als ich erwartet habe, denn obwohl ich mein eigenes Zimmer ohne andere Schnarchnasen habe, will der Schlaf nicht so recht kommen. Es ist ruhig, zu ruhig, ungewohnt und fremd. Wie vor so langer Zeit die erste Nacht in der WG. Damals habe ich stundenlang am Fenster gesessen und in den dunklen Himmel gestarrt, in dem ich die Sterne nicht mehr so gut sehen konnte wie zu Hause in Akureyri, weil es in Reykjavík plötzlich nachts viel mehr Licht gab. Traurig hat es mich aber nicht gemacht, denn ich habe mit Absicht meine kleine Heimatstadt im Norden hinter mir gelassen. Und wenn ich dafür auf sternenklare Nächte verzichten musste, dann sollte es wohl so sein.

Diesmal ist es anders. Auch wenn ich nicht allein in diesem Haus bin, fühle ich mich auf einmal unendlich einsam. Und statt am Fenster zu sitzen, stecke ich mir Kopfhörer in die Ohren, lasse die Musik auf der leisesten Stufe laufen und tue so, als würde ich dort mit Ingvi Karaoke singen, statt unserer eigenen Songs, weil er mich mal wieder dazu überredet hat. Unter Alkoholeinfluss versteht sich.

In einer Welt, in der alles gut ist.

Trotz allem gibt es mir ein wenig Frieden, am nächsten Morgen nicht in der gewohnten Wohnung aufzuwachen, und auch das Atmen fällt mir leichter als in den letzten Wochen. Ob das an der frischen Luft liegt oder an der neu gewonnenen Freiheit, sei mal dahingestellt. Es gibt mir aber Hoffnung, dass es der richtige Schritt war hierherzukommen.

Am Vormittag zeigen mir Íris und Hildur die Details meines Jobs: wie man die Kasse bedient, wie hoch die Preise sind und wie die Toiletten geputzt werden, obwohl sie dank Welpenschutz am ersten Tag noch nicht verlangen, dass ich mit anpacke. Stattdessen übernehme ich freiwillig am Vormittag eine Schicht an der Information, weil Ablenkung das ist, wofür ich hergekommen bin.

Anfangs kommen nur vereinzelte Touristen, die nach einer Karte der Umgebung fragen oder etwas Kleines kaufen wollen. Doch am Mittag wächst die Schlange, sodass ich mein Bestes gebe, die korrekten Armbänder gegen das richtige Geld herauszugeben, ohne dabei die Kasse zu zerstören. Ich kämpfe mit einem zuvorkommenden Lächeln auf den Lippen, bin aber bald überfragt, als eine junge Frau wissen will, ob der große viertägige Wanderweg *Laugavegur* denn zu dieser Zeit des Jahres sicher ist. Doch ehe ich die falsche Antwort zusammenstammeln kann, werde ich von Hildur erlöst, die sich ans zweite Infofenster stellt.

»Ja, das Wetter sieht gut aus. In den Höhen gibt es noch größere Schneeflächen, aber der Pfad ist ausreichend markiert. Ihr solltet nur sicherstellen, dass ihr in den anderen Hütten auch bei den anderen Wardens noch mal nachfragt. Das Wetter kann sich kurzfristig ändern, und die Flüsse, die überquert werden müssen, sind mal höher, mal niedriger.« Hildur lächelt zufrieden, und die junge Touristin nickt erleichtert und bedankt sich.

»Und? Wie läuft's?«, will Hildur von mir wissen.

Mit geweiteten Augen schüttle ich den Kopf. »Das hätte ich niemals beantworten können.«

Hildur lacht. »Keine Sorge, das kommt noch.« Sie stupst mich an der Schulter. »Lass uns heute Abend mal die Infos durchgehen, die hier täglich angefragt werden. Wetterberichte und so was. Wir sind ein bisschen dafür verantwortlich, die Leute zu warnen, wenn das Wetter zu gefährlich ist, um sie da hochwandern zu lassen. Ob sie die Warnung annehmen, ist aber deren Entscheidung.«

»Vernünftig.« Ich schaue in den sonnigen Himmel. »Auch wenn das gerade ein perfekter Tag zu sein scheint. Da wird nichts schiefgehen, oder?«

»Na ja.« Hildur zuckt mit den Schultern. »Das Wetter kann sich da draußen schnell ändern. Vor allem bei der nächsten Hütte in Hrafntinnusker, weil das so viel weiter oben ist als wir. Aber wir sind untereinander mit den anderen Wardens vernetzt.« Sie deutet auf eine kleine Telefonanlage neben sich.

»Macht Sinn.« Und macht mich noch etwas nervöser, aber okay, es wird alles gut ausgehen, sage ich mir.

Mittlerweile funktioniert das mit dem Armbänder-Verkauf immerhin schon fast automatisch, und mit Hildur zusammen bediene ich die nächsten Kunden parallel, sodass der plötzliche Ansturm rasch wieder vorbei ist. Als Hildur jedoch scharf die Luft einzieht, springe ich sofort auf.

»Was?«, will ich erschrocken wissen.

Auf ihrem Gesicht breitet sich ein Grinsen aus.

»Sorry. Es ist nur …« Schmunzelnd deutet sie auf jemanden, der sich dem Shop nähert. »Dieser Typ da ist ein amerikanischer Musiker. Der ist schon seit gut einer Woche hier, aber ich glaube, er hat die Reise nicht so gut geplant. Am Anfang hat er sich noch Ramen und so was hier bei uns gekauft, die er sich vermutlich auf einem kleinen Gaskocher warm gemacht hat. Jetzt kauft er auf einmal nur noch kalte Snacks.« Sie kichert. »Ich glaube, dem ist das Gas für seinen Kocher ausgegangen. Und ich verstehe nicht, warum er immer noch hier ist.«

Ich blinzle irritiert.

»Du kennst ihn? Also als Musiker?«, will ich neugierig wissen, kann ihn aber auch nicht zuordnen, als er näher kommt.

»Nope, keine Ahnung.« Sie zuckt mit den Schultern. »Ist wohl eher was Rockiges. Damit kann ich nicht so viel anfangen.«

Ich runzle die Stirn.

»Hat der auch eine Gitarre dabei?«, will ich wissen.

»Ich glaube schon, warum?«

»Ich habe gestern jemanden Gitarre spielen hören.«

»Oh, und war es gut?«

»War okay.« Ich senke die Stimme, weil er auf uns zusteuert. Auch wenn ich mir sicher bin, dass er kein Isländisch versteht, fühlt es sich falsch an, über ihn zu sprechen, wenn er gleich vor uns steht. »Konnte es aber auch nicht zuordnen.«

»Wer weiß!« Hildur flüstert nun auch. »Am Ende wird der noch voll berühmt.«

»Das wäre was«, hauche ich und beobachte den jungen Mann, der uns verlegen anlächelt. Er hat tätowierte Arme, und seine dunklen Haare hängen ihm leicht in die ebenfalls dunklen Augen. Er hat Piercings in den Ohren und erinnert mich an den ein oder anderen Rockmusiker aus den Staaten.

»Hi«, beginnt er kleinlaut, weicht meinem etwas zu neugierigen Blick aus und wendet sich an Hildur – vermutlich, weil er sie schon kennt. »Kann ich wieder eine

Packung von denen haben?« Er deutet auf die Nacho Cheese Doritos und langt in seine Hosentasche, aus der er ein Portemonnaie zieht.

»Na klar!« Hildur zwinkert ihn an. »Das ist Saga, sie ist ab jetzt auch Teil der Crew.« Sie wendet sich an mich. »Übernimmst du?«

Meine Augenbrauen schießen in die Höhe. Das war nicht abgemacht. Ich unterdrücke ein Stöhnen und wende mich an den jungen Mann, dem der Rockstar ins Gesicht geschrieben steht. Er wirkt ein wenig schlaksig, hat aber ein süßes Lächeln und wuschelige Haare, die ich ihm am liebsten stylen würde. Die Tattoos zieren nicht nur seine Arme, sondern breiten sich auch über seinen Hals aus, und auch wenn ich es nicht sehen kann, bin ich mir ziemlich sicher, dass sein Oberkörper ebenfalls voll davon sein muss. Schick sind sie, muss ich sagen, natürlich rein professionell als jemand, der Kunst bewundert.

»Uhm, das macht dann 500 ISK.« Ich reiche ihm die Chips vom Regal. »Sonst nichts?«

»Sonst nichts«, bestätigt er und hält die Kreditkarte ans Zahlgerät. Nur ein paar Piepser und ein Dankeschön, schon ist er wieder verschwunden.

Ich schaue ihm hinterher, denke an die Gitarrenmelodie, die ich gestern gehört habe und die so unendlich hoffnungslos geklungen hat. Was macht der Typ hier? Musik schreiben? Oder macht er einfach nur Urlaub und kann nicht ohne seine Gitarre sein?

»Und?« Hildur wackelt mit den Augenbrauen. »Süß, oder? Ich mag zwar die Musik nicht, aber wow, dieser Blick!«

Amüsiert sehe ich sie vielsagend an. »Also, Hildur«, sage ich lachend. »Sex mit Kunden ist nicht erlaubt. Du solltest dich schämen.«

»Sagt wer?«, kontert sie und beißt sich auf die Lippen.

Und auch ich muss zugeben, dass es schwer ist, dem jungen Mann beim Weggehen nicht auf den Hintern zu schauen.

Es ist nicht so, dass ich nie gedatet hätte, klar habe ich das getan. Aber irgendwie wollte es mit den längeren Beziehungen nie so richtig was werden. Daran war ich wohl immer selbst schuld, denn ich habe jede und jeden Einzelnen an Ingvi gemessen und erwartet, dass sie akzeptieren, was für einen großen Teil meines Lebens ich mit ihm verbringe. Eigentlich absurd, denn zwischen ihm und mir ist nie was passiert, außer hier mal betrunken eine Geste, ein kleiner Kuss oder ein paar süße Worte, bei denen danach zumindest einer von uns so getan hat, als wäre nichts gewesen. Wir haben so vieles geteilt, so viele Geheimnisse, so viel Nähe und Miteinander. Mein bester Freund, mein Seelenverwandter, mein Duettpartner und damit die wichtigste Person in meinem Leben. Natürlich konnte da nie jemand mithalten. Und natürlich hatten sie es deshalb schwer, wenn sie die Nummer eins an meiner Seite sein wollten.

Nur ist jetzt auf einmal alles anders. Und gleichzeitig ist alles so wie vorher. Klar, ich könnte mit Hildur für diesen Musiker schwärmen, könnte mit ihm flirten und seine Aufmerksamkeit erhaschen. So wie Hildur es jedes Mal versucht, wenn er sich wieder Essen bei uns kauft.

Er ist ein hübscher Kerl, sicher, aber ich messe ihn nicht mal an Ingvi, denn er ist nur ein Tourist, der sich hier verloren hat, der bald wieder verschwindet. Dennoch frage ich mich, warum er sich das antut, wenn er sich anscheinend nicht einmal richtig selbst versorgen kann. Und irgendwie macht mich das neugierig.

»Wie lange bist du schon hier?«, frage ich deshalb, als ich ihm nach ein paar Tagen wieder eine Packung Doritos reiche, was ihn zu überraschen scheint. Für einen Moment sieht er mich einfach nur an, dann kratzt er sich den Kopf und blickt nachdenklich nach oben.

»Vierzehn Tage?« Er runzelt die Stirn. »Glaube ich.«

»Und wie lange bleibst du noch?«, will ich wissen.

»Hm.« Er setzt ein halbherziges Lächeln auf. »Mal sehen. Ein oder zwei Wochen sicher noch.« Er öffnet die Chipspackung und stopft sich ein paar davon auf einmal in den Mund, krümelt dabei sein Hemd voll. Ich beiße mir auf die Lippe, weil ich es lustig finde, wie er sich gehen lässt.

»Obwohl du offensichtlich am Verhungern bist?« Ich schmunzle und deute auf die Tüte. Hildur hat ihn vermutlich nie darauf angesprochen, aber ich will mehr wissen. Ich nehme jede Ablenkung, die ich bekommen kann. Soll mir ein trauriger Rockstar doch von seinen Problemen erzählen. Das ist allemal besser, als über meine eigenen nachzudenken.

»Wie kommst du denn darauf?« Er grinst auf seine Chipstüte. »Vielleicht ernähre ich mich auch einfach gern so ungesund.«

»Klar«, spotte ich und schüttle den Kopf, während ich ihm das Kartenlesegerät hinstelle und ihm mal wieder 500 ISK für die nicht sehr nahrhaften Kalorien abknöpfe. »Ganz schön amerikanisch von dir«, stelle ich halb im Spaß, halb ernst fest. Eigentlich würde ich ihm sogar gern dafür einen Vorwurf machen, denn genau solche unvorbereiteten Reisenden sind es, die andere ihr Leben kosten können, wenn ihnen aus der Patsche geholfen werden muss. Ich kann nicht mehr zählen, wie oft wir Leute aus Situationen helfen mussten, die total vermeidbar gewesen wären, wenn man sich nur einmal informiert hätte. Oder wenn man die Warnschilder beachtet hätte, die überall groß und breit und in sämtliche Sprachen übersetzt herumstehen. Allein bei dem Gedanken daran, dass Ingvi gestorben ist, weil eine Familie exakt das nicht gemacht hat, wird mir übel. Er wäre noch hier, wenn sie einfach mal gegoogelt hätten, was sie hier in Island erwartet.

Dennoch unterdrücke ich diesen Vorwurf. Auch wenn dieser Typ offensichtlich dabei versagt hat, sich selbst zu versorgen, ist ihm das zumindest bewusst. Er scheint längst zu wissen, dass er einen Fehler gemacht hat, und badet diesen mit Junkfood aus. Strafe genug.

Er lehnt sich an die Wand und sieht auf die Tüte in seiner Hand, dreht sich wieder zu mir um und schmunzelt.

»Das ist wohl mein markantestes Merkmal, hm? Dass ich Amerikaner bin?« Amüsiert schüttelt er den Kopf. »Dachte, das habe ich gut vertuscht.«

»Das ist viel zu offensichtlich«, kontere ich großspurig. »Vor allem, weil du dich so schlecht vorbereitet hast. Wusstest du, was Landmannalaugar ist, bevor du hergekommen bist?« Meine Stimme klingt viel vorwurfsvoller, als ich will, sodass ich versuche, es mit einem sanften Lachen abzuschwächen. Nicht, dass ich selbst so viel mehr Ahnung von Landmannalaugar habe. Aber ich kann's mir einfach nicht verkneifen.

Er schaut mit einem angespannten Lächeln zu Boden.

»Doch, das habe ich schon. Allerdings konnte ich nicht so richtig vorausplanen, wie lange ich wirklich bleibe. Deshalb die Essenssituation. Aber ich bleibe definitiv so lange, bis ich einen Durchbruch habe«, erklärt er.

»Durchbruch?« Ich runzle die Stirn.

»Genau.« Er nickt enthusiastisch. »Mit meinen neuen Songs. Die wollen geschrieben werden. Und ich bin hier, um mich inspirieren zu lassen.«

»Inspirieren? Mitten im Nirgendwo?« Skeptisch mustere ich ihn. Zugegeben, die Gegend ist wunderschön, nur inspirieren mich persönlich für Musik Menschen, nicht Berge. Allerdings scheine ich die Fähigkeit, Musik zu schreiben, so oder so verloren zu haben. Egal, wo ich hingehe, es fehlt der Partner, der meine Lücken in Worten und Melodien füllt.

»Mitten im Nirgendwo, ja. Weil ich zu Hause nichts mehr zustande bekommen habe.« Er lächelte zufrieden. »Ich wollte mal was komplett Neues, etwas Ruhiges. Auch wenn meine Bandkollegen mir dafür vermutlich später den Kopf abreißen, weil sie lieber laut und schnell spielen. Aber daran sind sie selbst schuld, wenn sie mir die Songtexte und Melodien überlassen.«

»Und wie klappt das bisher so?«, will ich wissen.

Der junge Mann lacht auf.

»Leider nicht so gut wie erhofft«, gibt er zu. »Aber noch gebe ich nicht auf. Und noch habt ihr ja genug Vorräte hier.«

Ich starre ihn für einen langen Moment an. Also hatte ich mir die Hoffnungslosigkeit in seiner Melodie nicht einfach nur eingebildet.

»Schreibst du, weil du willst oder weil du musst?«, hake ich interessiert nach, wohl wissend, dass sich das verändern kann, wenn Kunst zum Beruf wird.

Er schmunzelt.

»Na ja, ich will schon auch, aber ich muss auf jeden Fall.« Seine Stimme klingt ein wenig belegt. »Das neue Album wird mit großer Freude erwartet. Ich soll den Jungs die Tage was rüberschicken, damit sie es noch mit

Schlagzeug und Bass aufpeppen können. Viel habe ich bisher leider noch nicht für sie.«

Ich lächle amüsiert und will mehr wissen, will mich noch länger mit ihm austauschen. Über Musik, über seine Art von Musik und vielleicht auch über meine. Wie automatisch höre ich eine unserer Melodien in meinem Kopf, weiß jeden Handgriff an der Gitarre dazu auswendig. Manche Songs haben wir absichtlich ganz roh und ruhig gelassen. Andere haben wir mit weiteren Instrumenten angereichert. Ich spüre einen kleinen Funken in meiner Brust, der kurz davor ist, sich zu entzünden. Aber dann fällt mir wieder ein, warum ich hier bin, und mit meiner Musik hat das ganz und gar nichts zu tun. Das liegt hinter mir. Ingvi hat sie mit sich genommen und ich weiß ganz genau, dass es einfach nur wehtun wird, ohne ihn Neues zu kreieren.

»Viel Glück«, sage ich stattdessen nur, mein wohlwollendes Lächeln ist aufgesetzt. Wieder mal ein falsches. Aber wie sollte ein Fremder das merken?

»Danke«, erwidert er mit einem halbherzigen Lächeln, das womöglich so unehrlich ist wie meins, bevor er wieder geht.

Kapitel 4

»Du hast was?« Fassungslos starre ich Hildur an, als sie uns kurz vorm Abendessen eröffnet, dass sie den jungen Musiker dazu eingeladen hat. Ich klatsche mir eine Hand auf die Stirn, weil ich eigentlich darauf gehofft habe, mit ihm ein Maß an Oberflächigkeit aufgebaut zu haben, das ich für seine restliche Zeit aufrechterhalten kann.

»Den mit den Tattoos?« Einar zieht eine Augenbraue nach oben, während er den Salat wäscht. »Nicht dein Ernst.« Er schüttelt den Kopf. »Der ist viel zu heiß, um ihn mal eben einzuladen. Du hast doch nicht etwa vor, über ihn herzufallen, Hildur?« Mit breitem Grinsen konzentriert er sich besonders intensiv auf den Salat. »Und ich vielleicht auch«, murmelt er.

»Wer weiß ...« Hildur schmunzelt in sich hinein, während sie die Tomaten in perfekte Viertel teilt.

»Boa!«, stöhne ich und schneide die Gurke in schiefe Stücke, weil ich es so schöner finde (und nicht begabt genug für gerade bin). »Jetzt sexualisiert den armen Kerl doch mal nicht so. Und wieso hast du ihn einfach eingeladen, ohne vorher mit uns zu sprechen, Hildur?«

Diese zieht die Augenbrauen in die Höhe, ohne eine Spur von Schuldbewusstsein.

»Wir können einladen, wen wir wollen«, erklärt sie. »Was hast du denn gegen ihn? Ich dachte, du findest ihn auch süß?«

Seufzend lasse ich den Kopf hängen.

»Ich hatte heute Mittag eine kurze Unterhaltung mit ihm, die ich recht gut verkackt habe und deren Ende eher unangenehm war.« Stöhnend packe ich die Gurken in die Salatschüssel. »Ich hatte gehofft, mich nie wieder mit ihm unterhalten zu müssen.«

»Echt?« Einar runzelt die Stirn. »Ich dachte eher, dass der Typ recht cool ist, um sich mit ihm über Musik zu unterhalten.«

Ich schlucke, senke den Kopf.

»Okay, Scheiße! Wahrscheinlich bist du jetzt erst mal auf Musikauszeit, hm? Sorry, hab grade nicht drüber nachgedacht. Hab nur immer Musik mit dir verbunden.«

»Schon gut.« Ich mache Schneidemesser und Brettchen schnell unter fließendem Wasser sauber. »Ich glaube nicht, dass ich noch weiter Musik mache.«

Hildur hält inne, mustert mich aufmerksam.

»Wann hast du ...?« Sie stockt. »Ich meine, hast du seitdem ...?«

Ich weiche ihrem Blick aus.

»Nein, hab seitdem nichts mehr zustande bekommen.« Ich schlucke, überlege, mir auf die Zunge zu beißen, statt weiterzusprechen, aber wenn ich es jemandem sagen würde, dann definitiv den beiden. »Was glaubt ihr, warum ich hier bin? Keine Ahnung, was die Zukunft bringt, wenn nicht die Musikkarriere. Ich muss erst mal was ... finden.« Die Worte wiegen schwerer, als ich erwartet hatte.

»Shit!« Einar nickt verständnisvoll. »Entschuldige. Klar ist das schwierig nach all den Jahren.« Nervös leckt er sich über die Unterlippe, weil ich ihn nur regungslos ansehe. »Und Amerika? Ist das dann auch ...?«

Hastig schüttle ich den Kopf, hole tief Luft.

»Jap. Amerika hat sich erledigt«, gebe ich zu, worauf Einar nickt. Was soll er auch sonst dazu sagen? Immerhin versucht er nicht, mich vom Gegenteil zu überzeugen. Das rechne ich ihm hoch an.

»Der Sommer hier wird geil«, wechselt er schnell das Thema, nimmt sich ein Stück Gurke und wirft es sich in den Mund. »Du bist hoffentlich bereit für Lagerfeuerabende und viel Bier.« Hildur zwinkert.

Ich gluckse.

»Oh, *so* bereit.« Nach der verunstalteten Gurke nehme ich mir eine Tomate.

»Warte!«, schreit Hildur auf, hebt die Hände, als müsste sie sich vor mir verteidigen und nimmt mir ganz langsam die Tomate ab. »Ich mache das. Mach du ruhig ... du kannst die Kartoffeln schälen?«

Stöhnend verdrehe ich die Augen.

»Wir zerkauen das doch später sowieso alles. Wen bockt es denn, wie das geschnitten ist?« Beleidigt verschränke ich die Arme vor der Brust.

»Das Auge isst doch mit«, beharrt Hildur. »Das ist nicht nur ein Spruch.«

»Dein Auge vielleicht.« Aus Protest nehme ich mir eins ihrer perfekten Tomatenviertel, nur damit eine ungerade Zahl übrig bleibt, was sie aufstöhnen lässt.

Als Íris zu uns stößt, mustert sie den Tisch skeptisch.

»Okay, wieso sind da fünf Plätze gedeckt? Hat mal wieder jemand den Geist geweckt?«, will sie verheißungsvoll wissen, bleibt dabei aber so ernst, als würde sie es wirklich so meinen, bis ihr Grinsen breiter wird.

»Nein. Der Platz ist für Tyler«, verkündet Hildur stolz.

»Tyler ...« Íris runzelt die Stirn. »Ist das der Musiker?« Sie knallt die Hände bei der Erkenntnis auf den Tisch, holt tief und begeistert Luft. »Echt jetzt?«

»Tyler. Das hab ich zwischen dem ganzen Isländisch verstanden. Der bin ich. Ich bin da.« Tylers Stimme hallt vom kleinen Vorraum, wo er sich ganz selbstständig und ohne Aufforderung die Schuhe auszieht. »Hi, danke noch mal für die Einladung.« Er hebt die Hand zur Begrüßung. »Ich hoffe, es ist wirklich okay?« Unsicher sieht er zwischen uns allen hin und her – es scheint ihm zu dämmern, dass die Einladung vielleicht nur von Hildur kam.

»Na klar!« So unauffällig wie möglich zieht Hildur den Haargummi aus ihren Haaren, um ihre halblange Mähne zu präsentieren.

»Uh, die Lady ist am Staaaart!«, flüstert Einar amüsiert auf Isländisch.

»Ey! Halt mal die Füße still!«, entgegnet diese ebenso leise und dreht sich wieder zu Tyler um, wechselt auf Englisch zurück. »Wird ja Zeit, dass du mal was anderes als Doritos isst.« Sie lacht.

»Essen ist noch nicht ganz fertig, aber setz dich gern dazu«, schlage ich vor und deute auf den freien Platz am Tisch, wobei ich darauf bedacht bin, seinem Blick auszuweichen.

Tyler schleicht förmlich zu dem unbesetzten Stuhl, wo er sich niederlässt, während er sich immer wieder umschaut.

»Schön habt ihr's hier.« Er nickt beeindruckt. »Hatte gar nicht erwartet, dass die Hütte so gut ausgestattet ist.« Kurz blinzelt er schockiert. »Ist das eine Waschmaschine?«

»Neidisch, hm?« Einar schmunzelt mit einem stolzen Nicken.

»Einar, richtig?«, hakt Tyler nach.

Einars Wangen röten sich leicht, so leicht, dass es bestimmt nicht auffällt, wenn man ihn nicht kennt. Ich kenne ihn aber gut, und dass Tyler sich seinen Namen gemerkt hat, bedeutet ihm mehr als er jemals zugeben würde.

»Genau«, bestätigt er ganz cool, nimmt sich offensichtlich total zusammen.

»Du bist nicht so oft im Shop«, stellt Tyler fest, sodass Einar sich an Hildur wendet.

»Ja, Hildur tauscht ganz gern ihre Süßigkeiten gegen Putzjobs ein. Und was soll ich sagen? Ich kann einfach nicht Nein zu guter Schokolade sagen.« Er zuckt mit den Schultern. »Und so schlimm ist das Putzen gar nicht.«

»Pff, dann mach es gern allein«, kontert Hildur.

»Niemals!« Einar verschränkt die Arme, während Hildur die Tomaten in die Salatschüssel schiebt. »Okay, ich mach schnell die Fiskibollur im Ofen, und die Kartoffeln können wir auch gleich kochen. Zwanzig Minuten?«

»Fiskibollur?« Tyler blickt erwartungsvoll in die Runde.

»Klassische isländische Fischfrikadellen«, erklärt Íris und deutet auf die goldbraunen runden Küchlein, eingeschweißt in eine Plastikhülle. »Sehr lecker!«

Tyler mustert die Fischfrikadellen interessiert. »Ich bin gespannt.« Danach beäugt er den Salat. »Pflanzt ihr die Sachen hier selbst an, oder geht ihr regelmäßig einkaufen?«

»Oh, schön wär's!« Hildur lacht auf. »Nein, wir haben einige Vorräte, aber frische Sachen oder besondere Wünsche lassen wir uns meistens von Freunden mitbringen, die zu Besuch kommen oder von Tourguides, die wir kennen und die sowieso Essen für ihre Reisegruppen dabeihaben.«

Tyler nickt verstehend. »Wow! Ihr seid dann also den Sommer über total abgeschottet, nehme ich an?«

»So ziemlich«, stimmt Hildur zu. »Aber eigentlich ist genau das auch das Schöne daran.«

»Ja, das glaube ich.« Tyler schmunzelt.

Danach wird es für meinen Geschmack etwas zu still, und ich für meinen Teil schaue auf den Boden. Wow, gar nicht unangenehm oder so.

»Also, Tyler? Was machst du so für Musik?«, rettet Einar uns alle, und Tyler wirkt ebenfalls erleichtert.

»Gute Frage«, antwortet er mit einem Schmunzeln. »Unsere Musik geht in Richtung Rock, aber mit elektrischen Elementen und ein bisschen Rap dazwischen. Ab und zu wird es auch etwas ruhiger, ein wenig melancholischer, da lassen die Jungs mir etwas mehr freie Hand. « Er zuckt mit den Schultern. »Wir tun halt das, was uns Spaß macht.«

»Cool.« Hildur klatscht begeistert in die Hände, diese Heuchlerin. »Und habt ihr ein Album oder so? Eine Tour?«

Tyler weicht ihrem Blick aus, leckt sich über die Lippen und lächelt vorsichtig.

»Letztes Jahr kam unser erstes Album raus, dann haben wir in den USA getoured und ...« Er weicht unseren Blicken aus, kratzt sich am Hinterkopf. »Ende des Sommers steht die erste Welttournee an.«

»Oh, wow! Nicht schlecht.« Einar zieht beeindruckt die Mundwinkel nach unten. »Dann seid ihr wohl schon ziemlich bekannt, hm?«

»Ich denke, wir haben schon einige Leute erreicht, ja. Mal sehen, wie gut die Tour läuft«, erklärt Tyler bescheiden.

»Dann vergiss nicht, wer dich in den Bergen von Island gefüttert hat, Tyler, wenn du ganz oben bist und auf uns hinabblicken kannst.« Hildur zwinkert.

Ich lächle angespannt, wage es nicht, ihn nach mehr zu fragen. Mein Beschluss, ihm keine besondere Aufmerksamkeit zu schenken, besteht immer noch.

»Niemals.« Tyler grinst, reckt die Nase in die Höhe.

»Wie läuft das zweite Album?«, hakt Einar interessiert nach. »Hat es ein bestimmtes Thema?«

Überrascht blickt Tyler auf. »Das soll es haben. Ein paar einzelne Nummern haben wir sogar schon eingespielt, eine grobe Richtung gibt es. Vielleicht machen wir aber auch noch mal alles neu.« Er zuckt mit den Schultern. »Aber erst mal brauche ich ein paar neue Songs, um die Stimmung komplett greifen zu können.«

Ich nicke, weil ich so gut verstehe, worauf er hinauswill. Wir haben das mit unseren EPs auch immer so gemacht, aber meistens ändert sich das noch mehrmals, nachdem die ersten Songs fertig sind. Auf einmal werde ich neugieriger, mein Herz klopft ein klein wenig schneller, obwohl es das nicht sollte.

»Hast du eine Richtung?«, will ich ganz beiläufig wissen, knete meine Hände unter dem Tisch miteinander. »Irgendein Gefühl?«

Tyler mustert mich kurz, schüttelt dann langsam den Kopf.

»Leider nicht so richtig. Deshalb bin ich hier.« Er sieht zum Fenster. »Ich hoffe, die Gegend feuert meine Inspiration noch ein bisschen an.« Interessiert lehnt er sich etwas nach vorne, sieht mir und dann den anderen in die Augen. »Ideen?«

Nachdenklich schaue ich nach draußen.

»Staub?« Ich unterdrücke ein Auflachen. »Viel anderes gibt es da draußen ja nicht.«

»Findest du?« Wieder wendet er sich zum Fenster, verschränkt die Arme vor der Brust. »Mir gibt es das Gefühl von Freiheit. Weißt du, die Wände und Hochhäuser fehlen, und irgendwie wirkt alles so unendlich, als könnte man ewig laufen und niemals ankommen. Und wenn niemand einen erwartet, kann man auch nie zu spät sein und sich alle Zeit der Welt lassen. Das ist ein ziemlicher Unterschied zum schnellen Leben in der Stadt, wo alles sofort passieren soll und am besten schon gestern.« Er atmet tief ein, wendet sich dann wieder an mich, doch ich weiche ihm schnell aus. »Sorry, da bin ich kurz abgedriftet. Also wie ihr seht, klappt es. Und vielleicht schreibe ich mir das gleich auf. Dass ich mir alle Zeit lassen kann, stimmt nämlich auch nicht so ganz.« Seine Hand wandert in seine Hosentasche, wo er ein kleines Notizbuch und einen Stift hervorzieht. Mit seiner linken Hand schreibt er langsam und unglaublich geduldig die Worte in sein Heftchen, nicht so schnell, wie man normalerweise in so was hineinkritzelt (ich zumindest).

»Saga schreibt auch. Musik und so«, wirft Hildur ungefragt ein, sodass ich versuche, sie mit meinem Blick zu töten. Das hat sie doch jetzt mit Absicht gemacht.

»Ach, wirklich?« Tyler sucht meinen Blick.

»Ja«, antworte ich notgedrungen und weiche ihm aus. »Na ja, also habe ich. Im Moment nicht mehr.«

»Vielleicht bekomme ich mal eine Kostprobe?«

»Oh …« Ich beiße mir auf die Lippe, schüttle den Kopf. »Ich habe eigentlich komplett damit aufgehört.«

Tyler blinzelt überrascht, öffnet den Mund bereits – vermutlich, um zu fragen, warum – kommt aber nicht dazu, weil Einar ihm stattdessen seine Fiskibollur serviert und die Konversation dankbarerweise auf amerikanischen Sport lenkt, von dem Tyler so ziemlich keine Ahnung hat. Dennoch schenke ich Einar ein dankbares Lächeln.

Eigentlich würde ich Tyler sogar gerne ausfragen, will wissen, wie es ist, ein erfolgreicher Musiker zu sein. Das Leben, auf das ich so lange hingearbeitet habe. Das Leben als Stern, hoch oben am Himmel.

Stattdessen bleibe ich danach stumm, höre nur mit halbem Ohr zu, und auch der Appetit ist mir vergangen. Ich stochere in meinem Essen herum und warte darauf, dass es nicht mehr unhöflich ist, wenn ich mich in mein Zimmer verkrieche.

Obwohl ich mich von jetzt auf gleich total ausgelaugt fühle, wälze ich mich im Bett herum, statt einzuschlafen. Ich starre frustriert an die Decke. Trotz der Jalousien ist es auch lange nach Mitternacht immer noch verdammt hell im Zimmer, sodass ich mich schließlich aufsetze und aufgebe. Ich ziehe mir einen Pullover über und umklammere mein Handy mit beiden Händen, atme tief durch, bevor ich leise nach unten schleiche und meine Schuhe anziehe. Die letzten Tage bin ich dem Versprechen an mich selbst treu geblieben, die Mailboxnachricht nicht mehr anzuhören, aber heute gebe ich mir einen Freifahrtschein. Einfach weil sich meine Kehle nach dem Gespräch immer noch wie zugeschnürt anfühlt. Klar, mir fehlt meine Musik. Aber die kann ich im Moment nicht haben, also erlaube ich mir zumindest die einzige Sache, die ich haben kann. Auch wenn hier eigentlich niemand ist, der es hören kann, laufe ich erst ein Stückchen, bis die Hütten und das Camp hinter einem Hügel verschwinden, bevor ich Ingvis Kontakt antippe. Wie immer halte ich kurz die Luft an, während ich auf das befreiende Gefühl warte, seine Stimme zu hören.

Aber stattdessen habe ich auf einmal das Gefühl zu ersticken. Anstatt des Leerzeichens werde ich direkt zu einer automatischen Ansage weitergeleitet: *Die von Ihnen gewählte Rufnummer ist nicht vergeben.*

Was die Roboterstimme noch sagt, kann ich nicht mehr hören. Alle Geräusche verstummen um mich, und ich habe vergessen, wie man atmet. So ähnlich wie damals, als ich den Anruf bekommen habe. *Nein! Das kann nicht sein!* Ich schüttle den Kopf. Das kann gar nicht stimmen. Ich muss die falsche Nummer ausgewählt haben oder habe aus Versehen einen falschen Kontakt eingegeben. Hektisch tippe ich auf dem Handy herum, gebe meinen Pin zweimal falsch ein, bis ich es hinbekomme, und tippe noch einmal auf seinen Kontakt. Dann warte ich. Als dieselbe Nachricht ertönt, wird der Kloß in meinem Hals größer. Ich schüttle den Kopf hektisch. Ein Fehler! Ich muss wieder einen Fehler gemacht haben. Ein weiteres Mal tippe ich auf die Nummer, gebe sie diesmal eine Ziffer nach der anderen durch und versuche es noch mal. Derselbe Roboter antwortet mir statt Ingvi.

Die Tränen, die ich eigentlich damals, nicht jetzt, erwartet habe, füllen meine Augen auf einmal, und ich wische mir was auch immer da aus meiner Nase läuft, schnell mit der Hand weg. Ich kenne seine Nummer besser als dieses scheiß Handy, also gebe ich die Zahlen noch einmal eine nach der anderen ein. Lese dreimal drüber, warte kurz, gehe sie in meinem Kopf durch und dann noch einmal. Ich tippe auf den grünen Hörer.

Die von Ihnen gewählte Rufnummer ist nicht vergeben.

Ich presse mir eine Hand fest auf den Mund. Meine Beine geben nach. Auf einmal sitze ich auf dem staubigen Boden, das Handy liegt neben mir. Für eine Weile starre ich auf das schwarze Display, erinnere mich wieder daran, dass ich atmen muss, und ziehe scharf die Luft ein. Mehrfach und viel zu schnell. Meine Hände kribbeln und zittern. Ein Aufschrei der Verzweiflung hängt in meiner Kehle fest, während meine Lippen beben und nach Worten suchen. Mir ist eiskalt. Ich höre ein Wimmern, dann einen halblauten schmerzverzerrten Schrei und brauche ein paar Momente, um zu verstehen, dass es mein eigener ist.

Wer würde das tun? Warum würden sie seine Nummer abmelden? Warum? Ich brauche ihn doch. Diese Worte, die er ausspricht, als wäre die Welt noch, wie sie war. Als wäre er nur einen Anruf entfernt.

Mein Brustkorb schmerzt. Mein Herz will explodieren, und ich kann es ihm nicht übel nehmen. Ich will explodieren. Vielleicht wache ich dann auf, und er ist noch da

Eine Weile liege ich am Boden, starre in den blauen Himmel, der nur leicht orange geworden ist, obwohl ich mir nichts sehnlicher wünsche, als dass er dunkel ist. Dann könnte ich mir zumindest einbilden, dass Ingvi da oben irgendwo ist, dass er mir immer noch den Weg weisen kann. Aber da ist nichts, außer dem verdammten blauen Himmel, der so tut, als wäre es helllichter Tag. Dabei sollte die Welt doch jetzt für immer dunkel bleiben.

Keine Ahnung, wie spät es ist, als ich mich endlich wieder auf die Beine raffe. Sie tragen mich wie von selbst zurück in die Wardenhütte. Ich stolpere und falle über meine halb offenen Schuhe und fluche, während ich sie mir auf allen vieren im kleinen Vorzimmer von den Füßen streife. Leise seufzend schlage ich mit der Faust auf den Boden, stocke dann, weil mir einfällt, dass die anderen noch schlafen und das so bleiben soll.

Beschämt drücke ich mein Gesicht auf den Holzboden und zähle bis zehn, atme tief durch. Dann eile ich endlich in mein Zimmer, und ehe ich mich selbst davon abhalten kann, stopfe ich meine Sachen in die Reisetasche. Den Schlafsack quetsche ich halbherzig in die Packtasche, bevor ich ihn auf den Boden werfe, weil er einfach nicht reinpassen will. Ich habe nicht viel ausgepackt, als hätte ich bereits damit gerechnet, dass ich nicht lange bleiben würde, also ist innerhalb weniger Minuten alles gepackt, was in dem kleinen Zimmer herumlag. Meine Atemzüge gehen schneller, und ich werde immer wütender, weil ich weiß, dass ich aus einem Grund hier bin. Weil ich nicht zurück nach Hause kann, ich kann einfach nicht. Aber ich kann doch auch nicht hierbleiben. Wie soll ich hierbleiben?

Ich lasse mich neben meiner Tasche auf den Boden sinken. Tyler mag recht haben, dass hier draußen alles weit und offen ist, das sorgt aber nicht dafür, dass das Gewicht auf meiner Brust leichter wird. Wenn überhaupt wird es nur schwerer. Weil ich mich von Ingvi entferne, statt an dem festzuhalten, was von ihm übrig ist. Ich schnappe nach Luft, habe gar nicht gemerkt, dass ich sie wieder angehalten habe. Wie bin ich nur darauf gekommen, mich hier zu verstecken? Es war doch eigentlich klar, dass das nichts ändern wird. Ich bin genauso ein Idiot, wie Ingvi es war.

Kurz presse ich die Augen ganz fest zusammen, als würde es mir helfen, mich selbst zu finden, aber als ich sie wieder öffne, bin ich genauso verloren wie vorher. Mein Blick schweift über die Tasche, über die Entscheidung, die ich hier kurz davor bin zu treffen. In der Seitentasche steckt ein Notizbuch, das ich nie gewagt habe, auszupacken. Meine Hand greift danach, bevor ich sie aufhalten kann. Zitternd schlage ich die zerfledderten Seiten auf und beiße mir auf die Lippen. Da stehen alte Lyrics und Gedichte in meiner eigenen Handschrift. Hunderte davon.

Und an jedem gibt es am Rand Notizen mit Rotstift. Ingvis Notizen. Mein Herz setzt einen Schlag aus. Und dann übernimmt diese unbändige Wut die Führung. Mit beiden Händen kralle ich jeweils eine Seite des Hefts und reiße daran. Erst passiert nichts, also strenge ich mich mehr an, sodass es plötzlich an der Naht in der Mitte aufgetrennt wird und innerhalb eines Wimpernschlags komplett durchreißt. Weil der letzte Teil so schnell geht, rutscht mir das Heft aus der Hand, und die Seiten fliegen durch die Luft, schweben für den Bruchteil einer Sekunde, bis sie sich am Boden verteilen. Ich keuche auf, meine Lippen beben, und sie sind wieder da: die Tränen. Die verdammten Tränen und die Schluchzer, gegen die ich auf einmal nichts mehr machen kann.

»Saga?«

Die Stimme dringt nur gedämpft an meine Ohren.

»Shit, was ist passiert?« Einar geht vor mir in die Hocke, blickt von mir zu dem auf dem Boden verteilten Papier. »Ist das dein …?« Er runzelt die Stirn, mustert mich, entdeckt die Tränen. Ich kneife die Augen fest zusammen, und noch während ich nach Luft schnappe, schließt er mich wortlos in die Arme und drückt mich und hält mich, bis ich mich beruhigt habe.

Kapitel 5

Ich kann nicht bleiben.

Keine Ahnung, wie lange ich schon auf meinen schlampig gepackten Rucksack starre. Meine Augen brennen, ihre Lider sind schwer. Eigentlich will ich sie zumachen und mich in deren Dunkelheit verstecken. Weil ich nicht vor oder zurück kann. Weil ich feststecke, obwohl ich gehen muss.

Einar ist bei mir geblieben, bis ich so ruhig war, dass er mich fragen konnte, was los ist, auch wenn er keine Antwort bekommen hat. Ich habe nur den Kopf geschüttelt, sodass er überfordert nach Worten gesucht hat. Ob ich darüber sprechen möchte, hat er gefragt, aber auch dazu habe ich geschwiegen, bis er gequält die Frage über die Lippen bekommen hat, ob ich allein sein möchte. Das habe ich ihm dann endlich bestätigt, und nur zögerlich hat er mich mit mir selbst allein gelassen. Mein Bauch tut weh beim Gedanken daran, dass er das mitbekommen hat. Ich bin doch sonst nicht so – so hilflos.

Es tut mir leid, dass ich ihn so überfordert habe. Wir kennen uns zwar seit einer Weile, haben einige *Search & Rescue*-Einsätze zusammen bewältigt, aber wir hatten nie die Art von Freundschaft, in der man über seine Probleme spricht, in der man Gespräche führt, die von Bedeutung sind. Und das war immer okay. Ich will, dass es so bleibt, bin aber nicht sicher, ob ich das jetzt noch mal zurückbekomme. Was mich ärgert. Und noch ein Grund mehr ist, zu gehen.

Ich schlucke, greife nach der Reisetasche und versuche halbherzig die Klamotten, die heraushängen, hineinzuquetschen. Es hält mich nichts zurück. Dass ich den anderen als Warden aushelfe, passiert auf freiwilliger Basis, es gibt keinen Vertrag, kein Geld, ich lebe einfach nur hier und werde mit Essen versorgt, mehr nicht. Es gibt keine Pflichten, die ich einhalten müsste.

Ich muss nur in den Bus einsteigen, und vier bis fünf Stunden später bin ich wieder in Reykjavík.

Dennoch ist mein Versuch, die Tasche fertig zu packen, nicht besonders tatkräftig, und einen Moment später ertappe ich mich erneut dabei, wie ich in die Leere starre.

Aber warum? Ich möchte nicht bleiben. Mir bleibt hier nichts mehr von Ingvi, und auch wenn das eigentlich der Grund war, warum ich hierhergekommen bin, schnürt sich mir jetzt der Hals zu bei dem Gedanken, seine Stimme nicht mehr jederzeit hören zu können. So als würde uns nur eine Telefonleitung voneinander trennen. Ich ärgere mich über den simplen Fakt, dass wir uns nie Sprachnachrichten geschickt haben, dass mein Handy zu neu ist, um noch die alten Selfies darauf zu finden. Nur ein paar von den letzten Wochen seines Lebens habe ich noch, und die tun zu sehr weh. Was bleibt mir denn jetzt noch? Unsere Songs habe ich gelöscht. Ich könnte sie mir wiederholen, aber das ist nicht der Ingvi, den ich lachen höre, mit dem ich mich stundenlang unterhalten könnte. Von dem ist nichts übrig. Und im Grunde ist das ja gut so. Die Erinnerungen sind zu viel für mich. Das ist doch, was ich wollte, was ich mir die ganze Zeit eingeredet habe. Doch jetzt ertrage ich es nicht mehr.

Ich ziehe meine Beine an und drücke meinen Kopf auf die Knie, halte mich an mir selbst fest. Die Stille in diesem Zimmer, überhaupt auf diesem Fleckchen Erde, wird mir zu viel.

Und dann wird sie plötzlich vom Aufreißen meiner Zimmertür unterbrochen.

Hildur stürmt hinein, keucht, hält aber inne, als sie mich ansieht und ich zu ihr zurückschaue.

»Du bist noch da«, stellt sie außer Atem fest und holt tief Luft. Einar bleibt hinter ihr in der Tür stehen, schaut mich mit einem schuldbewussten Blick an.

»Sie wollte wissen, wo du bist«, gibt er kleinlaut zu. »Hat nicht lockergelassen.«

»Er hat gesagt, du hast deine Tasche gepackt.« Hildur schluckt, als ihr Blick zu meinem Rucksack wandert, der gepackt ist. »Du willst nicht wirklich gehen, oder?«

Ihr Blick ist ehrlich besorgt, und ich meine, beinahe eine Art Flehen darin zu entdecken, das ich nicht verstehe. Sie braucht mich hier nicht. Sie ist hier doch vorher auch ohne mich klargekommen, wieso ist ihr auf einmal wichtig, dass ich bleibe?

»Ich ...« Ja, was eigentlich? Ich schlucke. »Ich glaube, ich muss gehen.« Die Worte fühlen sich falsch an, die Entscheidung fühlt sich falsch an, obwohl es sich genauso falsch anfühlt hierzubleiben.

»Aber warum denn?«, will Hildur wissen, wirkt aufgelöst und setzt sich neben mich aufs Bett. »Ich dachte, du wolltest mal eine Weile raus aus der Stadt. Was ist denn passiert?« Ihr Blick wandert von mir zu Einar und wieder zurück. Er hat ihr nichts gesagt, oder?

Was will Hildur von mir hören?

Ich bin abhängig von der Mailboxnachricht meines toten besten Freundes, mit dem ich den Rest meines Lebens verbringen wollte und ohne den ich ein Nichts bin.

Das könnte ich ihr sagen, werde ich aber nicht. Hildur weiß so wenig über Ingvi und mich. Klar, wir waren in derselben Klasse zu unserer Schulzeit, sogar in derselben Clique, aber danach haben wir uns zu sehr auseinandergelebt, um uns wirklich noch zu kennen. Sie weiß, dass Ingvi und ich uns seit einer Ewigkeit gekannt haben, aber auch, dass Einar ihn fast genauso lange kannte. Und der scheint mit alldem ja ziemlich gut klarzukommen. Wieso sollte ich damit also nicht genauso gut klarkommen?

»Es war keine gute Idee herzukommen«, weiche ich aus, kann Hildur dabei aber nicht einmal in die Augen sehen.

»Quatsch! Das war eine großartige Idee.« Hildur lehnt sich nach vorn und dreht ihren Kopf so zu mir, dass sie mir grinsend in die Augen schauen kann. »Wir sind doch ein super Team. Und so ein Sommer in den Highlands ist unvergesslich, versprochen!« Sanft legt sie ihre Hand auf meine Schulter, und ihr schelmisches Grinsen wandelt sich zu einem warmen Lächeln. »Ich teile mir unseren Rockstar auch gern mit dir.« Sie zwinkert.

Unweigerlich zuckt mein Mundwinkel nach oben. Dennoch schüttle ich schnell den Kopf.

»Ich habe aber etwas Wichtiges zu Hause vergessen«, lüge ich – na ja, eine halbe Lüge –, vielleicht würde ich mich besser fühlen, wenn ich eins unserer Fotoalben bei mir hätte. Oder ich würde mich schlechter fühlen. Keine Ahnung.

Hildur runzelt die Stirn

»Komm schon, kannst du ohne das wirklich nicht leben?«, fragt sie unschuldig, nicht wissend, dass das den

Scherbenhaufen in mir drin in alle Richtungen verteilt. Nein, ich kann ohne *das* nicht leben. Ohne ihn. Hildur muss bemerken, dass sich mein Blick verändert, zieht deshalb scharf die Luft ein. »Vielleicht kann es dir ja jemand vorbeibringen?« Hilfe suchend schaut sie zu Einar, aber ich folge ihrem Blick nicht, um zu sehen, wie er reagiert.

Hastig schüttle ich den Kopf, sodass Hildur sich mit einem leisen Seufzer aufs Bett sinken lässt.

»Okay«, sagt sie resignierend. »Was hältst du davon? Du gibst dem Ganzen noch, sagen wir, zwei Tage eine Chance.«

Ich schaue zu Einar auf, der langsam nickt.

»Der Bus heute und morgen ist sowieso schon komplett ausgebucht«, stimmt er zu. »Und wenn möglich würde ich dir gern morgen noch eine besondere Sache hier zeigen.« Er sieht mir fest in die Augen. »Übermorgen kannst du dich immer noch entscheiden. Was meinst du? Wäre das ein Deal?«

Ich lasse die Schultern sinken. »Klingt nicht so, als hätte ich eine Wahl.« Aber genau die Tatsache beruhigt mich merkwürdigerweise. Für zwei Tage muss ich keine Entscheidung treffen. Und auch wenn sich in mir alles zusammenzieht, weil ich keins von unseren alten Fotos raussuchen und mich daran festhalten kann, fühlt es sich gleichzeitig gut an, erst einmal keine Wahl zu haben. Als würde eine Last von mir abfallen. Ich atme tief ein. »Zwei Tage«, bestätige ich. »Aber mehr nicht.«

»Yeah!« Hildur stürzt sich mit einer Umarmung auf mich, und ich bin ziemlich sicher, dass sie damit rechnet, mich in der Zeit umstimmen zu können. Genauso sicher bin ich, dass das, egal was die beiden versuchen werden, nicht klappen wird.

Seltsamerweise hoffe ich zugleich, dass sie es schaffen.

Meine Tasche lasse ich gepackt. Hildur und Einar versichern mir zwar, dass ich auf keinen Fall arbeiten muss, aber ich übernehme gerne die Nachmittagsschicht im Shop, heiße die Ablenkung willkommen, denn es war nie die Arbeit, die mich hier abgeschreckt hat, auch wenn Hildur das anscheinend befürchtet. Nein, es ist das Loch, das in mir klafft, das immer größer wird, je weiter ich mich von Ingvi entferne. Auch wenn ich genau das hier gesucht habe. Ich bin einfach schwach, ich habe nicht die Kraft, loszulassen, wie könnte ich?

Als ich gegen achtzehn Uhr zurück in die Wardenhütte komme und mir der Geruch von angebratenen Zwiebeln und Knoblauch in die Nase steigt, während ich Hildur hektisch zwischen Herd und Tisch hin- und herlaufen sehe, kann ich mir ein leichtherziges Auflachen nicht verkneifen.

»Das ist nicht dein Ernst«, kommentiere ich, nachdem ich die Schuhe abgestreift habe und zu ihr gelaufen bin. »Mit Essen willst du mich überzeugen? Das ist dein Plan?«

Geschockt dreht Hildur sich zu mir um. »Was machst du schon hier?« Ihr Blick wandert zur Uhr, und sie stöhnt auf. »So ein Mist!« Sie verdreht die Augen. »Sorry, ich wollte längst fertig sein. Das sollte …« Ihre Augen verengen sich etwas. »Das ist natürlich kein *Plan*. Nur ein gemeinsames Essen, an dem wir uns alle erfreuen können.«

»Und alles frisch gekocht? Das hatten wir doch nur, weil Tyler zu Besuch kam.« Ich laufe zu ihr hinüber. »Brauchst du Hilfe?«

»Nein!«, entfährt es Hildur, doch als im Nudeltopf in dem Moment das Wasser überkocht, quietscht Hildur ein »Doch!« heraus.

Hastig rette ich den Nudeltopf und helfe ihr dabei, die Soße abzuschmecken, bis wir die perfekte Würzung erreichen. Kurz danach kommen Einar und Íris mit einer großen Metallform rein und bleiben stehen, sobald sie mich entdecken. Einars Gesicht läuft rot an, während Íris mir ein wohlwollendes Lächeln zuwirft.

»Ich hab es ihnen gesagt«, sichert sie mir zu. »Sie wollten nicht hören.«

Ich mustere die Metallform misstrauisch, blinzle, als mir bewusst wird, dass es nur eins sein kann, wenn sie es von draußen holen.

»Skyr-Torte?« Meine Augen weiten sich. »Ihr seid doch verrückt. Das …« *Das hättet ihr nicht tun müssen.* Doch ich presse die Lippen fest aufeinander. Natürlich tun sie das. Nicht weil sie es müssen, sondern weil sie von Herzen wollen, dass ich bleibe. Ich kann den Kloß in meinem Hals nicht herunterschlucken, weil ich das hier echt nicht verdient habe, nachdem ich doch aus dem Leben von Hildur und Einar so lange verschwunden war. Ich war mir sicher, dass es reicht, wenn ich diesen einen besten Freund habe und noch meine beste Freundin, mit der ich zusammenwohne. Wer braucht schon einen großen Kreis an Freunden? Es sind die wenigen, die richtig guten, die zählen. Aber hier stehe ich nun, mit diesen Menschen, die sich verhalten, als wären sie meine besten Freunde, obwohl ich ihnen davor so wenig Beachtung geschenkt habe. Ohne dass es jemand bemerkt, wische ich mir eine Träne aus den Augen.

»Skyr-Torte klingt großartig«, korrigiere ich mich. »Ihr wisst hoffentlich, dass ich davon mindestens die Hälfte selbst essen werde.« Ich deute auf die Form, die bestimmt fünfzig Zentimeter Durchmesser hat.

»Oh, Saga, mit nichts anderem rechnen wir«, säuselt Einar. »Was glaubst du, warum es so viel davon gibt?«

»Hey! Aber erst die Hauptspeise!«, unterbricht Hildur mit geweiteten Augen. »Und dann sehen wir mal, wie viel du noch schaffst.«

»Oh, glaub mir, Hildur.« Ich klopfe mir auf den Bauch. »Ich hatte heute weder Frühstück noch Mittagessen.« Das sage ich so, als wäre es kein großes Ding. »Ich habe jede Menge Platz da drin.«

Da ist ein Moment in Hildurs Augen, in dem sie so tief in mich hineinzublicken scheint, dass ich eine Gänsehaut bekomme, bevor sie laut auflacht.

»Na, das werden wir ja sehen!«, entgegnet sie stolz, während sie das Essen auf dem Tisch platziert.

Und es wird wahrlich ein Festmahl.

An diesem Abend ändere ich meine Meinung schon fast wieder. Weil wir lachen, weil wir Spaß haben und weil meine Gedanken frei von allem sind, das mich meine Tasche hat packen lassen. Wir machen uns darüber lustig, dass Hildur Tomatensoße auf ihrem kompletten Outfit verteilt hat, und darüber, dass die Nudeln versalzen sind, obwohl die Soße doch die perfekte Würzung hatte. Eine Schande.

Natürlich schaffe ich nicht die halbe Skyr-Torte, aber bestimmt ein gutes Viertel, was mehr ist, als jeder der anderen bewältigt. Darauf bin ich verdammt stolz, und der Zucker versetzt mich in solch einen Rausch, dass ich diesen Abend am liebsten einfrieren möchte. Weil das vermutlich der erste Abend »seitdem« ist, an dem ich mich so richtig schwerelos fühle. Wenn ich ehrlich zu mir selbst bin, weiß ich zwar, dass das nur so lange halten wird, wie ich nicht allein bin. Aber ich will jetzt nicht ehrlich zu mir sein, sondern tue lieber so, als wäre diese Leichtigkeit mein Normalzustand.

Gerade als zur Debatte steht, ob wir eine Flasche Tequila aufmachen sollen, werde ich auf den Boden der Tatsachen zurückgeholt.

Mein Handy vibriert, und als ich auf den Bildschirm sehe, sinkt mir das Herz in die Hose. Ein Kalender-Termin ploppt auf: »Flugtickets nach New York buchen!!!« Mit zitternden Fingern nehme ich das Handy in die Hand, halte die Luft an.

Hektisch entschuldige ich mich bei den anderen, die mir mit langen Gesichtern hinterherschauen, schlüpfe in meine Schuhe und haste nach draußen. Mir ist so übel, dass ich ein paar Meter renne, aus Angst, mich sonst direkt vor der Hütte zu übergeben und den anderen Fragen beantworten zu müssen.

Auf wackligen Knien laufe ich den Steg zur heißen Quelle hinauf, die so spätabends bereits leer sein sollte. Mir ist schwindlig und heiß, und ich kann nicht glauben, dass wir das damals so durchgeplant haben. Ich plane doch sonst nichts!

Aber natürlich erinnere ich mich dran, wie wir alle wichtigen Daten in einer Tabelle festgehalten haben. Wir hatten im Winter so viele Extraschichten gedrückt und das Geld dann auf unseren Sparkonten gelagert, wollten die Tickets früh genug kaufen, weil wir auf unser Budget achten mussten, nur ging das noch nicht mehr als ein Jahr im Voraus. Ingvi war es, der darauf bestanden hat, unsere Kalender abzugleichen und die Stichtage festzuhalten. Ich weiß ganz genau, dass in den nächsten Tagen noch mehr von diesen Terminerinnerungen auftauchen werden.

Ich halte die Luft an. Warum haben wir das alles gemacht? Uns war immer klar, wie unrealistisch unsere

Chancen in den Staaten sind. Dafür war unsere Musik vermutlich ein wenig zu ruhig, zu viel über das Leben, ganz tief aus unseren Seelen heraus, und zu wenig über romantische Liebe, zu wenig Mainstream. Wir wollten es trotzdem. Gerade weil wir damit hervorstechen wollten.

Jetzt scheint das alles so völlig naiv und absurd. Aber war es das wirklich? Ist es absurd, nach den Sternen greifen zu wollen? Sich nicht mit weniger zufriedenzugeben?

Ich lege den Kopf in den Nacken und starre in den immer noch hellen Abendhimmel, der erst in eineinhalb Monaten wieder mit Sternen bestückt sein wird. Aber es macht gar nichts, dass sie nicht da sind. Denn ich habe sowieso verlernt, wie man danach greift. Ich umklammere das Handy in meiner Hand noch ein wenig fester, noch ein wenig wütender bei dem Gedanken, dass das alles vorbei ist. Aber so ist es nun mal. Das Träumen hat ein Ende. Die Sterne sind jetzt viel zu weit entfernt.

Meine Lippen beben, während ich meine PIN eingebe und mich zum Kalender navigiere. Mit rasendem Herzen tippe ich auf den heutigen Termin und die demnächst anstehenden, wähle so schwer atmend, als würde ich einen Marathon laufen, mehrfach »Löschen« aus und wische über die Monate bis zum geplanten Abflugtermin im Dezember hinweg. Mein Brustkorb fühlt sich schwer an, mein Kopf dafür leer.

Beim letzten Termin will ich am liebsten aufschreien, will die Leere in meinem Kopf damit ersticken. Stattdessen wird mir immer heißer, unerträglich heiß, und das blöde Ding in meiner Hand fühlt sich wie eine unendliche Last an.

Eine Last, die ich gerade nicht ertragen kann.

Also werfe ich das Handy weg. Für einen Augenblick fühlt sich das verdammt gut an. Erleichternd und befreiend. In den letzten vierundzwanzig Stunden hat es mir immerhin nur Kummer eingebracht.

Aber mir wird augenblicklich bewusst, was ich gerade getan habe: dass ich vor einer heißen Quelle stehe und das Handy hineingeworfen habe.

»Fuck!« Ich schreie auf und springe, ohne nachzudenken, ins knietiefe Wasser, rutsche auf einem Stein aus und liege dann komplett drin, sodass ich wütend fluchend herumplansche und dabei schlage und kicke.

»Hey!«

Die Stimme lässt mich erstarren. Hastig setze ich mich auf und starre Tyler in die Augen, der in seiner Badehose vor mir steht und mich unschlüssig mustert. Mein Blick bleibt an seinem Oberkörper hängen: Ich hatte recht, auch dieser ist voller Tattoos.

»Ich glaube, ähm ...« Er streckt seine Hand zu mir aus, in der er ein Handy, mein Handy, hält und damit herumwackelt. »Du hast das ... verloren?«

Ich sehe von ihm zum Handy und wieder zurück. Dann lasse ich den Kopf sinken, und ein Lachen bricht aus mir heraus, das ich nicht mehr aufhalten kann. Verrückt, ich bin verrückt geworden! Erst als ich mich nach einer Weile beruhige und auf den Hintern setze (immer noch im Wasser, versteht sich), klatsche ich mir die Hand ins Gesicht und schüttle den Kopf. Ich seufze angestrengt und blicke zu Tyler auf, der mich immer noch geduldig beobachtet, mittlerweile hat er ebenfalls ein amüsiertes Lächeln auf den Lippen.

»Harter Tag?«, fragt er, als ich ihm das Handy endlich abnehme, kurz inspiziere und erleichtert auf dem trockenen Steg ablege.

»Wenn du nur wüsstest!«, stöhne ich, suche seinen Blick. »Entschuldige, dass du das mitbekommen hast. Ich muss das Handy ja quasi auf dich geworfen haben, wenn du es fangen konntest. Ich hab in dem Moment gar nicht aufgepasst, was ich tue.«

Grinsend deutet er auf seinen Kopf.

»Hast mich beinahe hier oben erwischt. Hab kurz überlegt, ob ich irgendwas angestellt habe.« Er deutet auf sein oranges Armband. »Aber Klo und so darf ich doch benutzen, oder?«

»O Gott!« Ich möchte am liebsten im Erdboden versinken, schließe kopfschüttelnd die Augen. »Tut mir echt so was von leid. Danke, dass du es gerettet hast!«

»Alles gut«, versichert er mir, lässt sich im Wasser nieder.

Für eine Weile sitzen wir schweigend beieinander.

Irgendwann fröstele ich und runzle die Stirn, weil mir in meinen durchnässten Sachen so kalt wird.

»Ich dachte, das hier ist eine heiße Quelle.« Ich reibe mir die Arme über dem dünnen Shirt, das an meiner Haut klebt.

»Oh!« Tyler schmunzelt und deutet auf das Ende des Beckens, wo dampfendes Wasser an den Felsen entlangläuft. »Da hinten ist es heiß. Und je nachdem wo genau du bist oder wie viel heißes Wasser grade nachfließt, brühend heiß. Ist richtig kompliziert, einen Platz zu finden, der weder zu heiß noch zu kalt ist. Also eher nicht so wie die heißen Pools im Schwimmbad.«

»Wow!« Wieder lache ich auf und bewege mich langsam durchs Wasser, bis ich spüren kann, dass es endlich wärmer wird. Je mehr ich mich dem Rand nähere, desto mehr heiße Ströme fließen in die lauwarme Quelle. Und Tyler hat recht, kurz ist es so heiß, dass ich zurückschrecke. »Das ist ja schrecklich.« Ich lache weiter, setze mich aber so ins Wasser, dass mein Körper bis auf meinen Kopf davon bedeckt ist, damit die Kälte sich wieder aus meinen Knochen entfernt.

Langsam und ein wenig unschlüssig, kommt Tyler zu mir rüber. Ich sehe ihn kurz in die Ferne zum Campingplatz schauen und vermute, dass er eigentlich gerade gehen wollte.

»Du musst nicht hierbleiben«, versuche ich ihn von der Verantwortung zu entlasten, auch wenn ich froh über seine Gesellschaft bin. Denn ich habe keine Ahnung, was ich hier draußen eigentlich mache, wie könnte ich da mit mir selbst klarkommen?

Interessiert mustert er mich, weshalb ich schnell wegschaue, denn ertappen soll er mich nicht.

»Schon gut«, sagt er. »Bevor ich fast von einem Handy erschlagen wurde, war ich so tief in neue Songlyrics vertieft, dass ich mir gar nicht die Zeit nehmen konnte, hier zu entspannen.« Er legt sich mit dem Rücken ins Wasser und starrt in den blauen Himmel, der nur weit weg von uns ein wenig zu dämmern scheint. Genau auf diese Dämmerung deutet er mit seinem Finger. »Ist doch eigentlich viel zu schön, um es im eigenen Kopf zu verpassen.«

Weil es bei ihm wahrlich entspannt aussieht, tue ich es ihm nach, auch wenn es mit meinen Klamotten weit weniger elegant wirkt als bei ihm. Aber wen kümmert das schon?

Ich starre nun ebenfalls in den fast wolkenlosen, sternenlosen Himmel, lecke mir angespannt über die Lippen, während das heiße Wasser um mich immer kurz abkühlt, bis es erneut erhitzt wird. Es fordert mir eine Konzentration ab, die nicht nötig sein sollte, wenn man einfach nur den Himmel beobachten will, um ihn wirklich völlig zu sehen. Um mich darin zu verlieren und auf den Wolken zu laufen. So wie früher. So wie ich es immer getan habe.

Aber was tue ich jetzt gerade? Was mache ich hier überhaupt? Ein Seufzer kämpft sich meine Kehle empor.

Ich weiß nicht mehr, wer ich bin. Ich weiß schon seit Wochen nicht mehr, wer ich bin, und habe mich komplett verloren. Irgendwo verlaufen, die Abzweigung verpasst.

»Vielleicht solltest du wieder schreiben«, sagt Tyler unvermittelt, sodass ich mich zu ihm umdrehe. Er sieht mich nicht an, sondern starrt weiter in den Himmel. »Wenn du so seufzt, scheint dich ja irgendwas ganz schön zu beschäftigen. Vielleicht hilft es, wenn du aufschreibst, wo du da gerade bist.«

Für ein paar lange Momente starre ich ihn an. Er sagt nichts mehr und ich auch nicht.

Stattdessen drehe ich mich wieder auf den Rücken, starre nach oben und renne und renne und renne in meinem Kopf immer weiter.

Kapitel 6

Hildur wirkt geknickt, als ich zurückkomme und mich direkt in mein Zimmer verabschiede. Sie hat anscheinend nach mir geschaut und mich bewusst mit Tyler allein gelassen. Dass ich ihr nun aber nichts erzähle, scheint sie erst recht zu enttäuschen.

Übelnehmen kann ich es ihr nicht, denn ich bin selbst von mir enttäuscht. Und um mich dafür nicht zu sehr selbst zu verurteilen, versuche ich, was Tyler gesagt hat. Ich sammle ein paar der zerrissenen Seiten ein und will auf die Rückseiten schreiben. Meine Gedanken, meine Gefühle, irgendetwas. Aber es geht einfach nicht. Da ist ein Knoten in meinem Kopf, der verhindert, dass ich Emotionen in Worte übersetzen kann, wie ich es früher immer mühelos getan habe.

Stattdessen liege ich stundenlang wach, sodass meine Augen am Morgen brennen, als ich aus dem viel zu kurzen Schlaf aufschrecke und feststelle, dass ich den Wecker nicht gestellt habe. Da mich aber niemand geweckt hat, ist das vielleicht auch gar nicht so schlimm.

Als es laut an der Tür klopft, schrecke ich zusammen. Lassen sie mir das doch nicht durchgehen? Sofort setze ich mich auf, wage es aber nicht, etwas zu sagen.

»Hey!«

Einar.

Ich atme tief aus. Die Müdigkeit fällt von mir ab. Er klopft noch mal, öffnet nach einer Weile ganz vorsichtig die Tür und wirkt erleichtert, lächelt mit einem leichten Kopfschütteln.

»Okay, ich dachte kurz, du bist vielleicht doch einfach abgehaut, nachdem du gestern Abend spurlos verschwunden warst«, sagt er.

Mit etwas Mühe erinnere ich mich endlich mal wieder selbst daran, wer ich bin, und schenke ihm ein bitteres Lachen.

»Ja klar.« Ich verdrehe die Augen. »Als ob ich hier einfach so wegkommen könnte. Die Busse sind ja angeblich alle ausgebucht.«

»Ja, das behaupten wir nur, damit die Wardens nicht weglaufen.« Mit schelmischem Grinsen mustert er mich eingehend. »Hildur und Íris übernehmen den Vormittag. Ich wollte dir wie versprochen heute noch etwas Besonderes zeigen. Also gehen wir beide jetzt mal eine Runde wandern.« Er zwinkert. »Ich erwarte dich in zehn Minuten vor der Hütte.«

»Was?« Ich blinzle überrumpelt, verschränke die Arme vor der Brust. »Ähm, nein, hallo? Ich lehne ab. Wie hast du dir das vorgestellt? Du kannst mich nicht zwingen. Ich bin freiwillig hier.«

»Und ob ich das kann.« Er kneift seine Augen ein wenig zusammen, wartet geduldig, aber ich rühre mich nicht, bis er aufstöhnt. »Okay, ich kann dich nicht zwingen. Aber ich habe extra die Schichten mit den anderen getauscht.« Seufzend faltet er die Hände zusammen. »Bitte, bitte! Ich meine, diese Wanderung ist echt geil, die solltest du dir nicht entgehen lassen. Du solltest dich sogar drauf freuen!«

Ich presse die Lippen fest aufeinander, blicke aus dem Fenster und wieder zu ihm zurück. Irgendwelche Berge hochlaufen ist nichts, was ich gerne tue. Aber was soll ich sonst mit mir anfangen? Weiter im Bett rumliegen? Mich in meinen Gedanken verrennen und dann doch den nächsten Bus nehmen – zur Not im Kofferraum –, der mich an einen Ort bringt, an dem ich eigentlich auch nicht sein will? Was ist die Alternative? Und außerdem habe ich ihnen allen versprochen, dem Ganzen noch eine Chance zu geben.

Schließlich gebe ich nach und nicke, sehe ihn dabei aber nicht an.

»Super. In zehn Minuten unten, okay?«, fragt Einar und schließt schnell die Tür, bevor ich etwas erwidern kann. Ich lasse mich erst mal zurück ins Bett fallen und starre an die Decke. Mein Handy liegt immer noch mit schwarzem Display neben dem Bett, weil ich es letzte Nacht gleich ausgeschaltet habe, um all die Reminder an verpasste Träume nicht mehr ertragen zu müssen. Ich nutze nur zu gern die Gelegenheit, es weiter zu ignorieren, indem ich mich möglichst schnell davon entferne.

Um mich fertig zu machen, brauche ich keine fünf Minuten. Aber es dauert auch keine fünf Minuten, bis ich bereue, mich überhaupt darauf eingelassen zu haben. Der blau-violette Berg ist der höchste in der Gegend. Beim Bergauflaufen wirbeln meine Schuhe immer wieder Staub auf, und ab und an rutsche ich auf dem losen Kies aus. Warum genau wir das machen, ist mir entfallen, seit ich angefangen habe, laut und schwer zu atmen, um genug Luft zu bekommen. Die Sonne knallt auf uns herab, und die Haare, die es weder in den Pferdeschwanz noch unter die Kappe geschafft haben, kleben mir an der schweißnassen Stirn. Vielleicht wollen die Berge mir einfach eins sagen: Geh wieder nach Hause!

»Dir ist hoffentlich bewusst, dass das noch nicht einmal die ersten Hundert Meter Anstieg von den neunhundert Metern sind, ja?« Einar lacht auf, als er mich stöhnen hört.

Genervt bleibe ich stehen. »Okay, ich drehe jetzt um. Du kannst mich mal!«, fluche ich, rühre mich aber nicht von der Stelle. Erst mal muss ich wieder zu Atem kommen. Ich schwöre, ich kann stundenlang laufen, aber nicht bergauf. Bergauf ist nicht das, wofür wir Menschen gemacht wurden. Da oben wächst doch nicht einmal mehr was. Große Höhen sind offensichtlich nicht für lebende Wesen gedacht. Außer vielleicht Adler. Die finden das cool.

»Ach komm schon, du schaffst das. Wir können uns auch Zeit lassen.« Er nickt mit dem Kopf zum Gipfel. »Komm, ich laufe hinter dir. Dann kannst du die Geschwindigkeit bestimmen.«

Für einen langen Moment starre ich ihn an, nicke aber schließlich widerwillig. Ich gebe dem Ganzen eine Chance, habe ich gesagt. Noch so was Dummes, was ich von mir gegeben habe. Vielleicht sollte ich einfach öfter den Mund halten.

Einar lässt mich an ihm vorbeigehen, und ich hole tief Luft, bevor ich kopfschüttelnd weiterlaufe, tief bereuend, dass ich mich darauf eingelassen habe. Meine Lungen schmerzen, mein Herz pumpt wie verrückt, und ich kann spüren, dass mein Gesicht von der Hitze hochrot angelaufen sein muss.

»Und? Ist es die Aussicht nicht wert?« Einar lächelt total zufrieden, als er das sagt, das weiß ich, ohne ihn ansehen zu müssen. Denn er ist überzeugt davon, dass ich das hier alles genauso toll finden muss wie er. Und natürlich ist er im Gegensatz zu mir kein bisschen außer Atem.

Dennoch blicke ich auf, stemme die Hände in meine Hüften und schaue mich um. Wir haben nicht mal den höchsten Punkt erreicht, trotzdem fühlt es sich so an, als könnte ich auf all die bunten Hügel hinabblicken. Sie breiten sich in alle Richtungen aus, und dazwischen schlängeln sich türkise Flüsse durch die Canyons. Beim Camp wird die farbenfrohe Hügellandschaft von einem längst abgekühlten grauen Lavastrom durchbrochen, der sich durch die Berge windet. Ich presse beschämt die Lippen aufeinander und nicke schweigend, auch wenn ich es am liebsten leugnen würde.

»Ist schon ziemlich cool«, gebe ich nach einer Weile zu. Auch wenn meine Oberschenkel brennen und sich wie Blei anfühlen, hebt sich dieses andere, schwere Gewicht ein wenig von meinem Brustkorb, als ich mich auf die Umgebung fixiere. Wie gerne hätte ich jetzt Flügel und würde davonfliegen wie die Adler, um mich in der Unendlichkeit zu verlieren. Vermutlich könnte ich dort draußen schreien so laut ich will, und niemand würde mich hören. Es gibt nur noch mich und diese Berge, die immer noch ein bisschen wie Greenscreen wirken, aber verdammt, sie sind echt! Okay, Einar ist auch noch da, und ein paar Touristen lungern bereits auf der Spitze des Bergs herum.

»Sag ich ja!« Einar scheint sehr stolz auf sich zu sein.

Ich verdrehe die Augen, reiße mich von der Aussicht los und laufe weiter. Wie das alles wohl von ganz oben aussehen muss, wenn es mich hier schon so fasziniert? Von Neugier angetrieben, bemühe ich mich noch ein bisschen mehr, laufe einen Tick schneller, bis ich die nächste Pause brauche. Ich erinnere mich selbst daran, nicht nur auf den Boden vor mir zu starren, sondern auch die Aussicht zu genießen. Gleichzeitig kommen wir dem Gipfel immer näher, und ein Lächeln kann ich bald nicht mehr unterdrücken. Vielleicht hatte Einar recht, vielleicht ist das hier doch eine gute Idee.

Den letzten Hügel bringe ich schneller als den Rest hinter mich, um endlich anzukommen, doch sobald ich an dem großen Felsen vorbeilaufe, reiße ich die Augen ungläubig auf.

»Warte!« Ich blinzle irritiert, während meine Augen einem Pfad folgen, der noch weiter hinaufführt, dann kurz zur Seite abknickt, bevor er sich bis zu einem noch höheren Gipfel fortsetzt. »Nein! Das hier ist noch gar nicht die Spitze? Das darf doch nicht wahr sein!« Stöhnend lasse mich auf den staubigen Boden sinken und stütze erschöpft meinen Kopf auf die Hände. »Du hast es geschafft, Einar. Ich bin echt froh, dass wir hier oben sind. Aber jetzt können wir wieder runtergehen, oder?« Ich mache große, flehende Augen, während Einar augenrollend den Kopf schüttelt. Er antwortet mir nicht, lässt sich stattdessen neben mir nieder, reicht mir eine Wasserflasche und sieht geradeaus in die Ferne. Dankbar verleibe ich mir mehrere große Schlucke ein und wische mir danach den Mund ab.

Einar seufzt hörbar. »Saga, warum willst du auf einmal gehen?«, fragt er unvermittelt.

Ich schlucke, wage es nicht, mich zu ihm umzudrehen, starre stattdessen auf den staubigen, steinigen Boden unter meinen Füßen. Schließlich atme ich tief ein.

»Ich weiß nicht.« Ich schüttle den Kopf, weil das die ehrlichste Antwort ist, die ich zustande bekomme, auch wenn sie ihm nicht weiterhilft. Willkommen im Club, Einar, ich weiß selbst nichts damit anzufangen.

Für eine Weile bleibt es still zwischen uns. Ich male mit meinen Fingern im Staub herum. Einar sieht mich an, doch ich weiche seinem Blick aus.

»Was ist denn passiert? In dieser einen Nacht?«, fragt er, worauf ich die Lippen zusammenpresse und die Augen schließe.

»Ich weiß nicht«, presse ich nach ein paar Augenblicken hervor. Mein Puls beschleunigt sich wieder. Ich will nicht, dass er das tut, aber ich kann ihn auch nicht stoppen, spüre die Hitze in meinem Bauch.

»Aber ...«

»Ich weiß nicht, Einar! Ich habe was Wichtiges verloren. Ich ...« Ich sehe ihn an, meine Stimme ist lauter, als ich wollte. Sofort habe ich einen Kloß im Hals, fluche lautlos und raffe mich auf, stolpere, laufe aber weiter. Immer weiter, diesen verdammten Berg hoch. So schnell, dass ich weiß, dass ich es nicht lange durchhalten werde. Aber das ist mir egal.

»Saga!«, höre ich Einar rufen, doch ich beiße die Zähne zusammen, ignoriere das Ziehen in meinen Beinen und kämpfe mich weiter voran.

Ich komme dem Gipfel näher, immer näher, bis ich schließlich abrutsche und im Dreck lande, inmitten einer zum Glück nur kurzlebigen Staubwolke. Das hab ich verdient, muss ich zugeben, weshalb ich meinen Kopf kurz auf den Boden drücke und dann lauthals lache.

Warum? Keine Ahnung. Ich weiß es wirklich nicht. Ich weiß nichts mehr. Ich weiß nicht, was ich hier mache, was ich hier will und was das alles überhaupt soll.

Vor Wut will ich schreien, stattdessen sind da aber wieder diese Tränen, die mich langsam ankotzen und die ich mir deshalb schnell aus dem Gesicht wische. Ich spüre Einars Hand an meiner Schulter.

»Alles okay?«, will er wissen.

Ich nicke, setze mich auf die Knie, schaue ihn aber nicht an. Seine Hand ruht auf meiner Schulter, aber er fragt nicht noch einmal, lässt mich durchatmen.

Schließlich kneife ich die Augen fest zusammen.

»Seine Mailbox-Nachricht«, gebe ich endlich zu, auch wenn das vermutlich kaum hilfreich ist.

Doch Einar drückt meine Schulter. »Nummer deaktiviert?«, fragt er.

Ich verstehe nicht, warum er begreift, wovon ich spreche, aber ich nicke. »Ich habe …« Zögernd presse ich die Lippen aufeinander. »Ich wollte seine Stimme hören. Noch mal. Ich …« Ich hole tief Luft. »Seitdem … ich habe mir immer seine Stimme vorm Schlafengehen angehört, weißt du? Und ich weiß, dass das total bescheuert und erbärmlich ist. Total absurd. Aber …« Ich atme kurz durch. »Ich wusste nicht, was ich sonst machen soll. Einar, ich weiß nicht, was ich ohne ihn machen soll. Wir haben immer alles zusammen gemacht. Das Singen und Amerika … und …« Zögerlich drehe ich mich zu Einar um, der mich mustert, ohne verurteilenden Blick, ohne Mitleid. »Ich weiß nicht, was jetzt aus mir werden soll. Jetzt bin ich hier, weil ich nicht zu Hause sein kann. Aber irgendwie ist das auch alles falsch. Vielleicht muss ich einfach zurück, mich da irgendwie durchbeißen, mein ausgebremstes Leben wiederaufnehmen und mich nicht so anstellen. Ich stelle mich doch sonst nicht so an. Aber …« Ich wische mir noch mehr Tränen aus dem Gesicht. »Ich weiß einfach nichts mehr.«

Einar nimmt meine Hand von meinem Gesicht und hält sie in seiner. Ich sehe zu ihm auf, und er legt den Kopf schief, betrachtet mich für ein paar Momente, bevor er tief Luft holt.

»Deshalb bist du doch hier, oder? Um rauszufinden, was du willst?«, fragt er vorsichtig, doch ich lache nur bitter auf.

»Ich bin hier, weil ich nicht weiß, wo ich sonst hinsoll.« Ich schaue wieder zu Boden. »In der WG gibt es zu viele Erinnerungen. Zu meinen Eltern will ich nicht zurück.«

»Na, aber dann bist du hier genau richtig, oder?«, fragt Einar vorsichtig. »Mir hat es auf jeden Fall geholfen, den Kopf freizukriegen, aus der Stadt rauszukommen. Mich erst mal eine Weile von den Rettungs-Volunteer-Einsätzen zurückzuziehen.« Er zuckt mit den Schultern. »Gib dem Ganzen doch noch mehr Zeit. Vor ein paar Tagen konntest du mit der Umgebung noch nichts anfangen, jetzt findest du es langsam ganz schön, oder? Vielleicht kannst du sogar zur nächsten Hütte durchwandern, ein bisschen tiefer eintauchen sozusagen.«

Ich betrachte Einar für einen langen Moment. Was er da sagt, ist so vollkommen vernünftig, dass ich gar nicht weiß, wie ich darauf reagieren soll. Eigentlich will ich ihm sofort widersprechen, aus Prinzip, aber stattdessen sage ich nichts, konzentriere mich auf die Berge hinter ihm. Ich lasse den Kopf sinken, lasse meine Gedanken nach Hause schweifen, zurück zu all dem Schmerz. Es ist doch total offensichtlich: Ich kann gar nicht zurück. Das würde ich nicht ertragen. Weder in der WG noch bei meinen Eltern. Mir bleibt gar nichts anderes übrig, als hierzubleiben.

Trotzdem ...

Ich hadere mit den nächsten Worten, hole tief Luft. »Was wenn ...« Noch eine Pause. Die Worte sind zu schwer, um sie einfach so über die Lippen zu bekommen. »Was wenn ich ihn hier draußen vergesse?«

Einars Lächeln ist warm wie immer, aber da ist noch mehr, da ist Schmerz.

»Wirst du nicht«, verspricht er und deutet auf die Bergspitze. »Weißt du, wie oft ich mit ihm da oben war?« Er breitet die Arme aus. »Das hier, diese Berge, die zwei, drei Wochen im Sommer, die er immer gerne hier verbracht hat, das ist alles ein Teil von ihm. Und weißt du, was das Schöne daran ist, Saga?« Er leckt sich über die Lippen, und ich sehe, dass seine Augen kurz wässrig werden und er sich sammeln muss, bevor er weiterspricht. »Das Schöne ist, dass du das alles noch entdecken kannst. Diesen Teil von ihm, der dir fremd ist. Weißt du, da sind ein paar Kapitel übrig, die du noch gar nicht kennst.«

Ich bekomme eine Gänsehaut, schnappe nach Luft, während Einar sich Tränen aus den Augen wischt.

Ich schlucke. »Zeigst du mir die?«, hauche ich, kaum in der Lage, die Worte auszusprechen. Doch Einar nickt und zieht mich zu sich. Ich bin es aber, die die Arme fest um ihn schlingt, denn ich frage mich, ob er im Gegensatz zu mir schon alle Kapitel von Ingvis Geschichte gelesen hat und ob ihm das in diesem Moment nicht das Herz bricht.

Kapitel 7

Ich jage einem Geist hinterher. Das ist mir klar, als ich mir an den langen Abenden und freien Tagen von Einar etliche Orte um Landmannalaugar zeigen lasse, die er mit Ingvi in den vergangenen Jahren besucht hat. Mir ist bewusst, dass mir das langfristig meinen Seelenfrieden nicht zurückgibt, aber für den Moment ist mir das egal.

Jedes Mal nehme ich das Armband mit, das Ingvi mir geschenkt hat, als wir gerade aus der Grundschule raus waren, mit dem Versprechen, dass wir irgendwann auf der ganzen Welt bekannt sein werden. Zusammen. Außerdem mache ich jeweils ein Foto von jedem der vielen Orte, die Teil von Ingvi sind, die ich aber bisher noch nicht gekannt habe. Die Idee ist, dass ich später daraus eine Collage mache. Und ich muss zugeben, dass Tyler recht hatte. Vielleicht ist dieser Ort inspirierender, als ich ihm zugestehen wollte.

Ich bitte Einar zusätzlich, mir eine Karte zu machen, auf der nicht nur die Orte in Landmannalaugar markiert sind, sondern alle in den gesamten Highlands von hier bis nach Thórsmörk. Um sie zu erkunden. Endlich weiß ich, was ich diesen Sommer tun werde, wie ich Ingvi nahe bleibe, ihn nicht vergesse, sondern immer bei mir habe, ohne mich von einer blöden Mailboxnachricht abhängig machen zu müssen. Das Feuer in mir, dieses Gefühl von absoluter Leidenschaft, das ich in den letzten Monaten so vermisst habe, kehrt langsam, ganz langsam zurück, und das beruhigt mich mehr, als die Berge allein es je getan hätten.

»Irgendwas ist anders«, stellt Tyler fest, als er wieder eine Packung Doritos im Shop kauft. »Wo kommt dieses zufriedene Lächeln her? Hab ich bisher noch nicht oft an dir gesehen.« Er grinst, muss wissen, dass sein Versuch, witzig zu sein, ein wenig erzwungen wirkt.

Dennoch zucke ich amüsiert mit den Schultern.

»Vielleicht bin ich ja doch inspiriert worden«, gebe ich zu.

»Aha!« Tyler streckt seinen Zeigefinger in die Höhe. »Hab ich doch gesagt. Die Berge haben was.«

»Ja, so was in der Art«, murmle ich. »Und was ist mit dir? Du bist immer noch hier. Wie läuft es denn? Willst du nicht mal was vorspielen?«

Tyler kratzt sich verlegen am Hinterkopf. Er zögert unerwartet lange, als würde es ihm schwerfallen, darauf zu antworten.

»Es ist ein Prozess«, sagt er lediglich, aber mir entgeht nicht, dass seine Stimme ein wenig düsterer klingt als das erste Mal, dass er davon erzählt hat. Die Deadline muss näher rücken.

Ich schmunzle dennoch.

»Ja, rede dir das ruhig ein.« Ich nehme noch eine Tüte Doritos aus dem Regal und halte sie ihm hin. »Komm, sonst verhungerst du ja noch.«

Überrascht blinzelt er, nimmt die Tüte aber dankbar an.

»Was würde ich nur ohne euch tun?« Mit einem bitteren Lachen reißt er die erste Tüte auf.

»Gute Frage.« Ich mustere ihn aufmerksam. »Weißt du, es kann sein, dass wir bald die Hütten wechseln und in die Highlands umziehen. Ich weiß es noch nicht sicher, auch nicht, wann es sein würde. Aber vielleicht solltest du dir langsam wirklich was überlegen. Bald hast du alles hier leer gekauft. Und dann?«

»Oh!« Tyler blinzelt überrascht, wirkt kurz überrumpelt. »Richtung des Laugavegur-Wanderwegs? Hab schon viel davon gehört. Cool. Das wird sicher sehr cool.« Er holt angespannt Luft und weicht meinem Blick aus.

Trifft ihn das etwa? Obwohl er doch hierhergekommen ist, um allein zu sein? Immerhin habe ich seine letzte Brainstormingsession in der heißen Quelle unterbrochen. Er sollte froh sein, wenn ich gehe.

»Ich hoffe es.« Ich schmunzle. »Ich habe gehört, die nächste Hütte da oben soll nicht so gut ausgestattet sein. Aber ich bin gespannt darauf, noch mehr von den Bergen zu sehen.« Noch mehr von Ingvi. Ich senke den Blick. Merkwürdig, oder? Die ganze Zeit war ich so verloren. Auf einmal wieder ein Ziel zu haben, überrascht mich selbst so sehr, dass ich manchmal gar nicht weiß, was ich mit diesem warmen Gefühl in meiner Brust anfangen soll. Ist es überhaupt okay, dass es da ist? Hastig schüttle ich den Kopf. »Hast du denn mittlerweile zumindest eine grobe Richtung? Ein paar Melodien vielleicht?«, frage ich, doch er weicht meinem Blick aus.

»Nein. Aber ein Thema.« Ein verlegenes Lächeln kehrt zurück auf seine Lippen. »Sich verlaufen.« Er zuckt mit den Schultern. »Ziemlich vage, ich weiß, aber ...« Sein Blick wandert zu den Bergen. »So fühlt sich das doch an, oder? Als könnte man sich da draußen ganz schnell verlaufen.«

Oder drinnen. In unseren Köpfen. Ich atme tief ein.

»Auf jeden Fall.« Ich sehe ihm fest in die Augen. »Pass auf, dass du dich nicht verläufst. Wäre ziemlich lästig, dich suchen und retten zu müssen.« Ich schenke ihm ein freches Grinsen, meine es aber ernst.

»Suchen und retten, hm? Machst du das?«, will er wissen.

Ich schlucke kurz.

»Im Moment nicht. Aber generell schon. Wie die halbe isländische Jugend tritt man den *Search & Rescue Volunteers* während der Highschoolzeit bei, und dann gehört man da irgendwie ein Leben lang dazu. Hauptsächlich wegen der Partys und der Ausflüge versteht sich.« Schmunzelnd schüttle ich den Kopf. »Also pass besser auf dich auf, weil da wirklich nur Leute wie ich nach dir schauen.«

Tyler nickt mit einem schiefen Grinsen. »Merke ich mir.«

»Viel Erfolg, Tyler!« Ich deute auf das Notizbuch, das er wie immer bei sich trägt, wohl wissend, wie schwierig es sein kann, die richtige Inspiration zu finden. »Ich hoffe, ich sehe dich irgendwann auf den großen Bühnen, und dann möchte ich bitte Backstage eingeladen werden, weil ich dich damals am Leben gehalten habe, als du deine ganz großen Songs geschrieben hast.«

»Na klar!«, bestätigt er, stopft sich ein paar Chips in den Mund und schlendert davon. Und ich drücke ihm wirklich die Daumen, denn wir Musiker müssen zusammenhalten. Ich stocke. Musikerin. So habe ich mich selbst lange nicht mehr genannt.

Ich kaue auf meinem Stift herum, als ich am Abend die Karte studiere, um herauszufinden, wohin ich als Nächstes gehe. Im Prinzip sind wir durch mit den von Ingvi besuchten Orten in Landmannalaugar und müssten tiefer in die Highlands gehen, um die nächsten zu erreichen. Allerdings weiß ich noch nicht, wann wir zur nächsten Hütte umziehen, und nicht zu wissen, wann es weitergeht, bringt dieses beklemmende Gefühl zurück. Seufzend schließe ich die Augen. Super, mich selbst abhängig zu machen, das habe ich wirklich drauf.

»Worüber brütest du denn da?«

Hildurs Stimme lässt mich zusammenzucken.

»Shit! Musst du dich so anschleichen?« Ich presse eine Hand an meine Brust, als würde das mein rasendes Herz beruhigen.

Lachend zieht sie sich einen Stuhl neben mich und lässt sich erschöpft darauf nieder.

»Hey, du bist die, die sich hier versteckt gehalten hat.« Neugierig schaut sie zwischen meinen Armen hindurch. »Willst du nicht mal eine Pause machen? Warst du nicht die, die das Wandern gehasst hat? Und auf einmal bist du jeden Tag unterwegs.«

»Irgendwie habe gelernt, es zu mögen.« Missmutig drehe ich mich zu ihr um, hadere kurz mit mir, atme dann ein und wage es einfach: »Sag mal, Hildur, wann können wir denn weiter zur nächsten Hütte?«

Hildurs Augenbrauen rutschen nach oben.

»Sag mir jetzt nicht, dass du tatsächlich nach Hrafntinnusker gehen willst. Die Geschichten sind kein Spaß, Saga«, erklärt sie verhalten, wie ich es von ihr gar nicht gewohnt bin (dieses Mädchen lebt von Begeisterung!), und schüttelt den Kopf. »Das Mädel da oben hat sich schon bereit erklärt, den ganzen Sommer dort zu bleiben. Wir müssen also nicht antanzen. Und nach Álftavatn geht es erst in zwei Wochen. Aber Landmannalaugar ist doch eigentlich perfekt. Ich weiß gar nicht, warum die anderen Wardens so gern wechseln. Ich könnte den ganzen Sommer über hierbleiben. Große Küche, Bad, eigenes Zimmer, wir haben hier den größten Luxus von allen.«

Das Seufzen, das sich mir aufdrängt, unterdrücke ich, weil ich nicht will, dass Hildur merkt, wie sehr es mich drängt, diese Orte zu besuchen. Sie steht der Karte sowieso schon skeptisch gegenüber, und ich habe nicht das Gefühl, dass sie das versteht. Eigentlich bin ich ja auch hier, um Zeit mit ihr und Einar zu verbringen, nur ist das nicht meine Priorität, was irgendwie unfair ist, vor allem, weil sie sich darauf so gefreut hat.

»Ich habe nichts dagegen. Im Gegensatz zu dir war ich noch nicht so oft hier und würde gerne mal alles sehen und mitbekommen.« Ich zucke ganz locker mit den Schultern, als würde nicht mein gesamtes Leben davon abhängen. Als wäre ich nicht quasi auf Entzug. »Vielleicht könnte ich auch ohne euch gehen? Wenn das Mädchen da oben nichts dagegen hat? Dann leiste ich ihr ein wenig Gesellschaft.«

Energisch schüttelt Hildur den Kopf. »Glaub mir, das willst du nicht. Das verstehst du, sobald du einmal dort vorbeigegangen bist. Ich wiederhole es gern noch mal: Kein fließendes Wasser auf den Klos. Weißt du, was das bedeutet?« Sie zieht die Nase kraus und drückt sie sich mit den Fingern zu. »Außerdem hängt die Hütte ganz oft in den Wolken fest, und es kann tagelang neblig sein. Und kalt. Schöne Aussicht? Einfach mal wandern gehen? Vergiss es! Glaub mir, das sind noch mal ganz andere Bedingungen.«

Ich presse die Lippen aufeinander, denn es nervt mich auf einmal, dass Hildur glaubt, zu wissen, was gut oder schlecht für mich ist. Kopfschüttelnd weiche ich ihr aus.

»Vielleicht gehe ich trotzdem. Wie lange dauert es denn dahinzukommen? Zwei, drei Stunden? Vier? Das bekomme ich hin. Ich hab ja jetzt genug Übung. Und der Pfad ist gut markiert, oder?« Ich folge ihm auf der Karte mit meinem Finger von hier nach dort.

Hildur zieht scharf die Luft ein. »Wenn du unbedingt willst«, sagt sie mit einem Unterton, der vor Unverständnis trieft. »Aber du musst echt aufpassen. Wenn der Weg im Nebel hängt und das Wetter umschlägt, ist das richtig gefährlich. Dann sieht man plötzlich gar nichts mehr. Die Denkmäler an die Verstorbenen unterwegs gibt es nicht umsonst.«

Ich schlucke, spüre, wie mir die das Herz ein wenig in die Hose rutscht. Aber ich weiß, dass der Weg gut markiert ist, dass viele Leute ihn wandern, weshalb ich mir keine Sorgen machen muss. Ich will mir das nicht von Hildur ausreden lassen. Also atme ich tief durch.

»Ich glaube, das kriege ich hin«, sage ich. »Ich gehe einfach morgens mit der Masse von Touristen und Reisegruppen los.«

Sie seufzt erst, zwingt sich dann aber doch ein Lächeln ab.

»Und das alles wegen der Karte? Wegen Ingvi?« Sie sucht meinen Blick, und sobald ich nicke, schließt sie die Augen und atmet auf. »Bist du nicht hierhergekommen, um Abstand davon zu gewinnen? Bist du sicher, dass es eine gute Idee ist, die Erinnerungen stattdessen aufzufrischen?«

Unbewusst balle ich meine Hände zusammen.

»Das wollte ich erst«, gebe ich zu. »Aber seien wir doch ehrlich, weglaufen kann ich davon sowieso nicht. Lieber will ich noch ein paar schöne Erinnerungen sammeln, weißt du?«

Erst sieht sie mich überrascht an, dann hellt sich ihr Blick auf. Das Verständnis kehrt zurück, eins, das ich gar nicht verdient habe, weil ich hier eigentlich gerade nur mache, was ich will, weil es mir im Prinzip egal ist, ob sie traurig ist, wenn ich gehe. Dabei verabscheue ich Rücksichtslosigkeit doch so sehr. Aber ihr Lächeln ist ehrlich. Ohne noch etwas dazu zu sagen, nimmt sie mich in den Arm, wo ich tief einatme, in der Gewissheit, dass ich wirklich das Richtige für mich tue.

Auch wenn Einar es war, der mir vorgeschlagen hat, zur nächsten Hütte zu wandern, wirkt er nervös, als ich ihm sage, dass ich genau das jetzt tun möchte. Aber allein.

»Ich könnte auch mit dir hochgehen und dann wieder zurücklaufen«, schlägt er vor, während er in meiner Tür steht und mich dabei beobachtet, wie ich meinen Rucksack mit den nötigsten Dingen packe – den Rest werden die anderen mit nach Álftavatn bringen, wo sie mit einem Jeep hingefahren werden. Und wo wir uns in zwei Wochen treffen.

»So ein Quatsch, Einar.« Ich schüttle den Kopf, ohne ihn anzusehen. »Du warst doch mit mir unterwegs. Du weißt, dass ich das hinbekomme. Und es ist nicht so, als wäre ich ganz allein. Da laufen jeden Tag große Gruppen von Menschen entlang, die Wege sind markiert. Ich halte mich an andere. Alles wird gut.«

»Manche von den markierten Aussichtspunkten sind etwas weiter weg vom Hauptpfad«, wendet er ein.

Seufzend drehe ich mich zu ihm um, entdecke echte Sorge in seinen Augen.

»Ja, und die werde ich nur besuchen, wenn sie nicht zu weit weg sind, und auch bloß, wenn das Wetter gut ist oder jemand anders mit mir geht, okay?« Ich lächle zuversichtlich. »Du musst nicht auf mich aufpassen, weißt du? Wir sind beide erwachsen. Wir wurden beide beim *Search & Rescue*-Team ausgebildet. Ich bekomme das schon hin. Und eigentlich freue ich mich darauf, einfach mal was ganz für mich selbst zu machen.« Das habe ich nämlich noch nie getan, und es fühlt sich so an, als wäre jetzt der richtige Zeitpunkt dafür.

Einar lässt den Kopf leicht hängen, nickt aber dennoch.

»Ja. Das verstehe ich«, gibt er schwermütig zu. »Du rufst an, sobald du dort bist, verstanden?«

Ein Grinsen breitet sich auf meinem Gesicht aus.

»Na klar.« Ich kann nicht anders, springe auf und schließe ihn in die Arme. »Danke, Einar. Für alles. In Álfatvatn können wir wieder zusammen losziehen, ja?«

»Ich bitte darum.« Er drückt mich. »Du bist ja nicht die Einzige, die diese Orte besuchen möchte.«

Ich atme tief ein. »Ich weiß.« Ich ziehe die letzten Schnüre meines großen Trekking-Rucksacks fest und schultere ihn endlich. »Und ich sollte los, wenn ich den Anschluss zu den anderen Wanderern nicht verlieren will.«

Einar nickt. »Das wird super. Viel Spaß! Vergiss nicht, dich ab und zu umzudrehen und umzuschauen, auch wenn es anstrengend ist.« Er zwinkert. »Immerhin wird es erst mal fast nur bergauf gehen. Das liebst du ja.«

»Ja klar.« Ich verdrehe die Augen. »Ich werde mir Zeit lassen, um die Aussicht zu genießen. Und nur deshalb.« Lächelnd schlüpfe ich nach draußen. Dass Einar sich so um mich sorgt, füllt mich mit wertvoller Wärme. Ingvi war immer mein wichtigster Freund, aber natürlich habe ich auch andere. Er war nie der einzige, auch wenn ich mir das oft selbst eingeredet habe.

Als ich wirklich losgehe, ist mir erst mal mulmig zumute. Die Sonne steht noch tief, aber der Wanderpfad ist bereits voll von kleinen Gruppen, die losgezogen sind, um exakt denselben Weg zu beschreiten, den ich heute gehe. Das überfordert mich einerseits, andererseits muss das bedeuten, dass die Route wunderschön ist.

Und ich muss zugeben, dass ich dankbar dafür bin. Denn auch wenn ich das hier wirklich mal auf mich selbst gestellt schaffen will, bin ich froh, nicht ganz allein zu sein. Im Gegenteil. Ich werde in ein Gespräch nach dem anderen verwickelt, von einzelnen Wanderern, wie ich selbst einer bin, oder von kleineren Gruppen, die begeistert sind, einer Einheimischen zu begegnen. Unsere Wege trennen sich spätestens, wenn sie merken, dass ich viel langsamer bin als sie, aber das ist in Ordnung, vielleicht sogar gut so. Denn ich genieße die ruhigen Momente genauso sehr, finde mich selbst ständig lächelnd wieder, wenn ich mich umschaue. Jetzt bin ich mittendrin in den bunten Bergen, die aus der Ferne so magisch wirken. Gefärbt ist die Erde überall in hellem Braun bis Orange und bisweilen sogar rötlich. Ab und zu steigt Dampf aus der Erde auf, der schwefelig riecht, aber hier alltäglich ist – Touristen finden es jedoch so spannend, dass sich ständig kleine Gruppen um den dampfenden Boden bilden.

Weil es nur ein paar einzelne Wolken am Himmel gibt und das Wetter ansonsten perfekt ist, ist der Ausblick gigantisch. Ich bin hier nicht einfach nur inmitten der Berge, sondern kann auch darüber hinaus das Flachland, die Seen und dahinter sogar ferne Gletscher erkennen. Klar, es wird immer gesagt, dass unsere Insel etwas Besonderes ist, aber wenn man selbst hier lebt, gibt man der Magie oft gar keine Chance, und dann ist einem das einfach nicht bewusst. Bis man hier ist.

Hier und da wage ich kleine Abstecher zu Aussichtspunkten, die Teil von Einars Karte sind. Das Lächeln auf meinen Lippen wird größer, wenn ich mich umsehe und mir bewusst wird, dass Ingvi irgendwann genauso stolz hier oben gestanden haben muss. Ich presse die Lippen aufeinander, atme tief durch, bevor ich Ingvis Armband aus meiner Tasche ziehe und fest mit meiner Faust umschließe, denn überziehen kann ich es mir nicht. Das wäre zu viel. Aber hier, für diesen Moment, ist es okay.

Immer wieder schließe ich die Augen, stelle mir vor, dass er hier bei mir ist, spüre, wie seine Hand sich über meine legt, sodass mein Herz kurz stehen bleibt. Als ich sie wieder öffne, ist er natürlich nicht da, aber das Foto nehme ich so auf, als wäre er hier. Und dann bin ich auf einmal ganz ruhig.

Auch wenn meine Beine brennen und der Tag nicht einfacher, sondern nur immer anstrengender wird, das Gewicht des Rucksacks mit jedem Kilometer schwerer, fühle ich mich innerlich leichter, und je weiter ich komme, desto stolzer bin ich auf mich. Die Stunden (und viele Wanderer) scheinen nur so an mir vorbeizurennen, während ich mit vielen kleinen Pausen und schmerzenden Füßen einen Hügel nach dem anderen hinter mich bringe. Manche sind von Schneeresten bedeckt, die immer größer werden, je höher ich steige.

Zwar bin ich durch die *Search & Rescue*-Ausbildung geübt darin, Schneebrücken auf ihre Sicherheit einzuschätzen, dennoch bin ich vorsichtig, taste mich langsam über diese hinüber.

Die Wolken kommen mit dem Aufstieg immer näher, bilden einen Kontrast zum blauen Himmel, der stets weniger wird. Je höher ich komme, desto mächtiger werden die restlichen Schneeflächen, die sich am Rand des Pfades entlangziehen. Sie speisen ihre eigenen Flüsse und Wasserfälle, sodass sich dort grüne, fruchtbare Flächen bilden, die sich von den braunen, leblosen Bergen auf magische Weise abheben.

Hier oben gibt es keine Bäume, keine Büsche, alles ist kahl, und doch faszinieren mich die einzelnen Pflänzchen und Grasflächen, die sich trotz aller Widrigkeiten irgendwie durchsetzen können. Eigentlich bin ich hierhergekommen, um die Orte zu besuchen, die mich Ingvi näherbringen, und doch ertappe ich mich dabei, wie ich immer wieder in die Knie gehe, um die kleinen Pflanzen zu fotografieren und die Berge, den Schnee, den Himmel. All diese unglaubliche Magie.

Ein Blick auf die Uhr verrät mir aber, dass ich mich sputen sollte. Das Mädchen von der Hütte in Hrafntinnusker weiß, dass ich unterwegs zu ihr bin, und es ist eine ungeschriebene Regel, dass wir die Suchtrupps losschicken, sollten einzelne angekündigte Wanderer nicht in einer gewissen Anzahl von Stunden ihr Ziel erreichen. Natürlich nicht, um Zeitdruck zu erzeugen, sondern einfach, um sicherzugehen, dass ich in diesem Fall nicht in irgendeine Schlucht gestürzt bin, ohne dass jemand kommt, um mich zu retten.

Erleichtert stelle ich fest, dass der angekündigte Nebel in den Höhen nicht so schlimm ist, wie ich befürchtet hatte. Selbst als er so dicht wird, dass ich die nächste Wanderpfadmarkierung nicht mehr sehen kann, erkenne ich die Fußspuren der vielen anderen Wanderer deutlich am Boden und noch deutlicher in den Schneeflächen. Und zur Not habe ich auch mein GPS dabei. Nur ein langärmliges Oberteil, das muss ich mir bald überziehen, weil mit dem Nebel die Kälte kommt und der schweißtreibende Anstieg nach einer Weile aufgehört hat, sodass ich mich eher auf einem Plateau bewege und mein Körper runterkühlt.

Zwischendurch ziehe ich die Karte heraus und stelle fest, dass ich eine Abzweigung verpasst habe, sodass ich kurz stehen bleibe und in die weiße Nebelwand hineinstarre. Ich atme tief ein. Aus einem Impuls heraus will ich der Karte folgen, will jeden einzelnen von Ingvis Orten so schnell wie möglich besuchen, doch ich schließe die Augen. Es war bereits ein langer Tag, und es wäre unverantwortlich, in den Nebel zu rennen und womöglich über eine instabile Schneebrücke zu laufen, die mich mein Leben kosten könnte.

Ganz so nah möchte ich Ingvi dann doch nicht kommen.

Der restliche Weg kostet mich keine halbe Stunde mehr und führt durch ein Plateau, das voller schwarzer, wie Glas gebrochener Obsidiane ist, die dem Gebiet und der Hütte im Isländischen – Hrafntinna – ihren Namen gegeben haben. Als ich die grünen Hütten mit den rotbraunen Dächern und der wehenden Island-Flagge vom Aussichtspunkt ganz vage durch den dünner werdenden Nebel entdecke, atme ich erleichtert auf. Geschafft!

Ich weiß selbst nicht so genau, was ich erwarte, als ich mich der kleinen Hütte nähere. Um sie tummeln sich nicht einmal ein Dutzend Zelte, und sie ist so viel kleiner als Landmannalaugar, dass ich endlich verstehe, was die anderen gemeint haben.

Die junge Frau mit olivenfarbener Haut und dunklen, geflochtenen Zöpfen, die mit dampfender Tasse in der Hand auf der Kante des Holzbodens der Hütte sitzt, muss die Kanadierin sein, die hier Warden ist. Sie beobachtet mich dabei, wie ich zu ihr hinüberlaufe, und nickt mir schließlich zu.

»Du musst Saga sein«, stellt sie fest und schmunzelt, als ich ihren dunklen Augen irritiert begegne. »Die meisten Gruppen für heute sind schon durch, einzelne Reisende gibt es nicht so viele, und du bist definitiv eine von den

Einheimischen.« Ihre Mundwinkel zucken in die Höhe, und sie streckt mir ihre Hand hin, die ich zögerlich schüttle.

»Allison, richtig?«, frage ich vorsichtig, was sie bestätigt.

»Genau die.« Sie zwinkert. »Hast du es gut hierhergeschafft?«

»Ja.« Ich nicke und lecke mir zögerlich über die Lippe. »Ich hoffe, das hat nicht zu lange gedauert? Ich bin leider nicht die Schnellste.«

»Quatsch.« Sie winkt ab. »Ich sitze hier gerade auch nur so herum, weil der letzte große Ansturm von heute vorbei ist und ich mir einen Kaffee gönnen wollte.« Damit nimmt sie genüsslich einen Schluck von ihrer Tasse und dreht sich um. Ohne mich anzusehen, deutet sie in die Ferne, wo die Wolken sich zwar endlich in den Himmel zurückgezogen haben, dort aber grau und warnend schweben. »Du bist grade rechtzeitig hier aufgekreuzt. Da vorn wartet eine ziemlich unangenehme Regenfront auf uns. Ich musste vorhin schon ein paar unvorbereiteten Campern sagen, dass sie mit ihren Billigzelten hier oben nicht über Nacht bleiben können.« Sie seufzt. »Das war mal wieder ein Drama.«

Ich lasse den Rucksack, der mittlerweile sicher eine Tonne wiegen muss, lärmend auf den Boden neben ihr fallen, strecke meinen Körper in alle Richtungen und sehe mich tief einatmend um.

»Ist das die Regel?«, frage ich unsicher, betrachte die paar Zelte innerhalb von kleinen, tiefen Steinmauern einige Meter von der Hütte entfernt. »Hier sind so viel weniger Camper als in Landmannalaugar.«

»Jup.« Allison wendet sich wieder an mich. »Hier oben ist Campen meistens echt total ungemütlich. Die meisten wandern direkt weiter nach Álftavatn. Nur ein paar extreme Camper, die die richtige Ausrüstung haben, bleiben hier wirklich über Nacht. Die wissen dann aber, was sie tun und worauf sie sich hier einlassen. Zum Teil bleiben sie auch ein paar Nächte. Das sind oft Fotografen und so. Weißt du, wir sind so weit oben, da hängen wir oft in den Wolken und ziemlich windig wird es auch.« Sie zuckt mit den Schultern und grinst. »Also, ich finde das ziemlich geil. Aber ich schlafe ja auch in der Hütte.«

»Da habe ich mich auf was eingelassen, hm?« Ich wage es kaum, ihr in die Augen zu sehen, doch sie lacht leise.

»Ich habe mich tatsächlich gewundert, dass jemand sich mir hier oben so freiwillig anschließen wollte, wenn er nicht muss.« Sie grinst schief. »Ich meine, in zwei Wochen kommt vermutlich eine Freundin von mir her, die ich überredet habe. Aber es ist schön, jetzt schon ein bisschen Gesellschaft zu haben.«

»Total beeindruckend, dass du das gerade allein machst«, bemerke ich.

»Ich liebe es einfach hier«, erklärt sie. »Ich bin jedes Mal traurig, wenn die Saison vorbei ist, und kann die nächste kaum abwarten. Fühlt sich einfach wie mein Zuhause an.« Das verträumte und ansteckende Lächeln in ihrem Gesicht verdeutlicht das.

»Das, hm?« Interessiert sehe ich mich um. Der Nebel ist immer noch nicht ganz verschwunden.

»Was soll ich sagen?« Sie schmunzelt abermals. »Ich fühle mich gern wie der einzige Mensch auf der Welt.«

»Ja, allein mit ein paar Monstern, die sich im Nebel verstecken«, werfe ich lachend ein. »Da draußen könnte alles auf uns lauern. Aber ich verstehe den Reiz. Ist nicht alltäglich.«

»O ja, lieber Monster im Nebel als das Leben in der Stadt.« Allison verzieht das Gesicht.

Überrascht ziehe ich die Augenbrauen nach oben.

»Wirklich? Lieber diese Abgeschiedenheit als ein Supermarkt oder Restaurants direkt in der Nähe? Frisches Essen hast du hier oben vermutlich nicht viel, oder?«, hake ich neugierig nach.

Allison zuckt mit den Schultern, steht auf und bedeutet mir, ihr zu folgen. Wir gehen um den ersten Teil der Hütte herum.

»Das muss ich zugeben. Wenn unsere Saison hier startet, müssen wir alle in den Highland-Hütten das Essen für die gesamte Zeit gleich zu Beginn mitbringen. Frisches Obst und Gemüse gehen also nach einer kurzen Zeit zur Neige. Aber wir haben viele Freunde, die uns gern mal was vorbeibringen, wenn wir wirklich verzweifelt etwas brauchen«, erklärt sie und breitet die Arme aus. »Aber weißt du, dafür ist das Leben hier auch anders. Langsamer, ruhiger, einfacher. Wenn du hier nach draußen gehst und ganz still stehen bleibst, weißt du, was du dann hörst? Nichts. Und das ist doch verdammt wundervoll. Das würde ich um nichts in der Welt eintauschen.«

Kurz beobachte ich sie und mache dann genau das. Nichts. Und sie auch. Es ist wirklich komplett still um uns, nicht ein einziges Geräusch. Was mir Gänsehaut bereitet. Darüber nachgedacht habe ich vorher nie, weil ich diese Stille nicht kenne. Aber sie ist so allumfassend, dass ich nicht anders kann, als tief durchzuatmen und mich genauso ruhig zu fühlen wie die Luft um uns.

Als ich mich wieder zu Allison umdrehe, entdecke ich ein zufriedenes Lächeln auf ihren Lippen. Nach einer Weile weicht ihr Blick zur Tür der Hütte zu unserer Linken.

»Dann wären da noch die Toiletten.« Ihr Grinsen kann sie kaum unterdrücken, und weil ich mich an Hildurs schauerliche Geschichten erinnere, schlucke ich. »Nach der Wanderung brauchst du die bestimmt eh. Die lasse ich dich ganz allein entdecken. Triff mich danach einfach in der Hütte gegenüber.« Wortlos streckt sie ihren Arm aus, um mir meinen Rucksack abzunehmen, was ich dankbar annehme. »Viel Spaß!« Sie zwinkert und verschwindet hinter dem Gebäude vor uns.

Ich betrachte die angelehnte Tür vor mir. Es hängt der Geruch von öffentlichen Toiletten in der Luft, den ich auch erwartet habe. Das beruhigt mich. Doch als ich die Tür öffne, schlägt mir ein noch viel heftigerer Geruch entgegen, den ich in keiner Weise auch nur erahnt habe und der mich sofort an die Grenze zur Übelkeit bringt. Schon will ich es mir verkneifen und die Tür wieder zuschlagen, als mir einfällt, dass ich zugesagt habe, eineinhalb Wochen hier zu verbringen, und dass das nun Teil meines Lebens ist. Das habe ich mir also selbst eingebrockt, super!

Nachdem ich den Klogang auf den wasserlosen Toiletten von Hrafntinnusker, die nicht mehr als ein tiefes Loch sind, über das Toilettenschüsseln und um diese Kabinen gebaut wurden, hinter mich gebracht habe, finde ich Allison in der Wardenhütte wieder. Ich starre sie für einen Moment an, versuche, nicht zu entsetzt zu wirken.

»Gewöhnungssache?«, frage ich lediglich.

»Gewöhnungssache«, bestätigt sie schelmisch. »Im Gegensatz zu den anderen Hütten haben wir leider auch nur diese Toilette und keine eigene.«

Ich atme tief ein. Es sind nur eineinhalb Wochen. Das kann ich durchstehen. Zumindest ist es hier drin angenehm warm, so warm sogar, dass man es vermutlich mit einem Shirt aushalten würde.

»Was ist mit Duschen?«, frage ich zögerlich, sodass sie auflacht.

»Keine für die Touristen. Dafür haben wir hier oben zu wenig Wasser.« Sie deutet auf eine Tür hinter der kleinen Küche. »Aber wir haben eine. Endlich.«

»Endlich?« Ich sehe sie mit großen Augen an. »Ihr hattet vorher keine?«

Sie schüttelt missmutig den Kopf.

»War immer ein schöner Ausflug mal kurz nach Landmannalaugar oder Álftavatn zu spazieren, um zu duschen.«

»Nicht dein Ernst!« Die Augen fallen mir fast aus dem Kopf.

»Doch, doch. Sei froh, dass du erst jetzt hier bist, wo wir diesen Luxus haben. Sparsam sollten wir damit aber trotzdem sein.« Sie klopft auf die Arbeitsplatte hinter sich. »Ansonsten sind wir hier auch gar nicht so schlecht ausgestattet, wie man meinen können. Wir haben einen Herd, Ofen, Kühlschrank, Gefrierschrank. Also fast so luxuriös wie Landmannalaugar.« Sie zwinkert. »Nicht schlecht, oder?«

»Hab ich nach den Toiletten nicht erwartet«, gebe ich zu und folge Allison durch eine Tür, hinter der sich ein kleiner Raum mit zwei Betten befindet. »Wir haben leider auch keine eigenen Zimmer, aber das bekommen wir schon hin, oder?«

»Na klar.« Ich stelle meinen Rucksack auf das freie Bett. »Danke, dass ich überhaupt hier bei dir bleiben darf.«

»Danke mir nicht zu früh.« Sie zwinkert. »Morgen putzen wir zusammen die Toiletten.«

Ich lasse den Kopf besonders dramatisch sinken. »Okay.« Ich seufze theatralisch, sodass Allison meine Schulter tätschelt.

Weil es kurz darauf zu regnen beginnt und wir drinnen nicht viel zu tun haben, geht Allison mit mir ein paar technische Details des Systems der Hütten hier oben mit mir durch. Infos, von denen ich in Landmannalaugar gar nichts mitbekommen habe – das müssen die anderen komplett ohne mich geregelt haben. Fließendes Wasser gibt es hier oben generell nicht, weshalb das Wasser mit einer Pumpe angetrieben wird, die wiederum Strom braucht, der wiederum von Solarzellen oder im Notfall von einem lauten Generator betrieben wird. Wir müssen also hoffen und beten, dass bald wieder sonnigere Tage kommen, damit uns der Strom nicht allzu bald ausgeht und wir vor einem kleinen Chaos stehen. Das zumindest kommt laut Allison nicht zu oft vor und eher zum Ende der Saison. Vielleicht sagt sie das aber auch nur, um mich zu beruhigen. Froh bin ich aber definitiv, dass ich hier nicht wie sie allein bin. Das Heizsystem kommt von der Erdwärme, von der es wenigstens genug in der Gegend gibt, und wenn da niemand dran herumfummelt, sollte das System stabil laufen. Brauchen tun wir die Wärme auf jeden Fall, denn hier oben ist es sehr viel kälter, als ich erwartet habe.

»Alles klar«, sage ich am Ende und hoffe, dabei so selbstsicher zu klingen, wie ich es versuche, denn eigentlich habe ich das Gefühl, die Hälfte von allem, was sie mir erklärt hat, schon wieder vergessen zu haben.

Allison lächelt amüsiert.

»Keine Angst, ich zeige dir das auch alles noch mal. Und wenn wir Glück haben, müssen wir uns um den technischen Kram erst mal nicht kümmern, sondern das läuft einfach.« Kurz schaut sie auf ihre Armbanduhr. »Was hältst du von Abendessen?«

»O ja, bitte!« Das Loch in meinem Magen macht mir bewusst, dass ich viel zu lange nichts mehr gegessen habe.

»Sehr gut. Lass mich mal schauen, was wir haben. Wir sollten aber zwischendurch auch mal rausgehen und nach dem Rechten sehen.« Allisons Kopf verschwindet kurz im Kühlschrank. »Versteh mich nicht falsch, die Camper sind für sich selbst verantwortlich, aber wenn jemand Hilfe braucht, sollten wir bereit sein. Und wir erwarten heute Abend noch einen einsamen Wanderer, der glaube ich, auch campen will. Ich hoffe echt, er ist dafür ausgerüstet, sonst wird's ungemütlich für ihn.«

»Oh, ich würde mich sowieso gern ein wenig umschauen. Dann gucke ich nach dem einsamen Wanderer und den anderen da draußen?«, schlage ich vor, auch wenn ich nur so halb weiß, was ich hier eigentlich tue.

»Das wäre super, danke! Dann kümmere ich mich ums Essen.« Allison deutet auf die Tür. »Nimm dir eins von den regenfesten Outfits. Glaub mir, das wirst du brauchen.«

Ich schlüpfe in einen dunkelblauen Overall und eine Jacke, bevor ich mich nach draußen begebe, wo ich ohne dieses Outfit vermutlich innerhalb von Sekunden komplett durchnässt wäre. Der Nebel hat sich verzogen, aber die Sicht ist dank des strömenden Regens nicht viel besser, und dazu kommt ein beißender Wind, der mir gefühlt das Gesicht mit dem Regen wäscht.

Ich schleiche mich um die Hütte, bemerke schnell, dass ich hier draußen die einzige Menschenseele bin. Wer würde auch jetzt noch freiwillig rausgehen? Die Camper tun mir unglaublich leid, andererseits haben sie vermutlich genug Erfahrung und wissen, was sie hier erwartet. Solange da draußen niemand verzweifelt rumläuft, gehe ich davon aus, dass alles in Ordnung ist. Mein Blick schweift zu dem Aussichtspunkt, an dem ich vorhin stand, den ich aber kaum erkennen kann. Die arme Person, die hier heute noch unterkommen wollte!

Für eine Weile bleibe ich dort, frage mich, ob der Wanderer am Ende nicht vielleicht klug genug war, wieder umzukehren. Als sich aber durch den Regen hindurch eine Gestalt auf die Hütte zubewegt, stocke ich, wische mir den Regen aus dem Gesicht. Die Person läuft langsam, aber zielstrebig auf mich zu, und ich hüpfe von der Holzempore, um ihr entgegenzueilen.

Mein Herz bleibt kurz stehen, als ich sie besser erkennen kann. Eine Regenjacke trägt der junge Mann zwar, aber die scheint nicht besonders gut gehalten zu haben, wenn ich das Wasser so an ihm und der nicht ganz so wasserfesten Trekkinghose betrachte. Wenigstens einen Beanie hat er sich noch zusätzlich aufgezogen. Aber auch wenn Allison gesagt hat, dass wir die Verantwortung für diese Wanderer nicht tragen, kann ich mir das nicht einfach nur anschauen – vor allem als ausgebildeter *Search & Rescue Volunteer*, denn der Arme ist womöglich völlig unterkühlt. Ich laufe zu dem jungen Mann hinüber, rufe kurz, damit er mich sieht und weiß, dass hier jemand ist, der ihm helfen wird.

Doch sobald er zu mir aufsieht, bleibe ich stehen, blinzle verwirrt, weil ich mir das einbilden muss.

Ich schüttle entgeistert den Kopf. »Tyler?«

Kapitel 8

Es dauert einen Moment, bis sich Tylers Blick klärt. Nun erkennt er mich auch und hebt langsam die Hand.

Während ich die letzten paar Schritte zu ihm überwinde, schüttle ich tadelnd den Kopf.

»Überraschung?«, versucht er halbherzig, während ihm das Wasser von den unter der Mütze hervorstehenden Haaren ins Gesicht tropft.

»Tyler, was machst du denn hier?«, will ich wissen, mustere ihn von oben bis unten. Seine Hose klebt nass an seinen Beinen, und auch die Regenjacke ist wirklich komplett durchnässt. Nur sein großer Rucksack, der in einen wasserabweisenden Sack gepackt wurde, ist trocken geblieben. Aber wenn ich mich nicht irre, sind seine Lippen ganz leicht blau verfärbt. »Geht's dir gut?«

Er öffnet den Mund, um zu antworten, doch ehe er auch nur ein weiteres Wort herauskriegt, höre ich seine Zähne klappern und ziehe scharf die Luft ein. Okay, das war eine blöde Frage.

»Los. Komm erst mal mit mir, okay?« Wortlos greife ich nach seinem Rucksack, doch Tyler winkt ab.

»Schon okay«, sagt er schnell. »Mir geht's gut.« Er lächelt verlegen, umfasst mit seinen Händen die Gurte des Rucksacks.

Seine Augen wirken müde, aber zumindest ist er nicht desorientiert.

»Gut.« Ich deute zur Hütte. »Lass uns trotzdem schnell ins Warme gehen.« Weil er mir nicht sofort folgt, nehme ich seine Hand. Seine Finger sind eiskalt, sodass ich ganz automatisch mit dem Daumen drüberreibe. Weil mir langsam selbst kalt wird, laufe ich etwas schneller, ziehe ihn mit mir zur Wardenhütte, wo wir ins Trockene kommen. Hastig werde ich die einzwängenden Regenklamotten los und lasse Tyler vorbeigehen, der seinen Rucksack mit einem lauten Donnern zu Boden fallen lässt und leise flucht. Seine Hände zittern unkontrolliert.

»Uhm, hi!«, höre ich Allison etwas forsch sagen, drehe mich mit einem entschuldigenden Blick zu ihr um. Sie sitzt an dem kleinen Küchentisch, auf dem ein Teller mit geschälten Kartoffeln liegt.

»Sorry«, sage ich schnell. »Das ist der einsame Wanderer, den wir noch erwartet haben. Und er ist ... ein Freund von mir.«

Allison zieht die Augenbrauen interessiert nach oben.

»Ich hole eine Decke«, sagt sie wie selbstverständlich und verschwindet in unserem Schlafraum.

Genervt stemme ich die Hände in meine Hüften.

»Tyler, das war verdammt blöd, bei dem Wetter hier hochzukommen. Wieso hast du dich nicht besser für die Wanderung ausgerüstet? Du hättest dich auch richtig unterkühlen können.« Keine Reaktion, und als ich mich zu ihm umdrehe, starrt er wortlos den Boden an. »Wieso bist du überhaupt hierhergekommen?« Ich beobachte ihn, will sehen, dass er darauf reagiert, dass er versteht. Nicht nur, weil ich es wissen will, sondern weil ich rausfinden muss, ob er es noch weiß oder ob die Kälte ihn schon zerfressen hat. Ob er nicht doch leicht unterkühlt ist.

Endlich regt sich etwas auf seinem Gesicht. Seine Mundwinkel zucken nach oben.

»Ich wollte …« Er zittert so sehr, dass er eine kurze Pause machen muss, um sich zu sammeln. »Ich brauchte mehr Inspiration.«

Irritiert runzle ich die Stirn, bin kurz nicht sicher, ob er das ernst meint oder ob er doch verwirrt ist.

Allison kommt wortlos mit der Decke zurück, mustert Tyler genauso besorgt, wie ich es getan habe.

»Inspiration? Aber die hast du doch in Landmannalaugar gefunden, dachte ich?«, wende ich ein, doch er schüttelt langsam den Kopf. Vorsichtig greife ich nach seiner nassen Mütze, die ich ihm vom Kopf ziehe. Ich weiß noch nicht so recht, ob er sich die restlichen Klamotten selbst ausziehen kann oder Hilfe braucht.

»Gesucht«, sagt er. »Die habe ich gesucht. Aber nicht gefunden.« Er fängt Allisons Blick auf, die die Decke in seine Richtung wedelt, und scheint zu verstehen, sodass er sich mit zitternden Händen die nasse Jacke und das nasse Shirt darunter auszieht. Kurz starre ich seinen mit Tattoos und Gänsehaut überzogenen Oberkörper an, der so schön geformt ist, dass mir erst jetzt wieder bewusst wird, dass er Musiker ist und Gitarre spielt. Ich unterdrücke den Drang, jeden Muskel mit den Augen zu verfolgen, und konzentriere mich stattdessen auf sein Gesicht.

»Und warum denkst du, dass du sie hier findest?« Ich sehe ihn für einen langen Moment an, sodass ich mich kurz in seinen Augen verliere, wobei er meinen Blick erwidert.

»Du hast deine doch auch gefunden«, erklärt er. »Ich habe einfach gehofft, dass ich da mitziehen kann. Wenn ich …« Jetzt weicht er meinem Blick aus, konzentriert sich stattdessen auf seinen Gürtel, mit dem er kurz kämpft, bevor er ihn aufbekommt. »Wenn ich mit dir gehe.« Seufzend schließt er die Augen. »Sorry! Ich wollte dir nicht das Gefühl geben, dass ich dich verfolge oder so.« Beschämt drückt er sich eine Hand ins Gesicht. »Fuck ... Das war echt nicht so geplant.« Schwerfällig zieht er die Hose aus, sodass ich eilig wegschaue, während Allison bereits die Decke um ihn schlingt. »Ich ... Hildur meinte, das Wetter würde halten.«

»Ändert sich hier oft schneller, als man denkt«, wirft Allison ruhig ein. »Aber es wundert mich schon, dass sie nicht noch mal mit mir gesprochen hat. Eigentlich hättest du dort nicht mehr losgehen sollen, als es hier zugezogen ist. Hat sie sich dazu gar nicht geäußert? Es ist ja nicht nur das Wetter. Unerfahrene Wanderer sollten die Route generell nicht allein bestreiten. Es wundert mich, dass sie dich hat losziehen lassen.« Allison beißt sich leicht auf die Lippe und schmunzelt. »Sorry! Nicht, dass ich einfach behaupten will, dass du unerfahren bist. Aber allein dein Outfit schockiert mich etwas.«

Tyler zieht die Decke fester um sich und drückt sie sich reumütig ins Gesicht.

»Doch, das stimmt natürlich«, gibt er zu. »Hildur hat mir gesagt, dass es riskant ist, aber mir ein GPS-Gerät mitgegeben, und ich habe versprochen, gut aufzupassen.« Er seufzt leise. »Und das habe ich auch. Aber irgendwann wollte ich es einfach nur noch bis hierher schaffen.«

Ich ziehe einen Stuhl direkt vor ihn, schiebe ihn drauf und beobachte ihn eingehend. Erschöpft lässt er seine Augenlider zufallen und legt den Kopf in den Nacken.

»Das war viel anstrengender, als ich dachte«, stellt er erschlagen fest.

Allison erhitzt Wasser in einem Wasserkocher und sucht in einem der Schränke nach etwas – vermutlich Tee.

»Gut«, sage ich harsch. »Das ist dir hoffentlich eine Lehre.«

Darauf sieht Tyler mich wieder an, schmunzelt und fährt sich mit einer Hand durchs Gesicht.

»Super, jetzt habe ich ja das Klischee des unvorsichtigen amerikanischen Touristen voll erfüllt, hm?« Er zieht die Decke etwas enger um sich. »Du hast vermutlich nichts anderes von mir erwartet.«

Ich lasse den Kopf hängen. »Gar nicht. Ich habe mehr erwartet.« Weil das verdammt fies klingt, beiße ich mir schnell auf die Lippe. »Immerhin hattest du dein Soll an Dummheiten in Landmannalaugar bereits erfüllt.« Ich lache leise. »Aber nebenbei bemerkt bin ich froh, dass du es überlebt hast. Wäre eine Schande, deine Musik zu verschwenden.«

Er runzelt die Stirn, sieht mich wieder an.

»Wann hast du meine Musik gehört? Du hast aber nicht versucht, mich zu googeln, oder?«, will er misstrauisch wissen, worauf ich mysteriös mit den Schultern zucke.

»Tja.« Ich tätschle sein Bein.

»Hattest du vor, draußen zu zelten?« Allison schiebt ihm eine dampfende Tasse hinüber, in der ein Teebeutel hängt, beobachtet den Musiker dabei herausfordernd.

Tyler nickt dankbar, schluckt aber dennoch, als sein Blick zum Fenster wandert und dann zu seinem Rucksack.

Allison schmunzelt amüsiert.

»Du hast Glück.« Sie beobachtet ihn interessiert dabei, wie er auf den Tee pustet. »Freunde und Familie der Wardens dürfen sich an einer Spezialbehandlung erfreuen.« Sie deutet auf den Schlafraum. »Wir haben da noch eine Extramatratze drin. Sollte aber kein Dauerzustand werden.«

»Oh!« Tyler sieht sie an. »Also, ich muss nicht ... ich kann auch ... also ich kann mein Zelt aufbauen«, stammelt er nervös, fühlt sich sichtlich unwohl. »Entschuldigt, ich wollte euch auf keinen Fall zur Last fallen.« Er umschließt die heiße Tasse mit beiden Händen, sieht von Allison zu mir und wieder zurück.

»Ach, mach dir keinen Kopf«, entgegnet Allison und winkt ab. »Hauptsache du kannst dich jetzt erst mal aufwärmen.« Sie nimmt sich eine Kartoffel vom Tisch und wackelt damit in ihrer Hand herum. »Hunger?«

Tyler presst seine Lippen zusammen und nickt. »Aber ich muss wirklich nicht ...«

»Schon okay.« Allison setzt sich an den Tisch und schält fleißig weiter. Ich stoße zu ihr und helfe mit. »Wir haben mehr als genug.«

»Danke«, ergibt Tyler sich kleinlaut, nimmt einem Schluck von seinem Tee und wirkt, als würde sich gerade Erleichterung über seinen Körper legen.

Nach dem Abendessen verschwindet Allison für eine Weile. Der Regen hat nachgelassen, aber die Technik muss regelmäßig gecheckt werden, besonders bei starkem Regen und Wind.

Tyler ist wieder aufgewärmt, wirkt trotzdem etwas elend auf seinem Stuhl.

»Willst du schlafen gehen?«, frage ich vorsichtig.

Er dreht sich zu mir um, lächelt müde.

»Mir ist das verdammt unangenehm, Saga«, gibt er zu. »Ich wollte mich hier nicht bei euch einnisten.« Er drückt eine Hand auf seine Stirn. »Ich dachte nicht, dass es hier ganz anders sein würde als in Landmannalaugar. Aber ich habe das Gefühl, selbst die Regentropfen sind hier dicker.«

Ich lache auf.

»Willkommen in Island!«, stoße ich amüsiert aus. »Egal, ob du fünfzehn Minuten fährst oder läufst, du wirst immer auf anderes Wetter treffen.« Ich zwinkere, um ihm das unangenehme Gefühl ein wenig zu nehmen, das sich augenscheinlich in ihm ausgebreitet hat und das ich auf gewisse Weise so gut verstehen kann. »Hauptsache, du bist hier sicher angekommen und es geht dir gut. Okay? Mach dir mal keine Sorgen um den Rest«, versichere ich ihm. »Das nächste Mal gehen wir zusammen, okay? Ist sowieso immer besser, wenn man nicht allein im Hochland wandert.« Ich blinzle überrascht über das, was ich gesagt habe, weil mir bewusst wird, dass Tyler hier nur Besucher ist, dass wir vielleicht gar keine Gelegenheit mehr haben, zusammen zu wandern, falls er bald zurückfliegt, und dass wir eigentlich gar keine Freunde sind. Irritiert sehe ich zu Boden. Was habe ich mir denn dabei gedacht?

»Gerne!«, erwidert Tyler begeistert, senkt dann den Kopf. »Also nur wenn das nicht gegen deine Pläne geht.«

»Unter uns ...« Ich senke die Stimme. »Ich will zwar nicht, dass Allison das weiß, aber ich bin ehrlich gesagt gar nicht so ein Outdoor-Girl wie die ganzen anderen Wardens hier. Ich bin da eher ein bisschen reingetuscht, weil ich einen Tapetenwechsel gebraucht habe. Auch bei den *Search & Rescue Volunteers* hatte ich Glück, dass ich sie oben im Norden gemacht habe. In Reykjavík ist die Ausbildung viel härter. Im Grunde bin ich eine Hochstaplerin. Ich verkrieche mich eigentlich lieber im Studio in Reykjavík.«

»Du hast ein Studio?« Tyler setzt sich interessiert auf, schenkt sich heißes Wasser aus der Thermoskanne in seine Tasse.

»Nicht mein eigenes. Das von meiner Uni. Ein paar Demos habe ich da mal aufgenommen mit …« Ich schüttle schnell den Kopf. »Ja, also nicht viel mehr. Aber egal.« Ich zucke mit den Schultern. »Die anderen Wardens sind auf jeden Fall eher Leute, die richtig viel wandern und sich auskennen. Ich bin hier, weil mir Hildur und Einar einen Gefallen getan haben beziehungsweise mir vorgeschlagen haben, damit ich …« Ich stocke. »Na ja, einfach, um mal wieder rauszukommen.«

Tyler mustert mich interessiert. Kurz fürchte ich, dass er nachbohrt, dass er herausfinden will, warum ich diesen Tapetenwechsel brauche. Es ist nicht so, als würde ich Ingvis Tod absichtlich verheimlichen, aber irgendwie will ich nicht, dass er weiß, wie zerbrochen ich eigentlich bin. Alle anderen wissen das bereits. Nein, viel mehr erwarten sie, dass ich das bin. Zumindest bei Tyler habe ich die Chance, jemand anders zu sein, jemand, der keine Risse in seiner Seele hat. Jemand, der sein Leben im Griff hat. Oder zumindest halbwegs.

»Hättest du Lust, dir mal anzuhören, was ich bisher zustande gebracht habe?«, fragt Tyler, statt mich auf meine Beweggründe anzusprechen, was mich so überrascht, dass ich irritiert blinzle.

»Ja klar!«, bricht es beinahe ein wenig zu begeistert aus mir hervor. Ich stocke kurz, kneife die Augen ein wenig zusammen, während ich zwischen seinem Rucksack und ihm hin- und herschaue. »Warte …«, sage ich, raffe mich auf und gehe zum Rucksack hinüber. »Du hast nicht ernsthaft deine Gitarre da drin?«

Tyler kratzt sich ertappt am Hinterkopf. Er befreit sich von der Decke und kommt zu mir rüber. Nur in seinen Shorts. Bevor mein Gesicht rot anlaufen kann, konzentriere ich mich auf den Rucksack, der zwar groß ist, von dem ich aber erwartet hatte, dass er voll mit nützlichen Sachen ist. Nicht mit einer Gitarre.

»Jap«, gesteht Tyler. »Ich habe die Gitarre dabei statt mehrerer Paar Socken oder Hosen oder …« Beschämt sucht er meinen Blick. »Könnte ich bei euch eigentlich irgendwie meine Wäsche waschen?«

Ich lache auf, bin so überrumpelt, dass ich mich kurz nicht mehr einkriegen kann. Trotzdem schaffe ich es zu nicken.

»O Gott! Ja, bitte, bitte wasch deine Wäsche. Wir machen das morgen zusammen.« Ich helfe ihm, den etwas verhakten Reißverschluss aufzubekommen. Behutsam zieht er die Gitarre raus, inspiziert die äußeren Ränder.

»Deshalb hast du so geflucht, als dir der Rucksack vorhin aus der Hand gerutscht ist«, stelle ich fest und sehe, dass Tyler erleichtert ausatmet.

»Exakt. Hatte ein bisschen Angst um mein Baby. Aber sie scheint in Ordnung zu sein.« Er streicht sanft über das Holz.

»Dein Baby?« Ich unterdrücke ein Prusten.

Tyler dreht sich zu mir um, sucht eindringlich meinen Blick.

»Ja, mein Baby«, bestätigt er, ohne auf meine Belustigung einzugehen. Stattdessen positioniert er seine Hände konzentriert auf den Saiten des Instruments und atmet tief ein. Er schließt die Augen und stimmt den ersten Ton an. Es braucht ein paar Atemzüge, bis er den nächsten Ton spielt, und nur eine Sekunde später erfüllt er den Raum mit einer Melodie, die so traurig und zugleich so hoffnungsvoll ist, dass ich eine Gänsehaut bekomme. Wie von selbst schließe ich die Augen, sauge die Klänge förmlich auf, die im Hintergrund vom Trommeln des Regens begleitet werden. Irgendwann summt Tyler zusätzlich zum Gitarrenklang, singt aber keine Worte. Die braucht es aber auch gar nicht, um zu verstehen, dass der Song die Essenz dessen verkörpert, was Tyler gesagt hat: Sich verlaufen haben. Und noch ein bisschen mehr: Daran zu glauben, dass man den Weg zurück findet. Ich schlucke schwer, bin froh, dass ich die Augen zuhabe, als sich Tränen darin verirren, die ich schnell wegblinzle.

Als die Tür der Hütte ins Schloss fällt, zucke ich zusammen und reiße die Augen wieder auf.

Allison steht vor uns und zieht eine Augenbraue hoch.

»Wow, du hast eine Gitarre, aber keine ordentliche Regenjacke. Deine Prioritäten finde ich beeindruckend.«

Wir starren sie beide für einen Moment an, dann lachen wir alle drei los.

Kapitel 9

Nach einer unruhigen Nacht werde ich am nächsten Morgen vom Geruch frischen Kaffees geweckt und bin kurz desorientiert. Ich denke sofort an Margrét, die manchmal, wenn sie gute Laune hat, für uns in der WG Kaffee kocht, um uns den Morgen zu versüßen. Aber ich bin nicht dort, ich bin in den Bergen. Eine Tatsache, die mich aufatmen lässt.

Es ist Allison, die fröhlich »Guten Morgen« trällert, als ich mich auf die Terrasse zu ihr und Tyler geselle. Sie deutet nach oben, sodass ich ihrem Blick folge. Die Wolken haben sich über die Nacht komplett verzogen und geben einen blauen Himmel frei. »So schön war's lange nicht mehr hier«, erklärt sie zufrieden. »Vielleicht seid ihre meine Glücksbringer.«

Beeindruckt sehe ich mich um. Ein paar einzelne Wolkenfetzen werden an uns vorbeigetragen, die uns so nah sind, dass mir jetzt erst so richtig klar wird, wie hoch oben wir uns befinden. Um uns herum ragen rötlich braune Hügel in allen Richtungen in die Höhe, überzogen mit noch viel mehr Schnee, als wir in *Landmannalaugar* sehen konnten. Als wäre der Winter hier noch nicht vorbei.

»Vor zwei Wochen hatten wir noch mal frischen Schnee«, klärt Allison mich auf, als hätte sie meine Gedanken gelesen. »Aber vielleicht ist der Sommer jetzt endlich angekommen.«

»Schnee Ende Juni?« Tyler schluckt ungläubig.

»Jap, Sommer in Island beschränkt sich auf Juli und August«, klärt Allison ihn auf. »Und selbst das heißt nicht, dass es viele heiße Sommertage gibt.«

»Hab's schon gemerkt.« Tyler schmunzelt.

»Deshalb freuen wir uns umso mehr über die sonnigen Tage«, bestätige ich und denke unweigerlich an Tylers Song. Auch wenn wir uns gestern in den Wolken verrannt haben, leuchtet uns heute die Sonne den Weg. Und am liebsten würde ich sofort jeden einzelnen der unzähligen Hügel erklimmen, die an diesem Morgen freigelegt wurden.

Erst mal steht aber die Arbeit an.

Tyler bietet kurzerhand an, uns als Dank unter die Arme zu greifen. Und jemanden zu haben, der mit mir zusammen die stinkenden Horror-Toiletten sauber macht, lehne ich gewiss nicht ab. Der Morgen ist ruhiger als in Landmannalaugar, weil viel weniger Menschen hier oben gecampt oder in der Hütte geschlafen haben. So viel ruhiger noch, als es jemals in der Stadt war, und ich beginne, den Reiz zu verstehen, den das Leben hier hat. Nachdem die meisten Gäste bis zehn Uhr ausgecheckt haben und begeistert über den schönen Tag die Weiterreise angetreten haben, säubern wir die kaum benutzte Gästehütte zusammen mit Allison, die uns danach zeigt, wie genau wir uns um das schreckliche Toilettenhäuschen kümmern müssen. Mein Fazit: Ich empfehle diesen Job niemandem.

Erst danach haben wir etwas freie Zeit, weil wir die ersten Wanderer von Landmannalaugar nicht vor vierzehn Uhr erwarten.

Diese Zeit nutzen Tyler und ich, um unsere dreckige Kleidung in großen Plastikeimern mit Gummihandschuhen von Hand zu waschen. Weil es einfacher ist, waschen wir alles zusammen. Ich habe den Eimer mit heißem Wasser und Waschpulver vor mir, um die Sachen zu reinigen, und gebe sie dann an Tyler, der die Stücke bei sich in klarem Wasser ausspült und dann feste ausdrückt, um sie aufzuhängen. Ich bereue nun sehr, die Waschmaschine in Landmannalaugar vor meiner Abreise nicht mehr genutzt zu haben, aber immerhin ist das Wetter perfekt geeignet für das Trocknen der Wäsche.

»Die Waschmaschine in Landmannalaugar war also echter Luxus, hm?« Tyler seufzt entgeistert. »Hätte ich da mal heimlich nachts gewaschen.«

»Heimlich!« Ich lache auf. »Das hätte ich gern miterlebt.«

»Bin eben gut erzogen. Natürlich mache ich so was nicht. Aber schon verrückt, wie anders es hier oben ist.« Kopfschüttelnd sieht er sich um. »Ich hätte viel früher hierherkommen sollen.«

»Machst du dir wirklich so viele Sorgen um deine Songs? Der, den du mir gestern vorgespielt hast, klang doch schon ziemlich gut.« Ich reiche Tyler eine meiner Unterhosen und versuche, das so entspannt wie möglich zu machen, als würde mich das in gar keiner Weise kümmern. Dann tunke ich eine seiner Boxershorts ins Waschwasser, denn Ausgleich muss sein. Tyler sieht in die Ferne, während er den Slip ganz besonders diskret ausspült.

»Das Ding ist ...« Er seufzt. »Der Stil passt noch nicht ganz zum Rest der Band. Und ich habe noch gar keine Lyrics dazu. Das ist bisher die einzige Melodie, die ich zustande gebracht habe.«

»Oh!« Ich schlucke. Das ist wirklich nicht viel.

»Oh! Genau!«, bestätigt er. »Aber ich habe schon den ganzen Morgen was Neues im Kopf, das ich unbedingt ausprobieren will.« Er lächelt zufrieden, nimmt mir amüsiert die Boxershorts ab.

»Wenn du willst, kann ich die Wäsche allein fertig machen«, schlage ich vor. Wäre vielleicht ein bisschen weniger unangenehm (laut sage ich das aber nicht). »Wenn du eine Idee hast, solltest du dich gleich dransetzen. Nicht dass sie dir entfällt.«

»Im Gegenteil.« Tyler schmunzelt. »Ich finde das hier beruhigend, und je länger wir einfach nur rumstehen und Wäsche waschen, desto deutlicher wird die Melodie.«

Geschockt starre ich ihn an.

»Warte, sag mir nicht, dass Wäschewaschen dich inspiriert.« Kopfschüttelnd wasche ich das nächste Teil. »Du bist ja verrückt. Von mir aus kannst du aber gern wann immer du möchtest meine Unterwäsche waschen. Wenn die dich so inspiriert ...« Habe ich das gerade wirklich gesagt? Ich möchte bitte, dass mir jemand eine Kopfnuss verpasst, danke.

Er lacht leise.

»Also wenn du willst, dass ich deine Unterwäsche regelmäßig wasche ...« Amüsiert zuckt er mit den Schultern, sodass ich die Augen zusammenkneife und auflache.

»O Gott! Sag das doch nicht laut!«, bricht es aus mir heraus. »Ich dachte, wir ignorieren die Tatsache, dass wir hier gegenseitig unsere Unterwäsche waschen.«

»Das beschäftigt dich ja ganz schön«, stellt er mit einem schelmischen Grinsen fest, sodass ich das gerade gewaschene Shirt in seinen Eimer werfe und ihn so mit Wasser vollspritze. »Musik!«, schreie ich, bevor er sich an mir rächen kann. »Wir wollten doch über deine Musik sprechen!«

Missmutig blickt er von seinem nassen Hemd zum Eimer und zurück zu mir.

»Inspiration«, sagt er lediglich und wäscht das Shirt aus, räuspert sich. »Das Wäschewaschen an sich ist natürlich keine Inspiration ...« Er sieht mich kurz an, dann konzentriert er sich wieder aufs Wasser. »Aber kennst du das nicht? Manchmal ist es diese Ruhe, die ich brauche, die sich über mich legt, wenn ich mich mal nicht konzentriere, damit die Melodie oder die Worte in meinem Kopf Form annehmen können«, erklärt er.

Ich verstehe sogar ganz genau, was er meint. Früher habe ich mich oft in mein Bett gelegt und die Decke angestarrt, während sich in meinem Kopf ein neuer Song abgespielt und aufgebaut hat. Nur ist mein Kopf jetzt so leer, dass ich nicht einmal weiß, wo ich anfangen soll. Es gibt keine Ideen mehr in mir, die lauter werden könnten.

»Spielst du ihn mir später vor?«, frage ich. »Den neuen Song?«

Tyler leckt sich nervös über die Lippen.

»Ich würde gern erst mal herumprobieren«, weicht er aus. »Vielleicht wenn ich ein bisschen weiter bin?«

»Und wo willst du spielen, sodass ich dich nicht höre?«, hake ich grinsend nach, doch statt ebenfalls zu grinsen und zuzugeben, dass ich ihn in der Tasche habe, deutet er in die Ferne, auf einen der Hügel.

»Da oben werde ich sitzen.« Er sucht meinen Blick »Ich kann dich aber nicht aufhalten, wenn du zufällig auch dorthin wandern willst.«

Ich mustere ihn. Will er allein mit seinem Song sein oder nicht? So richtig einschätzen kann ich nicht, was er mir damit sagen will. Ich nehme mir aber vor, zu schauen, wo die umliegenden Markierungen sind, die ich sowieso noch besuchen will. Und sollte das einer von Ingvis Orten sein, muss Tyler mich vielleicht doch ertragen. Denn der Gedanke, mit ihm loszuziehen, fühlt sich gar nicht so schlecht an.

Eigentlich will er gar nicht allein da oben sein. Das wird klar, als er sogar auf mich wartet, während ich meine Sachen zusammenpacke.

»Ich dachte, du willst erst rumprobieren und weiterkommen, bevor ich deinen Song hören darf«, stelle ich fest, als wir loslaufen.

»Ich erwarte natürlich, dass du elegant weghörst«, erklärt er, als würde er es tatsächlich ernst meinen.

»Komm schon.« Ich grinse hämisch. »Ich habe deine Boxershorts gewaschen. Du musst nichts mehr vor mir verheimlichen.« Zögernd kneife ich die Augen ein wenig zusammen, um ihn eingehend zu mustern. »Auch nicht den Namen deiner Band.«

Er beißt sich grinsend auf die Lippen.

»Mal sehen«, sagt er. »Du bist ganz schön gierig.«

»Anspruchsvoll«, korrigiere ich ihn. »Das war das Wort, das du gesucht hast.«

»Den Song bekommst du. Den Bandnamen nicht.« Er dreht sich noch einmal zu mir um. »Noch nicht. Mal sehen, wie lange ich überhaupt noch hier bin.«

»Pff«, mache ich. »Du willst dich doch nur geheimnisvoll machen. Vergiss es. Ich habe dich bereits halb nackt gesehen. Zweimal! Tu nicht so, als wären wir uns fremd.«

»Keine Fremden mehr, okay.« Tyler läuft weiter, und es fällt mir gar nicht so schwer, mit ihm Schritt zu halten. Nicht so wie mit Einar. »Bekannte? Lass uns sagen, wir sind Bekannte.«

»Hey!« Ich boxe ihn in den Oberarm. »Ich habe für dich eine Spezialbehandlung bei Allison eingeheimst, als ich behauptet habe, wir seien Freunde.« Mit hochgezogenen Augenbrauen fordere ich ihn heraus. »Und Freunde sagen ihren Freunden den Namen ihrer Band.« Ich wackle mit ebendiesen Brauen. »Und hey, ich kenne sowieso keine Rockbands. Du hast gute Chancen, dass ich den Namen noch nie gehört habe.«

Für einen langen Moment sieht er mich an, und kurz erwarte ich, dass er es mir einfach verrät.

»Ich überlege es mir«, ist alles, was er stattdessen sagt, sodass ich aufstöhne.

»Na gut, Mister Geheimnisvoll.« Ich schüttle den Kopf. »Ich werde es schon noch rausfinden. Aber bei deinem neuen Song werde ich nicht elegant weghören. Wenn überhaupt mische ich mich ein, solltest du da Mist fabrizieren.«

Tyler schmunzelt. »Okay«, sagt er, und ich kann nicht glauben, dass er sich wirklich darauf einlässt.

Gleichzeitig werden meine Wangen heiß vor Freude. Weil da wieder diese Flamme in mir Feuer fängt. Das fehlt mir doch ziemlich, oder? Kreativer Input. Zumindest die Idee davon fühlt sich gut an.

Zu meinem Unmut ist dieser verdammte Hügel steiler, als ich erwartet habe. Aber diesmal leide ich nicht allein. Tylers Kondition scheint ähnlich schlecht wie meine zu sein, weshalb unsere Schritte viel kleiner sind, als ich sie von Einar kenne, und wir beide heftig am Keuchen und Nach-Luft-Schnappen sind.

»Berge!«, stöhnt Tyler halb lachend. »Man muss sie lieben.«

Er dreht sich zu mir um, seine Haare feucht von Schweiß, dabei aber immer noch unverschämt gut aussehend, während mein Gesicht einer Tomate gleichen muss.

»Total«, stimme ich keuchend zu, muss aber zugeben, dass der Ausblick immer gigantischer wird, je höher wir kommen. Ich habe eigentlich nichts anderes erwartet, und dennoch haut es mich jedes Mal aufs Neue aus den Socken.

Als wir einen schmalen Pfad bis zum Gipfel überwinden müssen, stockt Tyler vor mir, sodass ich beinahe in ihn hineinlaufe.

»Alles okay?«, will ich wissen, doch Tyler nickt nur wortlos, sodass ich die Stirn runzle. »Soll ich vorausgehen?«

Er schluckt. »Okay«, presst er zwischen zusammengebissenen Zähnen hervor und geht ein Stück zur Seite, um mich vorbeizulassen.

Rechts und links des Pfades geht es steil bergab, und auch wenn ich keine Höhenangst habe, verstehe ich sofort. Der Pfad ist breit genug, aber ein einziger falscher Schritt, und schon geht es tief nach unten in einem beinahe freien Fall. Da wird selbst mir ein wenig mulmig zumute.

»Was hältst du davon ...«, beginne ich vorsichtig und halte ihm meine Hand hin. »Wir gehen zusammen?« Er reagiert nicht sofort. »Hey, schau mich an, nicht nach unten.«

»Meinst du, das ist eine gute Idee?« Tyler konzentriert sich auf mein Gesicht. »Ich meine, die Aussicht hier ist schon super, wir müssen nicht unbedingt –«

»Papperlapapp!«, unterbreche ich ihn und nehme seine Hand in meine. »Komm, wir machen das zusammen.«

Er presst die Lippen unsicher aufeinander.

»Ich weiß nicht, ob es sinnvoll ist, so ein unnötiges Risiko einzugehen, wirklich«, wendet er ein. »Wieso willst du ganz nach oben?«

Ich hole tief Luft. Er hat keine Ahnung, warum mir dieser kleine Ausflug so viel bedeutet, wie könnte er? Eigentlich hat er recht. Wir sollten aufpassen und uns auf keinen Fall wissentlich in Gefahr begeben. Aber dieser Pfad wurde schon oft beschritten, und es ist wirklich nicht mehr weit. Das kann ich mir nicht nehmen lassen. Ingvi hat sicher nie eine Sekunde gezögert und ist hier drübergerannt.

»Na ja, weil wir sowieso fast da sind. Und denkst du, dieser Pfad wäre so gut erhalten, wenn er nicht regelmäßig genutzt werden würde?« Ich deute auf meine Schuhe. »Schau mal, der ist eigentlich breit genug, auch für große Füße. Das sieht viel gefährlicher aus, als es ist.«

Tyler leckt sich nervös über die Lippe, holt schließlich tief Luft und nickt.

»Dann lass es uns hinter uns bringen.«

Ich drücke seine Hand fest, während ich vorausgehe.

»Setze deine Füße einfach genau dahin, wo meine vorher waren, okay?«, erkläre ich, und Tyler antwortet mit einem lauten Ausstoßen von Luft.

Es sind nicht mehr als ein paar Meter, die wir innerhalb von wenigen Atemzügen überqueren, bis der Pfad wieder breiter wird. Trotzdem zerquetscht Tyler mir förmlich die Hand, bis er sie erleichtert und hastig wieder loslassen kann.

»Tolle Idee, in den Bergen Musik zu schreiben«, kommentiert er und verdreht dabei die Augen. »Wie bin ich nur auf so was gekommen?«

»Vor allem hier.« Ich lächle. »Warum bist du bloß hierhergekommen? Warst du so heiß auf stinkende Toiletten?«

»Ich bin ja noch auf der Suche. Und Suchen bringt nicht viel, wenn man immer am selben Ort bleibt, denkst du nicht auch?« Er geht voraus zum höchsten Punkt des Hügels und streckt sich. »Und was ist mit dir?«

»Mit mir?« Ich blinzle überrascht. »Ich konnte dich doch nicht allein gehen lassen. Dann hätte ich den besten Part verpasst.«

»Komm schon.« Er zieht sich die Gitarre vom Rücken und setzt sich damit hin. »Hast du nicht diese Liste, mit der du die Berge abklapperst?« Er mustert mich interessiert. »Als würdest du auch was suchen?«

Ich beobachte ihn für einen Moment, während er die ersten Saiten unter seinen Fingern bewegt, um eine Melodie anzustimmen, die ich nicht kenne. Er hat es also irgendwie mitbekommen.

»Ja klar. Ich suche coole Orte, um coole Fotos zu schießen«, erkläre ich ihm, und öffne demonstrativ die Kamerafunktion meines Handys. »Von denen gibt es hier einige.« Ich laufe an ihm vorbei, genieße die Aussicht. Es fühlt sich an, als würde ich auf dem Dach der Welt stehen und als wäre dieses Dach endlos weit. Neben der sanften Melodie, die Tyler auf der Gitarre spielt, ist nichts anderes zu hören. Für einen Moment schließe ich die Augen und atme tief ein, konzentriere mich auf das Gefühl, das ich immer in mir selbst heraufbeschwöre, wenn ich an den Orten stehe, an denen Ingvi zuvor gestanden hat.

Wieder bilde ich mir ein, seine Hand auf meiner spüren zu können, und bin überzeugt, dass er hier ist. In dem Moment halte ich die Luft an, und solange ich die Luft anhalte, ist er wirklich bei mir. Erst als ich wieder tief einatme und die Augen öffne, holt mich die Realität ein. Ich presse die Lippen fest aufeinander und ziehe wortlos das Armband aus meiner Hosentasche. Dann platziere ich es auf dem Boden und mache ein Foto davon.

Ich stocke, weil die Musik auf einmal aufhört. Als ich mich zu Tyler umdrehe, sieht er mich interessiert an.

»Einfach nur fürs Foto, hm?« Er will mehr wissen, das kann ich an seinem Blick ablesen. Schnell vergrabe ich das Armband wieder in meiner Hosentasche und setze mich wortlos neben ihn. Kurz befürchte ich, dass er weiter herumbohrt, irgendwie die Wahrheit aus mir herauskitzeln will, aber stattdessen stimmt er die nächste Melodie an. Summt dabei ein paar leere Töne.

Ich schließe die Augen, lege mich auf den Rücken und höre einfach nur zu. Tyler spielt immer weiter, viel länger, als jeder Song gehen würde, und irgendwann höre ich ihn die ersten Worte wispern.

This is not how it was supposed to go.
Kept me trapped in the down below.
Fought my way back up to the top
And now that I'm free, I will never stop.
Never again.
Never again.
I will never stop.

Er bricht ab, und ich höre ihn seufzen.

Schnell lehne ich mich auf die Ellbogen und betrachte seinen sich schüttelnden Hinterkopf.

»Das war doch ziemlich gut«, bemerke ich, doch Tyler atmet tief ein und blickt zu Boden. »Tiefgründig.« Genau wie ich meine eigene Musik mag.

»Ist noch nicht ganz richtig«, widerspricht er und legt die Gitarre zur Seite. »Aber die Melodie hat dir gefallen?«

»Sehr gut! Bin fast eingeschlafen.« Ich strecke die Daumen begeistert in die Höhe, doch Tyler stöhnt.

»Sagte sie zum Rockmusiker. Ich schreibe also Musik, die zum Einschlafen anregt. Super.« Er schlingt die Arme nachdenklich um seine Beine. »Die Jungs müssen da echt noch ein bisschen Wumms dahinterpacken.«

»Aber ich meine, das ist doch auch eher eine Ballade, oder?« Unsicher schlucke ich. »Ich fand die Melodie einfach angenehm. Hat mir ein gutes Gefühl gegeben.« Lächelnd sehe ich in die Ferne. »Hätte noch ewig zuhören können.« Und mitgesummt hätte ich auch beinahe.

Er nimmt nun die Gitarre wieder in die Hand und fängt von vorne an. Mein Blick wandert von ihm zu unserer Umgebung, und für eine Weile vergesse ich die Welt, vergesse den Grund, warum ich hier bin, und genieße nur noch. Ich genieße, dass ich atme. Dass ich sehe. Dass ich hier bin. Alles und nichts scheint wichtig zu sein.

Und auch wenn das im ersten Moment banal erscheint, ist es das, was ich mir seit Monaten gewünscht habe. Wenn ich könnte, würde ich jetzt die Zeit anhalten und für immer hierbleiben.

Kapitel 10

Das gute Wetter ist uns leider nur wenige Tage hold. In einer der Nächte zieht dicker Nebel auf, und die nächsten Tage fegt eine Regenfront nach der anderen über uns hinweg. Tyler wird weiterhin von uns eingespannt, weil die Touristen täglich mehr werden und jede Hand hilfreich ist.

Dafür darf er weiter bei uns in der Hütte schlafen und bekommt eins der Regenoutfits, was ihn so glücklich macht, dass ich es in einem wunderbar zuckersüßen Foto festhalte. Für eine Weile ist das Ganze witzig, aber nach ein paar Tagen holt uns die bittere Realität ein. Putzen, die Hütten am Laufen halten und nasse Menschen wegschicken kostet mehr Kraft, als ich erwartet hätte. Der Regen will nicht aufhören, der Sturm, der angekündigt wurde, nimmt an Fahrt auf, und an einem der Abende, während Tyler und ich mit den letzten frischen Überbleibseln einen Salat fürs Abendessen vorbereiten, steht Allison plötzlich fluchend in der Tür und zieht sich schwerfällig die Regenkleidung aus.

Ich reiße die Augen weit auf, weil ich Allison nie zuvor wütend gesehen haben. Eigentlich ist sie immer die Ruhe in Person. Ein Fluchen von ihr kann also nur etwas verdammt Schlechtes bedeuten.

»Was ist los?«, frage ich, obwohl ich mich vor der Antwort fürchte.

Allison wischt sich die nassen Haare aus dem Gesicht und sieht zwischen Tyler und mir hin und her.

»Die Gruppe, die wir letzte Nacht in der Hütte hatten …«, beginnt sie langsam, sodass wir einfach nur nicken. Allison holt tief Luft, bevor sie weiterspricht. »Irgendjemandem war es heute Nacht zu heiß da drin. Also hat er sich am Thermostat zu schaffen gemacht.«

Entsetzt drücke ich mir eine Hand auf den Mund.

»Nein!«

»Doch …« Sie schließt erschöpft die Augen. »Das System ist im Arsch, und ich kann's nicht selbst reparieren.«

»Fuck!«, entfährt es mir, sodass Tyler überrascht die Augen aufreißt.

»Das heißt?«, will er wissen.

Allison lässt sich seufzend auf einem der Stühle nieder.

»Also, ich kann es schon reparieren. Habe grade mit dem Chef telefoniert. Aber ich brauche ein Ersatzteil. Das bekomme ich in Landmannalaugar. Morgen früh mache ich mich direkt auf den Weg«, erklärt sie, sieht uns mit entschuldigender Miene an. »Aber das bedeutet, dass es heute Nacht erst mal ziemlich kalt wird, sobald die Wärme raus ist.« Seufzend drückt sie sich eine Hand aufs Gesicht. »Wir haben Glück, dass heute niemand gebucht hat, in der Hütte zu schlafen.« Allison pickt sich ein Stück Gurke aus dem Salat und kaut darauf herum.

»Was können wir jetzt tun?«, frage ich vorsichtig, doch Allison zuckt nur mit den Schultern.

»Abwarten«, antwortet sie müde. »Wir sollten darauf achten, die Fenster und Türen heute Nacht geschlossen zu halten. Immerhin sind die Durchreisenden alle abgefertigt, also schlage ich vor, Abendessen und dann …« Sie runzelt die Stirn, sieht sich um und läuft schließlich zielstrebig zu einer Kommode, die sie hastig öffnet und dann stockt. Als sie sich wieder zu uns umdreht, hat sie ein breites Grinsen im Gesicht. »Und ich hätte vorgeschlagen, dass wir uns dann in unsere dicken Decken einmummeln und für die Nacht warm halten, aber wisst ihr was? Ich habe hier noch was viel Besseres!« Triumphierend präsentiert sie eine Flasche Schnaps. »Der hält auch warm. Zumindest placebomäßig.« Für einen Moment starren Tyler und ich sie verdutzt an, sodass sie die Flasche enttäuscht sinken lässt. »Was?«, will sie wissen. »Ihr seid doch dabei, oder?«

»Na klar!«, platzt es aus mir heraus. Schnaps! Nach den letzten Tagen kann ich es kaum abwarten, mir etwas hinter die Binde zu kippen. »Wird doch Zeit, dass wir uns zusammen betrinken. Bis wir das schlechte Wetter vergessen haben. Da können wir uns alle noch besser kennenlernen.« Ich klatsche in die Hände, weiß aber auch, dass auf die betrunkene Version von mir kein Verlass ist, also muss ich aufpassen.

Weil Tyler sich noch nicht geäußert hat, wenden wir uns erwartungsvoll an ihn, sodass er die Hände in Verteidigungshaltung in die Höhe reißt.

»Nicht für mich«, sagt er kleinlaut und zieht den Kopf ein, als würden wir ihm diesen sonst abschlagen. »Aber ich kann mich gern betrunken verhalten. Darin hab ich genug Übung.« Er zwinkert, macht sich quasi darüber lustig, aber mir entgeht nicht, wie er unseren Blicken ausweicht. Sofort frage ich mich, ob das einen tieferen Grund hat, dass er nicht trinkt. Dass er vielleicht niemals trinkt.

»Puh!« Allison mustert ihn eingehend, aber auch sie merkt offenbar, dass mehr dahintersteckt, also zuckt sie nur mit den Schultern. »Na gut, dann haben Saga und ich halt mehr davon.« Sie grinst mir zu.

Auch wenn er nicht mittrinkt, holt Tyler zwei Schnapsgläser aus dem Regal und stellt sie uns hin. Für sich selbst macht er einen Tee und setzt sich zu uns an den Tisch.

Eifrig schenkt Allison uns zweien den Schnaps ein.

»Sehr schön«, sagt sie. »So lässt sich eine elendig kalte Nacht aushalten, Leute.« Sie hält ihr Glas stolz in die Luft.

»Skál!«, sagen Allison und ich beim Anstoßen gleichzeitig und erklären dann dem verwirrten Tyler, dass das das isländische »Cheers!« ist. Schon exen wir jeweils unser erstes Glas, und Tyler imitiert uns mit seiner Teetasse, bevor wir uns über das Abendessen hermachen.

Warum wir eine Stunde später alle lachend am Boden der Wardenhütte herumrollen, weiß ich auch nicht mehr so genau. Ich weiß nur, dass ich in meinem T-Shirt dort liege und mir mittlerweile arschkalt ist.

»Leute!«, beginne ich theatralisch, breite die Arme aus, als würde ich hier etwas echt Großartiges erzählen. »Wir müssen heute Nacht alle unter einer Decke schlafen, okay? Damit wir uns gegenseitig warmhalten.« Den zweifelnden Blicken der beiden begegne ich mit einem selbstsicheren Lächeln. »*Search & Rescue*-Wissen und so, okay? Wir wollen ja nicht unterkühlen, okay?« Ich starre die beiden weiter an, als sie nicht antworten. »Okaaaaay?«

Beide lachen los.

Irgendwo im Hinterkopf weiß ich, dass ich mir das hätte sparen sollen, aber jetzt ist es schon raus. Der Schnaps ist wirklich viel zu schnell leer geworden. Und ehrlich, ich habe keine Ahnung, wie Tyler uns aushält, aber er macht bei diesem Quatsch sogar mit.

»Saga will kuscheln«, wirft Allison schließlich ein. »Ich bin dabei. Ich will auch kuscheln.« Sie streckt die Hand nach Tyler aus. »Du auch, oder?«

Der schließt amüsiert die Augen, und ich bin mir sicher, dass er sich später über uns lustig machen wird. Dann breitet er aber die Arme aus.

»Lasst uns alle zusammen kuscheln«, beschließt er, und einen Moment später torkeln wir gemeinsam in den Schlafraum. Tylers Matratze liegt am Boden und ist ehrlicherweise das größte von den »Betten«, sodass wir uns zielsicher dort drauffallen lassen.

»Kuschelig«, stelle ich fest, als ich seine Decke genauer unter die Lupe nehme. »Du hast's hier ganz schön kuschelig.«

Ich kneife die Augen etwas zusammen, weil ich mir ziemlich sicher bin, dass er gerade ein herzhaftes Lachen unterdrückt.

»Hey, Tyler!«, rufe ich deshalb und stürze mich auf den Musiker, der eben noch die Decke angestarrt hat. »Tyler, ist echt kuschelig hier! Können wir bitte hier schlafen?«

»Zusammen.« Allison prustet los. »Wir schlafen hier zusammen, okay?«

»Aber nicht miteinander!«, werfe ich mit aufgerissenen Augen ein. »Nur zusammen.«

»Zusammen«, wiederholt Allison mysteriös. »Damit's schön warm bleibt.«

»Ja«, stimme ich lauthals lachend zu und lege mich auf den Rücken, während Tyler die Decke über uns allen ausbreitet.

Dann ist es auf einmal ruhig.

»Hier können wir jetzt einfach bleiben. Ist warm«, stelle ich fest, drehe den Kopf zur Seite, um Tyler anzusehen.

»Spiel uns was vor«, fordere ich ihn auf, blinzle dabei mehrmals, um zu betonen, wie sehr ich das möchte.

Tyler runzelt die Stirn und zögert, schüttelt den Kopf und nuschelt irgendwas. Aber dann steht er doch auf und rennt ins andere Zimmer, um mit der Gitarre zurückzukommen.

Er setzt sich auf die Decke zu uns, und ohne dass ich flehen muss, stimmt er eine Melodie an, die ich noch nicht kenne.

»Das kommt mir bekannt vor«, wirft Allison ein. »Ist das einer von euren Songs?«

Tyler zuckt mit der Schulter, und ich strenge mich an, mir die Melodie zu merken, da er aber nicht dazu singt, habe ich keine Ahnung, wie ich den Namen des Songs rausfinden könnte.

Aber eigentlich ist das auch egal. Stattdessen schließe ich die Augen, sauge die Melodie in mich auf, vergesse für eine Weile mich selbst. Ich werde von den Klängen auf Wolken getragen und schwimme damit durch den Ozean. Von ganz oben nach ganz unten und wieder zurück. Und immer weiter.

»Mit wem würdet ihr bis ans Ende der Welt gehen?« Mit der Frage holt Tyler mich zurück in die Realität.

»Wie kommst du jetzt darauf?«, will ich schläfrig wissen.

»Hat mit dem Song zu tun«, verrät er, legt die Gitarre zur Seite und kuschelt sich zurück unter die Decke, weil ihm vermutlich auch wieder kalt ist. Links von mir, sodass ich in der Mitte bin. »Also?«

»Fang du an«, bestimme ich, sodass er amüsiert lächelt.

»Mit meinen Bandkollegen.« Er muss nicht einmal überlegen. »Wir kennen uns schon seit der Grundschule, und ich glaube, ich habe mit noch niemandem so viel geteilt wie mit ihnen. Niemand kennt mich besser.«

»Na, das ist ja romantisch«, spottet Allison.

»Vielleicht ist es das«, stimmt Tyler zu und wendet sich an sie. »Und du?«

»Mit niemandem.« Sie starrt weiter an die Decke, zuckt mit den Schultern. »Ich würde allein zum Ende der Welt gehen. Warum auch nicht? Ich mag meine eigene Anwesenheit und meine Freiheit.«

»Wow«, kommentiere ich. »Du hast wirklich niemanden, den du mitnehmen würdest? Ist das nicht traurig?«

»Quatsch.« Sie grinst breit. »Ich könnte schon jemanden mitnehmen, aber ich will einfach nicht.«

»Hm.« Nachdenklich betrachte ich sie für eine Weile. Sie sieht so zufrieden aus. Die Welt allein zu erkunden, ist mir nie in den Sinn gekommen. Wieso sollte ich, wenn ich den perfekten Plan habe? Den perfekten Partner?

Allein sein. Ich bekomme Gänsehaut, auch wenn mir warm ist. Ich glaube, allein zu sein macht mir Angst.

»Und du?«, will Tyler wissen, beobachtet mich, wendet sich auch nicht ab, als ich viel zu lange brauche.

Ich hole tief Luft und kann das Lächeln auf meinen Lippen nicht unterdrücken.

»Ingvi«, sage ich, weil das die ehrlichste Antwort ist. Natürlich will ich nur mit ihm ans Ende der Welt reisen. Wie könnte ich das jemals infrage stellen?

Doch Allison stützt sich auf ihre Arme, mustert mich mit gerunzelter Stirn.

»Saga …«, sagt sie vorsichtig. »Aber Ingvi ist …« Sie schluckt, beißt sich kurz auf die Lippen. Ich schließe die Augen, noch bevor sie es aussprechen kann. »Ingvi ist tot.«

Ach, wirklich? Wusste ich noch gar nicht, will ich beleidigt erwidern. Stattdessen atme ich tief ein und reibe mir über die Augen. Und kurz fühle ich mich, als wäre ich in kaltes Wasser geworfen worden, vermisse den Nebel der Betrunkenheit. Dann schüttle ich einfach den Kopf.

»Ich bin müde. Lasst uns schlafen, ja?«, sage ich und reagiere nicht, als sie meinen Namen mehrmals wiederholen.

Ich bin dankbar, dass niemand mich noch mal auf Ingvi anspricht. Als hätte dieses Gespräch nie stattgefunden. Vielleicht haben sie es auch vergessen. Ich aber nicht. In meinem Kopf toben in den nächsten Tagen die Worte wild durcheinander. Auf einmal fühle ich mich fremd zwischen den beiden, und auch wenn ich Tyler ursprünglich mit auf die kleinen Wanderungen nehmen wollte, gehe ich jetzt doch lieber allein. Denn ich will vor allem auch allein mit Ingvi sein, ihn ganz für mich selbst behalten.

Als Allison mich zwei Nachmittage später jedoch mit einer Tonlage anspricht, die so klingt, als wollte sie ein ernstes Gespräch mit mir führen, schlucke ich nervös, bevor ich ihr nach draußen folge.

Sie dreht sich zögerlich zu mir um und runzelt die Stirn.

»Wo ist Tyler schon wieder hin?«, will sie wissen. »Wieder eins seiner mysteriösen Telefonate?«

»Ich glaube schon.« Ich sehe mich ebenfalls um, habe aber keine Ahnung, wohin er gegangen ist. Die Anrufe, die ich mitbekommen habe, haben vor ein paar Tagen angefangen, aber er wollte nie sagen, worum es geht – Allison und ich vermuten, dass es etwas mit seiner Band zu tun hat.

»Egal.« Allison schüttelt den Kopf. »In der nächsten halben Stunde wird hier schon nicht gleich die Welt untergehen, wenn wir kurz weg sind.«

»Weg?«, hake ich nach, worauf Allison verschwörerisch nickt.

»Lass mich dir was zeigen.« Sie nimmt mich wortlos an der Hand, während wir einen kleinen Hügel hinter der Hütte rauflaufen, der nicht in meiner Karte eingezeichnet ist. Allison drückt meine Hand fest, als sie von dort zur Hütte deutet.

»Weißt du, ich kannte Ingvi gar nicht so gut, aber er hat uns hier trotzdem schon einige Male den Arsch gerettet, ohne auch nur einen Moment zu zögern. Ich wollte den Kram ja eigentlich immer selbst erledigen, bin da auch ab und zu ganz schön übereifrig gewesen. Aber es war gut, dass da jemand war, der einem seine Hilfe regelrecht aufgezwungen hat. Das hab ich ab und zu gebraucht.« Sie grinst, blickt dabei in die Ferne. »Und hier haben wir alle uns danach manchmal getroffen, um auf Ingvi anzustoßen. Wir haben ihn hier gern als Held gefeiert. Auch wenn das nichts ist, wofür er hätte sterben sollen.«

Ich schaue weg, weil mir Allisons trauriges Lächeln und die Tränen, die ihr in den Augen stehen, die Seele aus dem Herzen brennen.

Für einen langen Moment sind wir beide still, und ich versuche, ruhig weiterzuatmen, statt die Luft anzuhalten. Mir wird erst jetzt so richtig bewusst, wie lange ich mich isoliert habe und wie viele andere Menschen Ingvi genauso betrauern wie ich.

»Weißt du.« Sie atmet tief ein. »Es gab eine Zeit, da dachte ich, mein Leben sei vorbei. Ich war sogar ziemlich fest davon überzeugt.« Als ich Allisons Blick begegne, lächelt sie mir entgegen. »Es hat einige Jahre und viele Stunden Therapie gekostet, um das in den Griff zu bekommen. Mittlerweile genieße ich mein Leben, trotzdem ist es manchmal immer noch harte Arbeit, das zu tun. Es ist so leicht, sich zu verlieren, wenn man den Weg nicht vor sich sieht, und dann steht man auf einmal still.« Ihr Blick wandert in die Ferne. »Manchmal rede ich mir ein, dass ich hier in Island mein Glück gefunden habe, weil ich hier mich selbst entdeckt und herausgekriegt habe, was ich eigentlich vom Leben erwarte. Aber das stimmt nicht. Es ist nicht Glück, was ich hier gefunden habe, dieses Glücksgefühl ist kein Ziel, das man so einfach erreicht. Und was glaubst du, wie viele Male ich hier gestanden und in die Berge und die Wolken gestarrt und mich gefragt habe, ob ich die richtigen Entscheidungen getroffen habe. Aber irgendwann habe ich festgestellt, dass es richtig oder falsch gar nicht gibt. Es gibt nur die Dinge, die sich gut anfühlen, und solche, die sich nicht gut anfühlen. An manchen Dingen halten wir fest, andere lassen wir gehen. Ich glaube, das wird immer so sein, aber sich auch immer wieder ändern. Zu jeder Zeit unseres Lebens werden wir andere Dinge wollen und brauchen, und das ist okay. Das gehört dazu. Weil wir uns ja auch verändern.« Sie schmunzelt. »Vor fünf Jahren hätte ich nie gedacht, dass ich meine Sommer in einer einsamen Hütte in den Bergen Islands verbringen würde, und jetzt schau mich an. Jetzt kann ich es mir gar nicht anders vorstellen. Alles ist so anders. So vollkommen auf den Kopf gestellt im Vergleich zu damals. Aber es ist anders auf wunderbare Weise.« Sie holt tief Luft und mustert mich für einen Moment. »Was ich damit sagen will …«, fährt sie fort. »Es wird irgendwann besser werden, auch wenn du dir das gerade nicht vorstellen kannst. Musst du auch gar nicht.

Es ist in Ordnung, wenn gerade alles in deinem Leben kopfsteht. Aber bitte verlier nicht den Glauben daran, dass es auch wieder anders sein wird. Den Glauben an dich selbst und an alles, was du sein kannst.« Sie legt eine Hand auf meine Schulter und drückt diese, während ich den Kopf sinken lasse und tief einatme. Tränen sammeln sich in meinen Augen, die ich diesmal nicht wegwische.

»Einar hat mir von der Karte erzählt«, sagt Allison schließlich, nachdem sie mir ein paar Momente Zeit gegeben hat. »Ich denke, das ist eine wunderbare Art, seine Erinnerung am Leben zu halten.« Ihre Hand wandert auf meinen Rücken, den sie sanft reibt, sodass ich meine Augen schließe. »Aber bitte vergiss nicht, dass du irgendwann auch weitergehen musst.« Sie holt tief Luft. »Ohne Ingvi. Okay?«

Ich presse meine Lippen fest aufeinander und nicke hastig, weiß aber nicht, was ich sagen soll. Also nicke ich einfach weiter, bis Allison ihren Kopf an meinen legt.

»Wir alle.« Sie dreht sich zu mir um, was ich nur spüre, aber ich wage es endlich, die Augen zu öffnen, um sie wieder anzusehen. »Ich komme auch noch ein bisschen zu oft hierher und hänge den Erinnerungen nach. Aber wenn ich hier bin, überlege ich, was er in meiner Situation gemacht hätte und dann …« Schmunzelnd schüttelt sie den Kopf. »Dann mache ich es einfach selbst.« Sie lächelt. »Mach das auch, okay? Das ist, was er sich für dich wünschen würde. Halte diesen Teil von ihm fest, erinnere dich daran, behalte das im Herzen, aber löse dich von dem, was dich zurückhält.«

Ich kann nicht antworten, ich kann einfach nicht, finde die Worte nicht, weiß nicht einmal, was die Antwort darauf sein könnte. Stattdessen lasse ich nur den Kopf sinken und mich in Allisons Umarmung fallen.

Kapitel 11

Ohne Ingvi.

Diese zwei Worte waren immer undenkbar. Jetzt sind sie Realität geworden, und bisher bin ich dem entweder entflohen oder habe mich darauf verlassen, dass da draußen noch mehr von ihm ist, dass dieses »ohne« noch nicht stimmt, solange es Erinnerungen gibt, die ich sammeln kann. Erst die Mailboxnachricht, jetzt die Karte. Aber zu mir zurückkommen, das wird er nie.

Alles in allem bin ich also ziemlich gut darin, mich selbst zu belügen. Aber vielleicht kann ich langsam damit aufhören, ohne dabei in Dunkelheit zu versinken.

Wir verabschieden uns am nächsten Morgen schon früh von Allison, die ich einen Moment länger drücke, als ich müsste, nur weil ich nicht fassen kann, dass sie nicht mit uns kommt. »Dafür genieße ich die Isolation hier oben viel zu sehr«, erklärt sie augenzwinkernd. »Aber vielleicht werde ich euch trotzdem ein ganz kleines bisschen vermissen.«

Auch Tyler schließt sie in die Arme und flüstert ihm etwas ins Ohr, das ich nicht verstehen kann.

Verrückt, dass wir alle drei vor Kurzem noch Fremde waren und uns auf einmal so nahe sind.

Es stand immer fest, dass Tyler mit mir nach Álftavatn kommt, auch wenn wir nicht wirklich ausführlich darüber gesprochen haben, warum er eigentlich hier ist oder warum ich hier bin. Oder dass er und ich jetzt irgendwie

Teil dieser Warden-Familie, der Familie der Highlands, geworden sind.

Unser Aufbruch von Hrafntinnusker startet – Überraschung – im Nebel, doch die Spuren der Wanderer, die zum Teil mit oder vor uns losgegangen sind, und vieler anderer auf dem Weg und in den Schneefeldern sind nicht zu übersehen. Für eine Weile sind wir beide still, bringen stumm Hügel nach Hügel hinter uns, rauf und runter, scheinbar ohne jemals ein Ende zu nehmen. Aber auch wenn unsere Rucksäcke groß und schwer und wir langsam sind, ist das nicht der Grund für mein Schweigen. Im Gegenteil. Ich will jeden Atemzug hier oben genießen und lasse mich zum ersten Mal auf das ein, was vor mir liegt, lasse meine Gedanken ganz wild umherspringen.

Seit dem Gespräch mit Allison auf dem kleinen Hügel bei der Hütte geistern mir Worte im Kopf herum, die ich jetzt zusammenzusetzen versuche. Worte, die ich in unserer ersten größeren Pause in mein Notizbuch schreiben werde. Wahrheiten und Klarheiten, die ich aneinanderreihen will, um sie herauszulassen und dann in ausgeschmückten Sätzen zu verbildlichen. Es ist noch nicht viel, nicht wie früher, aber es ist ein Anfang für die Inspiration, die ich so lange vermisst habe.

Als der Nebel sich langsam lichtet und hinter den bunten Bergen, die mittlerweile gute Bekannte geworden sind, ein Tal freigibt, haste ich den nächsten Hügel hinauf. Dann bleibe ich überrascht stehen, muss zu Atem kommen, während ich von der Aussicht überwältigt werde. Ich blinzle mehrmals, um mich zu vergewissern, dass ich nicht träume.

Tyler eilt mir hinterher, keucht mindestens genauso heftig wie ich und stockt dann ebenfalls.

»Wow!«, ist alles, was er zusammenbekommt, und ich kann es nur mit einem Nicken bestätigen.

Das Gebirge ist schlagartig zu Ende, und vor uns liegt ein Tal aus Grün und Schwarz und Grün, mit Flüssen, die sich hindurchschlängeln, und einzelnen Hügeln und kleineren Bergen, die sich davon abheben, als wären sie fein säuberlich auf einen flachen Untergrund gestellt worden. Mittendrin glänzt ein ruhiger blauer See, in dem sich der Himmel spiegelt. Das muss der Álftavatn sein. Umrahmt wird das gesamte Tal von Gletschern, die gerade so unter den tiefen Wolken hervorschauen. Es ist wie eine Oase, wenn nicht gar eine Art Paradies, das dort direkt vor uns liegt und doch einer Traumlandschaft gleicht.

Fasziniert schüttle ich den Kopf.

»Das ist …«, fange ich an, weiß aber nicht so recht, wie ich es in Worte fassen soll. »Ich kann nicht glauben, dass ich noch nie hier war.«

»Ich kann auch kaum glauben, was ich hier sehe.«

Wir blicken uns beide nicht an, starren stattdessen weiter in die Ferne. Das Bild, das sich uns bietet, ist so mächtig, dass wir hier eine Weile bleiben müssen, um es zu verarbeiten.

Wie selbstverständlich, holen wir unsere Lunchboxen hervor und setzen uns an die Kante, fast ohne die Blicke auch nur einen Moment abzuwenden. Nach einer Weile ziehen die Wolken sich so weit zurück, dass die weißen Flächen der Gletscher diese ersetzen. Ich habe heute noch nicht auf die Karte geschaut, aber ich bin mir ziemlich sicher, dass dieser Ort dort eingezeichnet ist. Denn wenn ein Ort auf dieser Welt unendliche Freiheit beschreibt, dann ist es dieser.

»Ist das in Ordnung?«, fragt Tyler irgendwann völlig aus dem Nichts. Mir ist es, als wären Stunden vergangen.

Ich drehe mich zu ihm um und runzle die Stirn. »Was?«, will ich verwirrt wissen, doch Tyler weicht meinem Blick aus.

»Dass wir hier zusammen sind. Du und ich.« Er schluckt. »Am Ende der Welt.«

Ich atme tief ein, während ich ihn noch für einen weiteren Moment mustere. Dann wende ich mich ab und atme aus. »Weißt du, Ingvi war mein bester Freund.« Kurz habe ich Angst, dass mein Herz zerspringt, wenn ich über ihn spreche. Stattdessen ist es, als würde ich aufatmen. »Wir sind zusammen in den Kindergarten gegangen und zur Schule in Akureyri. Wir haben immer gerne Karaoke gesungen und irgendwann angefangen, unsere eigenen Songs zu schreiben. Am Ende sind wir beide nach Reykjavík gezogen, um dort Musik zu studieren und das Studio von der Uni zu nutzen. Wir haben quasi unser ganzes Leben miteinander verbracht, und nächstes Jahr wollten wir zusammen nach Amerika gehen.« Ich muss schmunzeln, schließe die Augen, weil ich genießen will, wer wir zusammen waren, und nicht dran denken will, wer wir hätten sein können. »Berühmt werden. Das war der Plan. Einen Plattenvertrag abstauben, irgendwo und irgendwann. In der Zwischenzeit in irgendwelchen Bars Musik machen und kellnern, bis der Durchbruch kommt. Wir wussten natürlich noch nicht so hundertprozentig, wie das laufen würde mit einer Plattenfirma. Wir wussten nur, wir machen das und wir machen es zusammen.« Ich wende mich zu Tyler um. »Überallhin, immer zusammen. Auch bis ans Ende der Welt. Natürlich.« Ich schüttle den Kopf. »Aber ...« Die nächsten Worte fühlen sich ein wenig bitterer an, obwohl sie gut sind, sie sind wirklich gut und wichtig, trotzdem tun sie weh. »Aber jetzt bin ich froh, am Ende der Welt zu sein, auch wenn es ohne ihn sein muss.« Ich presse meine Lippen fest zusammen. »Ich muss weiterhin nach den Sternen greifen. Das habe ich schon immer getan. Und damit darf ich nicht aufhören, auch wenn es jetzt ohne ihn ist.«

Ohne ihn.

Ich atme tief durch, forme schweren Herzens ein Lächeln mit meinen Lippen.

»Also ganz im Gegenteil. Danke, Tyler, dass du mit mir hier am Ende der Welt bist.« Ich zucke mit den Schultern. »Ich bin nicht so wie Allison. Ich mag es sehr, das nicht für mich allein zu haben, sondern mit dir zu teilen.«

Tyler sieht mir fest in die Augen, lächelt dann ebenfalls und berührt meine Schulter mit seiner. »Danke, dass ich mit dir hier sein darf.«

Unsere Blicke verharren ein paar Herzschläge länger, als sie sollten, ineinander, aber dann muss ich lachen und wende mich wieder von ihm ab, konzentriere mich auf den Ausblick und deute auf den See in der Ferne.

»Bist du denn bereit für den Abstieg?«, frage ich verschwörerisch. »Die nächste Hütte ist direkt beim See.«

Tyler reißt die Augen auf.

»So weit weg?« Er schaut von mir zum See und wieder zurück.

»Ich habe mir sagen lassen, das ist näher, als es aussieht.« Ich berühre seine Schulter mit meiner. »Lass uns hoffen, dass Allison ehrlich zu mir war.«

Der Weg vom gefühlten Dach der Welt bis zum See kostet uns noch etwas mehr als zwei Stunden. Aber vermutlich nur, weil wir ständig stehen bleiben, um den unglaublichen Ausblick zu verinnerlichen. Zumindest das letzte Drittel ist nur noch eine flache Strecke, die nach dem langen Abstieg unseren Füßen und Knien guttut. Nur Tyler leidet ein wenig mehr als nötig, weil wir einen Fluss durchqueren mussten und er dafür nicht die richtigen Schuhe eingepackt hat, von Stein zu Stein springen wollte und jetzt nasse Wanderschuhe hat. Ich lache ihn natürlich nicht aus – na ja, nur ein bisschen.

Beim Erreichen der Hütten von Álftavatn werde ich von innerer Wärme erfüllt. Es ist merkwürdig, aber es fühlt sich nicht mehr wie ein Ort an, an den ich geflohen bin. Das hier fühlt sich wie Heimkommen an. Die Hütten haben dieselbe grüne Farbe mit roten Dächern wie die in Hrafntinnusker, während mich der Rest des Camps eher an Landmannalaugar erinnert. Es scheint mehrere Hütten für die Gäste zu geben, eine größere Toilettenanlage – inklusive fließendem Wasser! – und eine separate Wardenhütte. Auf einem großen Platz vor dem See tummeln sich auch hier wieder unzählige Zelte. Zusätzlich gibt es ein Gebäude mit der Aufschrift »Restaurant – Bar«, das aber geschlossen zu sein scheint.

Ehe Tyler und ich die Wardenhütte erreichen, höre ich eine laute, mir bekannte Stimme schreien.

»Ihr seid hiiiiieeeeer!« Hildur kommt schnell näher, und ehe ich ausweichen kann, werde ich so stürmisch von ihr umarmt, dass ich fast mit ihr zusammen zu Boden falle.

Ich lache auf, drücke Hildur ebenso fest, wie sie mich drückt, bevor sie einen Schritt zurück macht und strahlend von mir zu Tyler blickt.

»Ihr seid zusammen gekommen!«, stellt sie begeistert fest. Ihre Mundwinkel zucken zufrieden nach oben. »Schön, dass ihr da oben überlebt habt.« Sie zwinkert mir zu und deutet zur Wardenhütte. »Hunger?«

»O ja.« Ich stöhne auf. »Tyler ist auch eingeladen. Ich hab ihm beigebracht, wie man putzt. Er gehört jetzt zur Wardencrew.«

Hildur blinzelt überrascht und deutet auf den Musiker. »Du weißt hoffentlich, was das bedeutet?«, sagt sie verschwörerisch.

Tylers Augen werden groß.

»Was bedeutet das denn?«, will er unsicher wissen, sodass Hildur ihm auf den Rücken klopft.

»Wir wollen Musik hören, mein Freund, Musiiiik!«, erklärt Hildur und führt uns beide zur Hütte. »Ich hab gesehen, dass du deine Gitarre eingepackt hast.«

Tyler legt sich sichtbar angespannt eine Hand in den Nacken.

»Okay«, sagt er zögerlich und schluckt. Mir wird zum ersten Mal so richtig bewusst, wie unsicher er mit seiner Musik ist, obwohl er doch sogar schon auf einer großen Tour war. Warum das wohl so ist?

Drinnen in der kleinen Küche erwartet uns Einar bereits mit einem wohlriechenden warmen Essen und einem breiten Lächeln im Gesicht.

»Schön, dich wiederzuhaben«, flüstert er, während wir uns umarmen, und streicht kurz über meine Haare.

»Gleichfalls«, sage ich und stiele rüber zum Tisch, an dem sich drei Stühle tummeln. Generell ist die Hütte sehr viel kleiner als die in Landmannalaugar. Da hier kein Tagestourismus herrscht, werden vermutlich nicht so viele Wardens wie dort benötigt.

»Es wird ein wenig kuschelig«, kommentiert Hildur, die das Platzproblem ebenfalls bemerkt hat. »Normalerweise sind hier nur zwei oder drei Wardens.« Sie deutet auf die zwei Zimmertüren zu ihrer Rechten. »Aber das bekommen wir hin. Saga und ich teilen ein Zimmer, und ihr beiden …« Hildur zieht die Stirn kraus. »Ich meine, Tyler könnte auf dem Sofa schlafen, oder?«

Einar öffnet den Mund, offensichtlich um zu widersprechen, macht es dann aber doch nicht. Vielleicht findet er Tyler tatsächlich so attraktiv, wie er behauptet hat, dann wäre das kleine Bett zu zweit womöglich etwas … unpraktisch. Ich unterdrücke ein Lachen.

»Ja klar«, stimmt Tyler zu. »Das Sofa reicht mir. Ich meine, wenn es zu eng wird, kann ich auch mein Zelt …«

»So ein Quatsch«, entgegnet Einar. »Wenn das Sofa für dich in Ordnung ist, dann schlaf hier drin, ansonsten bekommst du mein Bett, und ich nehme das Sofa.«

»Ganz der Gentleman«, murmle ich kaum hörbar, sodass Einar die Augen verdreht.

»Okay, Leute, stellt euer Gepäck ab, und dann kommt essen, sonst wird es kalt«, befiehlt Einar schnell, womöglich um das Thema zu wechseln, und verteilt das Essen auf den Tellern.

Ich für meinen Teil schließe kurz die Augen, als ich mich auf meinem Stuhl niederlasse und einmal tief einatme. Das hier ist wahrlich der Ort, an dem ich hier und jetzt sein möchte. Das Lächeln auf meinen Lippen fühlt sich nicht mehr falsch an.

Ich bin endlich richtig angekommen.

Kapitel 12

Es ist so leicht, in den Hüttenalltag in Álftavatn reinzukommen, als hätte ich nie was anderes gemacht. Wir teilen die Aufgaben auf. Dank Hildur mache ich die meisten Sachen gemeinsam mit Tyler, als hätten wir nicht sowieso schon genug Zeit miteinander verbracht. Aber Hildur ist total stolz auf sich – offensichtlicher könnte sie wirklich nicht versuchen, uns einander näherzubringen.

Die Arbeit hier ist entspannter, als sie es in Hrafntinnusker oder Landmannalaugar war. Es sind weniger Camper da, und sie sind angenehmer als die, die wir in den Bergen bei schlechtem Wetter oft wegschicken mussten. Auch die Instandhaltung ist einfacher, weniger instabil, abgesehen von der ein oder anderen kalten Dusche, wenn der Wind die Flamme vom Gas auspustet.

Gefühlt haben wir deshalb noch mehr freie Zeit, und wann immer ich kann, plane ich kleine Wanderungen ein, auf die ich entweder Einar oder Tyler oder beide mitnehme. Und abends, abends setze ich mich hin und halte Worte, die ich vor mich hin summe, in einem neuen Notizbuch fest, das ich von Hildur bekommen habe. Dass das alles jemals meine Normalität werden würde, hätte ich vor ein paar Monaten nicht gedacht. Ist es das, was Allison gemeint hat?

»Erzähl, Saga, was hat Allison da oben mit dir gemacht?«, fragt Einar denn auch, als wir an einem der Tage zusammen Abendessen machen.

»Was meinst du?«, entgegne ich mit einem leichten Grinsen auf den Lippen, weil ich mir schon denken kann, was er meint.

»Na, als du von Landmannalaugar aufgebrochen bist, warst du kurz davor, nach Reykjavík zurückzugehen, und plötzlich bist du nur noch dieser Karte hinterhergejagt. Ich hab mir Sorgen gemacht. Und jetzt ...« Er sucht meinen Blick neugierig, als könnte er in meinen Augen lesen, was los ist. »Jetzt gehörst du irgendwie schon hierher. Wie kommt das?«

»Vielleicht habe ich ja meine Inspiration gefunden?« Ich zucke mit den Schultern, weiß selbst nicht, ob das die richtige Antwort ist. »Und eine Nacht mit viel Alkohol hatte vielleicht auch was damit zu tun.«

»Wie bitte?« Einar klingt so ungläubig, dass ich lachen muss. »Mehr Info, Fräulein.«

Weil meine Wangen warm werden, wende ich mich von ihm ab.

»Die Heizung ist ausgefallen, wir mussten uns warm halten. Wir ...« Zögerlich lecke ich mir über die Lippen. »Wir haben eine tiefgründige Unterhaltung gehabt, und ja, hier bin ich! Irgendwie hat es klick gemacht. Und ich glaube, ich verlerne grade, wie man in der Stadt lebt.«

Einar betrachtet mich neugierig, und ich kann ihm ansehen, dass er am liebsten mehr wissen will, dass er Teil von dem sein will, was auch immer da war. Aber gleichzeitig erkennt er, dass ich nicht über die Details sprechen möchte, also nickt er nur und deckt den Tisch.

»Das freut mich, Saga. Wirklich«, sagt er schließlich und legt seine Hand auf meine Schulter, um sie ganz leicht zu drücken. »Es ist schön, in deinen Augen wieder diesen Schein zu sehen, den man von dir gewohnt ist.«

Ich halte inne. Ist das wirklich so? Ist das ein Schein, den ich schon vorher hatte? Ich glaube, ich weiß, was er meint. Aber ich bin mir ziemlich sicher, dass er sich täuscht. Denn es ist jetzt anders als vorher. Weil ich anders bin als vorher.

Tyler kommt zu spät zum Abendessen und entschuldigt sich hastig, wirkt gestresst. Immer wieder wandert seine Hand an die Hosentasche, in der sein Handy steckt. Dennoch lächelt er so tapfer, als wäre alles gut. Selbst als wir ihn darauf ansprechen, beharrt er darauf, dass es nichts zu reden gibt. Dabei sagen seine Augen etwas ganz anderes.

Deshalb halte ich ihn nach dem Abendessen auf, bevor er wieder verschwinden will.

»Komm!«, fordere ich ihn auf. »Das Wetter ist wunderbar, und jetzt dämmert es früher. Wollen wir auf den Bergrücken hier am See hoch? Sieht bestimmt ziemlich toll aus von da oben.«

Ich sehe ihm an, dass er ablehnen will, seine Lippen formen beinahe das »Nein«, doch er blickt kurz zu Boden. »Warst du nicht schon da oben?«, fragt er unschlüssig.

»War ich«, bestätige ich. »Aber du noch nicht. Und es spricht nichts dagegen, mehrmals einen Ort zu besuchen. Ich verspreche dir, dass du es nicht bereuen wirst.«

Ungefragt nehme ich seine Hand, die erst nur schlaff in meiner hängt. Dann atmet er tief ein, drückt meine Hand und nickt.

»Okay«, sagt er. »Gibst du mir einen Moment?«

»Klar.« Zufrieden lächle ich ihm hinterher. »Und nimm die Gitarre mit. Ich erwarte einen epischen Song da oben.«

Darauf stößt er ein angestrengtes Glucksen aus, nickt aber wortlos und verschwindet nach draußen.

Der Aufstieg auf der schmalen Bergkante direkt neben dem Álftavatn-See ist steil, aber ich bekomme das Gefühl, dass mir dieses Wandern immer leichter fällt, denn wir brauchen gar nicht so lange wie erwartet, bis wir oben sind. Beim letzten Abschnitt müssen wir etwas klettern. Das ist der Teil, der mir mittlerweile am meisten Spaß macht. Mit den Füßen nach der richtigen Kante tasten, sich mit den Armen hochziehen und hinaufkommen. Ganz oben haben wir den fabelhaftesten Anblick, den man vom See haben kann, der wie eine glatte Fläche das Sonnenlicht reflektiert, mit grünen Canyons und Berglandschaften dahinter. Ein automatisches Lächeln kann ich hier oben nicht unterdrücken, weil sich mein Herz einfach so »voll« anfühlt.

Unvermittelt lacht Tyler auf. »Danke, dass du mich mitgenommen hast.« Er stemmt die Hände in die Hüften, während er sich umsieht. »Wie schaffen die Highlands es nur, sich so oft selbst zu übertrumpfen?«

»Willkommen im Paradies!« Ich zwinkere ihm zu. »Und?« Neugierig deute ich auf die Gitarre auf seinem Rücken. »Hast du mir einen Song mitgebracht?«

Tyler schmunzelt.

»Du meinst es wirklich ernst«, stellt er fest und greift danach, wird aber zum wiederholten Male von seinem vibrierenden Handy unterbrochen, was ihn fluchen lässt. »Sorry! Heute ist es echt schlimm. Gib mir eine Minute.« Er eilt ein paar Meter weiter nach oben und dreht sich um, sodass ich mehr oder weniger außer Hörreichweite bin, doch ich beobachte ihn trotz allem. Zunächst wirkt er lediglich genervt, starrt für eine Weile in den Himmel, bevor er selbst redet. Sobald er spricht, erhebt er die Stimme, wirkt bestimmter, als ich ihn kenne. Aber dann lässt er den Kopf sinken und nickt angeschlagen. Als hätte er gerade einen Kampf verloren. Er geht in die Hocke, schüttelt den Kopf und erhebt erneut die Stimme, die Worte kann ich aber wegen des Windes nicht vernehmen. Den Stress, den er durch diese Anrufe hat, habe ich mir also nicht nur eingebildet. Er reibt sich schließlich den Nacken und bleibt für eine Weile still. Dann stockt er plötzlich, nimmt das Handy weg von seinem Ohr und starrt es an. Lachend dreht er sich zu mir um. Er ruft etwas, das ich nicht verstehen kann, sodass ich den Kopf schüttle.

»Akku ist leer«, erklärt er, sobald er endlich wieder neben mir steht, und lacht weiter. »Du glaubst gar nicht, wie sehr ich mich darüber freue.«

»Was ist denn los?«, will ich wissen. »Wer ruft dich die ganze Zeit an?«

Tyler weicht meinem Blick aus, druckst ein wenig herum, bevor er mit einem Seufzer aufgibt.

»Mein Management«, gibt er zu. »Die wollen wissen, wie lange ich noch brauche.« Er zuckt mit den Schultern. »Aber das ist nicht so wichtig.«

»Glücklich waren sie nicht?« Ich grinse schief, doch Tyler reibt sich eine Hand übers Gesicht und nimmt dann die Gitarre von seinen Schultern.

»Also? Wo sind wir stehen geblieben?«, weicht er geschickt aus. »Du willst also einen Song?«

Ich mustere ihn, bemerke, dass er seine Finger wieder aneinanderreibt, wie er es immer nach diesen Telefonaten tut.

»Wir können auch über den Anruf sprechen«, schlage ich vor, setze mich auf den Boden hinter einen der senkrecht stehenden Felsen, um dem Wind aus dem Weg zu gehen, was Tyler mir nachmacht.

»Bitte nicht.« Er schüttelt den Kopf. »Dann lieber einen Song.« Doch er lässt die Hand für eine Weile lediglich auf den Saiten ruhen. Nervös fahren seine Finger daran entlang. Unvermittelt lege ich meine Hand auf seine, sodass er mich überrascht ansieht.

»Woran liegt das eigentlich? Dass du dir so unsicher bei den Songs bist und nicht fertig wirst?«, will ich wissen. »Du hast anscheinend schon ein richtig gutes Album geschrieben, sonst hättet ihr nicht die Chance auf eine Welttournee. Ihr müsst doch richtig erfolgreich damit gewesen sein.«

Tyler senkt den Kopf, schließt die Augen und nickt. Dann atmet er tief ein und fährt mit seiner Hand über das Holz der Gitarre.

»Genau das ist das Problem«, erklärt er. »Das erste Album hat eingeschlagen, war genau das, was die Leute wollten, was wir wollten. Es war einfach …« Nachdenklich schüttelt er den Kopf. »Es fühlt sich an, als wäre es ein Meisterwerk. Aber nicht unser erstes, sondern unser einziges. Verstehst du?« Er legt den Kopf auf die Seite, um mich anzusehen. »Damals habe ich den Großteil der Lyrics geschrieben, also wollten die Jungs mir diesmal auch wieder die Lyrics überlassen. Aber ich glaube nicht, dass ich noch mal so was schreiben kann. Ich habe furchtbare Angst, dass ich nie wieder auch nur einen einzigen Song hinbekomme, der an dieses erste Album rankommt.« Er holt tief Luft, scheint kurz nach Worten zu suchen. »Das waren all die Songtexte, die ich über Jahre geschrieben habe. Da lag meine gesamte Seele drin, ich hab alles in diese Lieder gepackt. Alles rausgelassen. Und das war's. Das war alles, was ich in mir hatte. Zumindest fühlt es sich so an. Deshalb bin ich hier. Weil ich so große Hoffnung hatte, dass ich einfach nur neue Inspiration brauche, dass ich vielleicht einfach nur einen neuen Ort brauche, weil ich mein Leben lang in derselben Stadt gelebt habe, dann wegen unserem Plattenlabel in die Großstadt gezogen bin und seitdem die Luft raus ist. Aber …« Stirnrunzelnd ballt er seine Hand zu einer Faust und lässt dann wieder locker. »Was, wenn die Luft einfach nur aus mir raus ist?« Mit einem schiefen, traurigen Lächeln wendet er sich an mich. »Sorry, das ist natürlich ein Luxusproblem«, gibt er zu, sodass ich hastig den Kopf schüttle.

»Ist es nicht.« Wieder lege ich meine Hände auf seine, weil er damit so nervös an den Saiten herumzupft. »Tyler, das ist ganz und gar kein Luxusproblem. Immerhin lebst du mit der Band vermutlich deinen größten Traum. Und der darf noch nicht zu Ende sein.« Ich nicke, weil ich verstehe, weil das vielleicht sogar die Angst eines jeden Künstlers ist. »Aber Tyler, die Songs, die ich bisher von dir gehört habe, waren doch verdammt gut.«

Er lacht bitter auf. »Das sagst du nur, weil du die anderen Songs nicht kennst«, erklärt er.

»Du willst sie mir ja nicht zeigen«, entgegne ich, grinse ihn dabei jedoch an. Natürlich hat er sie mir nicht gezeigt. »Aber weißt du was? Das bedeutet doch, dass es genug Leute wie mich gibt, die das neue Album hören und euch lieben werden. Scheiß drauf, was ihr vorher für Musik gemacht habt. Ich mag das, was du jetzt spielst. Du darfst dich nicht zu sehr mit dem vergleichen, was du bereits gemacht hast. Du musst einfach was komplett Neues machen.«

Darauf sieht er mich für einen langen Moment an, blickt mir in die Augen, als suchte er darin nach etwas.

»Es ist ein bisschen komplizierter als das.« Er seufzt und schüttelt den Kopf. »Willst du immer noch diesen Song hören?«

»Tyler, es muss aber nicht so kompliziert sein«, werfe ich ein, bevor er davon ablenken kann. »Mach doch einfach das, was sich gut anfühlt. Auch wenn es etwas Neues ist. Du schreibst die Songtexte, du bestimmst den Style und das Thema.« Ich lächle so ermutigend wie möglich. »Und ja, natürlich will ich diesen Song hören.«

Wieder sieht er mich lange an, nickt und lächelt, bevor er die Gitarre richtig in die Arme nimmt und die ersten Töne anspielt. Und dann scheint er sich in der Melodie zu verlieren.

I might be losing my spark
Desperately wanting to leave my mark.
Built myself labyrinths where I get lost
Searching for answers at any cost.
Feeling like I was never supposed to be
All these confused little versions of me.

Tell me, who could I be?
Tell me, will I ever be free?
Tell me, who is this me?
Will I
Will I ever be free?

Have this glass filled with doubt
Know I should pour it all out
But what if it's just a tiny sip?
Pretty sure it's gonna burn my lip.
But who can I kid?
It's so easy to slip.

Tell me, who could I be?
Tell me, will I ever be free?
Tell me, who is this me?
Will I ever be free?
Ever be free

Nachdem die letzten Töne vom Wind weggetragen worden sind, holt er tief Luft, zögert erst, bevor er mir in die Augen sieht.

»*Who could I be*, ist der Titel«, erklärt er leicht atemlos.

Und auch ich halte kurz den Atem an. Ich versuche, die Worte zu ordnen, die ich gerade gehört habe. Schnell wische ich mir eine Träne aus meinem rechten Auge und lache verwirrt auf.

»Das war ...« Ich schüttle den Kopf, kann die Worte immer noch nicht ganz greifen. Da ist ein Schmerz in seiner Stimme zu hören gewesen, zwischen seinen Worten verborgen. Ein Schmerz, den ich ihm bisher noch nie angesehen habe. Den hat er gut versteckt.

»Fuck ... Das war ziemlich ...« Er drückt sich eine Hand ins Gesicht. »Keine Ahnung, ob das zu viel Seelenmüll war.«

Hastig schüttle ich den Kopf.

»Das ist es nicht«, beschwichtige ich ihn und kämpfe um ein Lächeln. Ich atme tief durch. »Tyler, ich fand den Song wunderschön. Ich hatte Gänsehaut. Ich weiß nicht, wie du daran zweifeln kannst, dass deine Musik gut ist. Das war fantastisch. Im Ernst. Und ...« Kurz sehe ich zu Boden, bevor ich seinen Blick suche. »Und ich verstehe jetzt, warum ihr so erfolgreich seid. Die Worte ...« Ich schlucke. »Das hat mich so berührt. Man kann sich damit identifizieren. Und ...« Ich ziehe mein Notizbuch aus meiner Tasche und blättere durch ein paar Seiten, bevor ich sie ihm hinhalte. »In meinem Kopf gibt es auch ganz schön viel Seelenmüll, und na ja, was du tust, hat mich auf jeden Fall inspiriert. Die letzten Tage schon.«

Tyler blinzelt irritiert, als er die Seiten betrachtet, auf die ich neue, noch total rohe Lyrics gekritzelt habe. Seine Augen wandern hastig darüber, und er nickt zufrieden.

»Seelenmüll können wir beide«, stellt er fest.

»O ja, auf jeden Fall«, bestätige ich.

Darauf muss ich lachen, und Tyler stimmt mit ein, irgendwann gibt es dafür gar keinen bestimmten Grund mehr, aber wir hören nicht auf, bis wir uns die Bäuche halten müssen.

Kapitel 13

Tyler und ich finden eine Routine miteinander, die ich nicht habe kommen sehen und von der ich gar nicht so genau weiß, wie sie entsteht. Jeden Nachmittag setzen wir uns entweder an den See oder machen es uns auf einem der nahe gelegenen Hügel gemütlich. Tyler probiert neue Melodien und Texte, zu denen ich ihm Input gebe, wenn er danach fragt oder stockt. Das sind die Momente, in denen ich aufschaue, weil es auf einmal so still ist, und dabei entdecke, dass Tyler mit angespanntem Gesichtsausdruck in die Ferne starrt. Manchmal schaut er mich dann hilflos an, aber so gut wie immer finden wir zusammen eine Idee, die seine Augen aufleuchten lässt.

Zum ersten Mal, seit ich ihn kennengelernt habe, wirkt er von Tag zu Tag entspannter. Zeitgleich schreibe ich mir in meinem Notizbuch meine eigene Seele aus dem Leib. Weil ich es irgendwann nicht mehr aushalte, ihm zuzusehen, nehme ich Tyler sogar ab und zu die Gitarre weg und versuche meine Sätze zu vertonen – mit den Noten, die in meinem Kopf zu den Worten tanzen. Und auch wenn es wehtut, fühlt es sich gleichzeitig so verdammt gut an, dass ich eine Gänsehaut bekomme.

Die Tage werden bald kürzer und die Nächte wieder etwas düsterer, aber ich bin mir ziemlich sicher, dass es kein besseres Leben gibt als das hier draußen. Die Tatsache, dass es schon ab Mitte September, also in nur etwas mehr als einem Monat, anfangen wird zu schneien, und die Saison dann zu Ende ist, verdränge ich gekonnt. Denn das hier ist Unendlichkeit, und die bin ich noch nicht bereit aufzugeben. Die Zeit anhalten, das wäre immer die Superkraft, die ich wählen würde, wenn mich jemand fragt, welche ich haben will.

Deshalb bin ich umso wehmütiger, als unsere Zeit am großen See sich dem Ende zuneigt. Wir gehen noch nicht nach Hause, aber Álftavatn ist vermutlich der schönste Ort der Welt für mich geworden. Und ich werde definitiv zurückkommen.

Hildur und Einar versprechen mir, dass Emstrur und Thórsmörk genauso wundervoll sind. Das gibt mir Hoffnung, dass ich mich dort noch ein wenig verlieren kann, dass die drohende Heimkehr noch nicht näher kommt und ich sie weiter in meinem Kopf vergraben liegen lassen kann.

Am letzten späten Abend vor unserem Aufbruch liegen Tyler und ich auf unseren Rücken am Boden neben dem See und starren in den Himmel, der beinahe dunkel ist. Die fast untergegangene Sonne wirft einen kühlen Schatten über uns und das Tal des Sees, sodass es sich anfühlt, als müsste das helle Blau des Tages bald die Bühne für die Sterne freigeben. Heute gibt es keine Wolken dort oben. Die Bedingungen wären perfekt, um die Milchstraße oder sogar Nordlichter zu sehen, wenn es nicht zu hell dafür bleiben würde.

Ich unterdrücke ein Prusten, weil das so absurd ist.

»Was?«, will Tyler verwirrt wissen, und aus dem Augenwinkel kann ich sehen, dass er den Kopf in meine Richtung dreht.

»Es ist beknackt.« Ich deute auf den klaren Himmel. »Wir lieben hier den Sommer, weil er hell ist, weil sich nicht jede Woche ein Schneesturm über uns zusammenbraut. Und trotzdem wünsche ich mir gerade so sehr, dass die Sonne endlich aufgibt. Der Nachthimmel hier wäre wundervoll.« Ich drehe meinen Kopf zu ihm und begegne seinem forschenden Blick. »Oder?«

»Stimmt.« Er mustert mich eingehend und zieht die Mundwinkel leicht nach oben. »Also magst du die dunkle Zeit lieber? Mit den Sternen?«

Ich atme tief ein, halte mich an seinem Blick fest.

»Eigentlich nicht.« Kaum merklich schüttle ich den Kopf. »Deshalb sage ich ja, dass es beknackt ist. Ich liebe die unendlichen Tage so viel mehr als diese endlose Dunkelheit. Aber die Sterne vermisse ich trotzdem. Die geben mir …« Ich presse meine Lippen beschämt zusammen.

»Was geben sie dir?« Tyler runzelt nachdenklich die Stirn.

Ich drehe meinen Kopf wieder gen Himmel.

»Das ist blöde. Vergiss es!«, weiche ich aus, doch weil Tyler nichts dazu sagt, liegt es mir weiter auf der Zunge. Ich atme tief ein. »Ich finde, Sterne geben eine andere Art von Hoffnung. Weil sie …« Wieder zögere ich, weil die nächsten Worte entweder total philosophisch oder extrem kitschig klingen. Aber egal. Das ist nur Tyler, oder? Tyler kann ich alles sagen. Warum auch immer. »Gerade weil es so dunkel ist und weil Dunkelheit Ungewissheit bedeutet, scheinen sie umso heller und hoffnungsvoller, weisen einem den Weg.« Ich lache auf, weil das wirklich ultrakitschig klingt. Dann deute ich wieder in den Himmel. »Deshalb können wir sie ja jetzt nicht sehen. Auch wenn sie ganz klar da draußen sind, das wissen wir. Aber im Licht merken wir gar nicht, dass es sie gibt, dass sie immer da sind.«

Auf einmal steckt mir ein Kloß im Hals, und eine Träne verirrt sich in mein linkes Auge. Damit Tyler sie nicht sieht, wische ich sie schnell weg. Es ist ja wirklich nicht so, dass ich Ingvi in meinem Leben nicht geschätzt hätte. Aber vielleicht war es manchmal einfach schon zu selbstverständlich für mich, dass er da war. Und jetzt ist er weg. Vielleicht habe ich deshalb so ein Verlangen nach den Sternen.

Ich schlucke. Auf einmal fällt mir wie Schuppen von den Augen, was ich jetzt tun muss. Hier und jetzt. Womöglich nur hier und jetzt und danach nie wieder. Aber das ist egal. Für ihn, für Ingvi, muss ich das jetzt tun, ich schulde es ihm auf eine Weise, die ich nicht anders ausdrücken kann.

»Fuck«, murmle ich, weil meine Hände plötzlich zittern.

»Was ist?« Tyler fährt zu mir herum.

Unsicher sehe ich ihm in die Augen, schließe meine dann ganz kurz und nicke, um mich selbst zu bestärken. Wortlos greife ich nach Tylers Gitarre, die er mir überlässt, mich dabei aber eingehend mustert.

Dann setze ich sie an, lege meine Finger auf die Saiten und räuspere mich. Tylers Augen werden groß, weil er versteht, und verdammt, mein Herz fängt an zu rasen. Ich atme tief durch, stimme die ersten Töne an, und dann fliegen die Worte, die ich bereits in mein Notizbuch geschrieben habe, wie von allein aus meinem Mund heraus.

You gave me the stars.
I gave you the sun.
The sky was ours.
But now it's gone.
I'm more lost than ever

Can't find a way.
It's like everything is never
And the skies stay grey.

Hope, you were hope.
Led the way through the dark.
Now I don't know how to cope.
Keep missing my mark.
Where have the stars gone?
Where have the stars gone?
Where have you gone?

Meine Lippen beben, die Tränen fließen tonlos meine Wangen hinab, und ich vergrabe mein Gesicht in den Händen. Sofort umarmt Tyler mich. Hält mich fest, ganz fest. Aber es ist nicht so, dass ich in dieser unendlichen Trauer versinke, die mich so lange vereinnahmt hat. Im Gegenteil. Das hier, das fühlt sich gut an. So gut, dass ich es kaum aushalte.

Tyler nimmt meine Hand in seine und reibt mit seinem Daumen über meine Handfläche, sodass ich aufatme und erst ihn ansehe und dann nach oben. Die Tränen wische ich nicht weg, während ich den Himmel dabei betrachte, wie er dunkler und dunkler wird, doch nie dunkel genug, um Sterne zu sehen. Aber sie sind trotzdem da. Ich weiß, dass sie da sind.

Ich bin froh, dass Tyler den Vorabend nicht mehr erwähnt, als wir am nächsten Morgen alle zusammen loswandern. Diese Art von Verletzlichkeit ist mir noch ein bisschen zu unangenehm, um sie im Tageslicht zu besprechen.

Es ist eine schöne Abwechslung und gibt uns Zeit, zusammen noch einige Orte von Einars Karte abzuklappern und – mittlerweile mit einem leichteren Herzen – auch noch ein paar Geschichten über Ingvi auszutauschen, die jetzt nicht mehr ganz so wehtun wie noch vor ein paar Wochen.

Nach einer Weile lassen wir die Berge so richtig hinter uns und laufen durch eine wahrhaftige Wüste aus schwarzem Sand, die gesäumt ist von einzelnen grünen Hügeln, die aussehen, als hätte sie jemand draufgesetzt. Begeistert bleibe ich zwischendurch stehen und mache Fotos von weißen Blumen, die sich hier mitten im trockenen Brachland trotz aller widrigen Bedingungen ein Zuhause geschaffen haben. Ungläubig schüttle ich den Kopf.

»Beeindruckend, hm?« Hildur beugt sich zu mir runter, grinst zufrieden.

»Total krass.« Ich schmunzle. »Und so anders. Ich kann nicht glauben, dass jeder Abschnitt des Laugavegur sich so verändert. Wie eine andere Welt zwischen den Hütten.« Ich wende mich fröhlich Richtung Sonne, die uns hier unten beinahe zu braten droht. »Schön, dass wir die Chance haben, das für eine Weile zu genießen. Ich war mir ziemlich sicher, dass Álftavatn nichts überbieten kann. Aber ... einfach wow!«

»Ja ...« Sie druckst ein wenig herum, sodass ich irritiert eine Augenbraue hochziehe.

»Ja?«, will ich wissen.

»Also ...« Hildur weicht meinem Blick aus. »Ich habe heute Morgen noch mal mit dem Chef telefoniert.« Sie räuspert sich. »Wir würden die aktuellen Wardens tatsächlich nur für eine Woche vertreten, in der sie Urlaub haben. Aber in der Hütte kommen nur zwei Wardens unter, die ist wirklich ziemlich klein.« Sie hebt ihre Schultern schuldbewusst an. »Ihr müsstet also im Zelt schlafen, und es gibt keine Warden-Privilegien für euch.«

»Oh!« Ich blinzle überrascht. »Das …« Ich schlucke, runzle die Stirn. »Ich habe gar kein Zelt.«

»Keine Sorge!« Hildur hebt schnell die Hände. »Es gibt dort welche. Und Emstrur ist echt super zum Campen. Sehr geschützt vom Wind und direkt neben einem kleinen Bach.«

»Klingt nicht schlecht«, mischt sich Tyler ein, den dasselbe Schicksal wie mich ereilen wird. »Ich schlafe gern in meinem Zelt. Und das ist zur Not groß genug für zwei.« Er zwinkert amüsiert.

»Hättest du wohl gerne«, scherze ich. »Niemand sollte sich jemals ein Zelt mit einem Schnarchmonster wie dir teilen müssen.«

Er reckt den Kopf in die Höhe.

»Dafür habe ich eine wundervolle Singstimme.« Mit in die Hüfte gestemmten Händen läuft er an mir vorbei, sodass ich auflache. Ich will noch was nachschieben, doch Tyler hält plötzlich inne, und ich höre den Klingelton seines Handys und sehe im selben Augenblick seine Schultern herabsinken.

Seufzend dreht er sich zu uns um. »Geht ruhig vor. Ich muss das klären.« Das angestrengte Lächeln auf seinen Lippen tut schon beim Ansehen weh. Eigentlich hatten die Anrufe in letzter Zeit etwas nachgelassen oder sogar ganz aufgehört. Aber da wir in Emstrur auch gar keinen Empfang haben werden, muss er das vermutlich vorher klären.

Unschlüssig lassen wir ihn etwas Abstand gewinnen, aber Hildur, Einar und ich tauschen wissende Blicke aus. Bisher scheint keiner dieser Anrufe Tyler weitergebracht zu haben, und ich frage mich ernsthaft, ob dieses Management irgendwas kann, außer Druck zu machen.

»Wie weit ist er mittlerweile mit seinen Songs?«, flüstert Hildur mir zu, während ihr Blick genau wie meiner immer wieder zu dem Musiker wandert.

»Ich weiß nicht genau.« Ich beobachte, wie Tyler konzentriert in die Ferne schaut, während er sich das Telefon ans Ohr drückt. »Vielleicht die Hälfte? Fünf Songs stehen mindestens.«

»Es kann gut sein, dass sie ihn bald zurückhaben wollen.« Einar ist der Einzige von uns, der nicht ständig nach hinten schaut. »Immerhin steht er unter Vertrag bei denen.«

Ich schlucke, denn ich bin noch nicht bereit, ihn wieder gehen zu lassen. Nicht, nachdem wir mittlerweile so viel miteinander teilen. Dass er zurückmuss, stand von Anfang an fest, trotzdem verknotet sich mein Magen unangenehm.

Der Wind ist ebenfalls nicht auf Tylers Seite. Bisher haben wir keins seiner Telefonate mitbekommen, aber da der Wind heute seine Stimme von hinten zu uns trägt, stocke ich.

»Doch, doch«, sagt er unmutig. »Wie kommst du darauf? Das stimmt nicht.« Seine Stimme klingt belegt. Ich starre nach vorn, will nicht, dass er weiß, dass wir ihn hören können.

»Nein, das geht nicht.« Ich bin nicht sicher, ob er frustriert oder wütend ist. »Nein, ich ...« Er scheint unterbrochen zu werden. »Auf keinen Fall.« Er seufzt. »Bitte?« Ich halte die Luft an, kann kaum ertragen, wie verzweifelt er jetzt klingt. »Aber ich ...« Eine kurze Pause. »Okay. Ja, verstehe.« Das klingt wie Aufgeben. »Ja. Ja, okay.« Danach murmelt er noch mehr, diesmal zu leise, um es zu verstehen.

Vorsichtig sehe ich mich wieder nach ihm um. Tyler steht jetzt dort, mitten auf dem Weg, den Kopf im Nacken mit geschlossenen Augen. Sein Körper wirkt erschöpft, und ich meine, dass er mehrmals tief ein- und ausatmet.

Ich warte auf ihn, während die anderen weiterlaufen, und sobald Tyler mich entdeckt, schließt er zu mir auf.

»Du hättest nicht auf mich warten müssen«, sagt er, sein gewohntes Lächeln ist diesmal offensichtlich eine Lüge.

»Alles in Ordnung?«, frage ich vorsichtig.

Tyler leckt sich über die Lippe, nickt dabei nicht besonders überzeugend.

»Alles gut.« Er sieht mir nicht in die Augen.

»Tyler ...« Ich versuche, seinem Blick zu begegnen. »Der Wind hat deine Stimme rübergetragen ...« Ich deute nach hinten. »Ich habe deinen Teil des Gesprächs mitgehört. Und der klang nicht nach ›Alles gut‹.«

Er reibt sich mit einer Hand den Nacken. »Ha«, macht er. »Erwischt, hm?« Er seufzt. »Sie wollen mich so schnell wie möglich zurück im Studio haben. Verständlicherweise. Aber ...« Er sieht sich um. »Ich bin noch nicht so weit.«

»Warum die Eile?«, will ich wissen, während wir langsam nebeneinander weiterlaufen.

»Na ja.« Ein bitteres Lachen entfährt ihm. »In sechs Wochen soll die Tournee losgehen.«

Geschockt reiße ich die Augen auf.

»In nicht mal eineinhalb Monaten?« Ich runzle die Stirn. »Und vorher wollt ihr noch alle Songs aufnehmen?«

»Nein, nur einen Teil davon, damit wir dort das neue Album promoten können. Währenddessen wollen wir noch weitere aufnehmen, aber ich würde gern ein bisschen mehr in der Hinterhand haben als die ersten paar Songs, bevor es zurückgeht.« Er wirkt auf einmal so erschöpft wie nie zuvor. »Aber wir müssen auch noch die Tournee vorbereiten, da ist noch einiges zu tun.«

»Und du willst noch nicht zurück.« Ich nicke. »Glaub mir, das verstehe ich gut.«

»Das hier ist eine wunderbare Zuflucht, hm?« Mit verträumtem Blick sieht er sich um, ich tue es ihm nach.

»Wenn ich könnte, würde ich einfach hierbleiben, ja.« Und dann, ohne weiter darüber nachzudenken, nehme ich seine Hand, sehe ihm dabei in die Augen. »Lass uns noch für eine Weile so tun, als wäre das unsere Unendlichkeit?«

Tyler lächelt, drückt meine Hand.

»Klingt gut.«

Das Camp von Emstrur liegt hinter einem Hügel, in einem flachen Tal, das so gut geschützt ist, dass nicht einmal das Handynetz durchkommt, das man sonst auf jedem Berg hat. Die Hütten sind grün mit roten Dächern wie in Álftavatn, aber sehr viel kleiner. Hinter einem der Hügel schaut ein Gletscher hervor, und ansonsten sind wir wie auf dem Weg hierher von schwarzem Sand und grünen Hügeln umgeben. Der plätschernde Bach gibt dem Ganzen eine so friedliche Atmosphäre, dass ich mich direkt wohlfühle und den Abschied von Álftavatn besser verkrafte, als ich erwartet habe. Hinter den Hütten schießen bereits ein paar Dutzend Zelte aus dem Boden, die einige der schönsten Flächen entlang des Baches belegen.

Einar und Hildur warnen uns, dass wir uns beeilen sollten, wenn wir noch einen gemütlichen Platz für uns finden wollen, bevor die späteren Nachmittagsankömmlinge eintreffen. Deshalb helfe ich Tyler, sein Zelt an einem Platz am obersten Rand des Campingplatzes zwischen zwei anderen aufzubauen, und hoffe, dass Hildur mir tatsächlich noch mein eigenes besorgen kann.

Nach dem Aufbau ist es bereits später Nachmittag geworden, und Tyler wirkt immer noch nicht besonders fröhlich, weshalb ich Einar nach dem Canyon frage, der hier in der Nähe ist und sehr beliebt sein soll. Tyler nimmt wie immer seine Gitarre und ich mein Notizbuch sowie ein paar Snacks mit, damit wir uns dort einen schönen Abend machen können.

»Was denkst du, wie viel Zeit du noch rausschlagen kannst?«, frage ich so beiläufig wie möglich, denn wenn ich ehrlich zu mir selbst bin, möchte ich Tyler nicht gehen lassen.

Weil Tyler nicht sofort antwortet, wende ich mich ihm zu. Er blickt zu Boden.

»Vielleicht eine Woche?« Er verzieht seine Mundwinkel zu einem schiefen, traurigen Lächeln.

»Oh …« Ein unangenehmes Gefühl breitet sich in meinem Magen aus. Eine Woche ist nicht viel.

»Ich weiß«, erwidert er, als hätte er meine Gedanken gelesen. »Lass uns nicht dran denken, okay?« Er deutet auf den Rand der Klippe, die wir hinaufklettern. »Immerhin sind wir jetzt noch hier.«

Jetzt noch. Das stimmt. Unschlüssig presse ich meine Lippen zusammen. Klar, eine Woche ist nicht viel, aber daran zu denken, dass das nicht viel ist, wird nichts ändern, stattdessen würden wir die Zeit verschwenden. Oder?

Tyler nimmt meine Hand und schleudert mir ein süßes Lächeln entgegen, das ich so nicht erwartet hätte. Seine Hand ist wunderbar warm um meine und sein Lächeln ansteckend. Ich drücke seine Finger, während wir gemeinsam die letzten Schritte zur oberen Seite der Klippe hinter uns bringen. Danach folgt wieder einer dieser großartigen Momente: ein atemloser Augenblick, als sich der Canyon auf der rechten Seite öffnet. Die steilen Felsen heben sich rötlich und grün voneinander ab, in Kanten, die sich noch kilometerweit in die Ferne ziehen. Am Fuße davon schlängelt sich ein reißender Fluss, der von einem der Gletscher gespeist werden muss und in das Tal im Süden fließt. Wir stehen am oberen Ende der Klippe, auf deren anderer Seite sich der Canyon ebenfalls weiterzieht, diesmal in Richtung der Berge. Das alles ist in das warme, orange Licht der untergehenden Sonne getaucht.

Mit einem leisen Schmunzeln schüttelt Tyler den Kopf.

»Das ist doch verrückt«, sagt er. »Wie kann uns hier jeden Tag wieder ein neues Wunder begegnen?« Er starrt in den Canyon hinab. »Ich bin mir ziemlich sicher, dass ich hier auch nach Wochen immer noch überrascht werden würde.«

»Frag mich mal.« Ich atme tief ein. »Ich lebe in diesem Land jetzt seit dreiundzwanzig Jahren und werde immer wieder überrascht.« Nachdenklich sehe ich ihn von der Seite an, betrachte seine Miene, die so glücklich und zufrieden scheint, dass ich sie mir am liebsten einrahmen würde. Aber bevor ich ihm sagen kann, dass er sich den Rest der Insel eigentlich auch noch anschauen müsste, und wir beide ganz traurig werden, laufe ich vorsichtig den schmalen, steilen Pfad zu einem Aussichtspunkt hinunter und konzentriere mich darauf, nicht abzurutschen und in den Tod zu stürzen. Ich atme tief ein und setze mich an die Kante, beobachte ein paar Vögel, die in den Felswänden ihre Nester gebaut haben. Tyler setzt sich wortlos zu mir.

»Wie kommt es, dass du vorher nie hierhergekommen bist?« Er legt sich auf den Rücken.

Ich grinse in mich hinein und tue es ihm nach, drehe meinen Kopf in seine Richtung, während sein Blick in den Himmel gerichtet bleibt.

»Ich war davon überzeugt, dass ich ein Stadtmensch bin.« Seufzend drehe ich den Kopf nach oben, starre ebenfalls in den blau-rosa-orangen Himmel. »Ingvi war der, der immer mal wieder in die Berge gegangen ist, der mich überreden wollte, mit ihm zu kommen, aber Campen kam für mich nie infrage.«

»Obwohl ihr sonst immer alles zusammen gemacht habt«, stellt Tyler fest.

Ich drehe mich wieder zu ihm um.

»Bitter, oder?« Kurz weiche ich seinem intensiven Blick aus. »Einmal. Einmal hat er mich überredet, mit ihm nach Thórsmörk für einen Tagesausflug zu kommen. Das war ziemlich schön«, gebe ich zu. »Aber danach hat es sich irgendwie nicht mehr ergeben. Ich war ziemlich vertieft in unsere Musik mit meinem Kopf. Manchmal hab ich einfach ein paar Akustikstücke vorbereitet, und Ingvi ist dann mit eingestiegen, wenn er zurück war. Die Musik ist irgendwie immer von ganz allein aus mir herausgesprudelt.« Ich runzle die Stirn. »Aber jetzt frage ich mich, ob irgendwas davon eigentlich Bedeutung hat, ob irgendwas davon eine ehrliche Geschichte erzählt hat.«

»Kunst muss nicht immer nur von leidenden Künstlern kommen.« Tyler grinst schief, wendet sich aber ab. »Auch wenn manche behaupten, dass sich das besser verkauft.«

Ich meine, dass sein Blick sich verfinstert, doch nur so kurz, dass ich mir nicht ganz sicher bin, ob ich es mir eingebildet habe.

Unsicher beiße ich mir auf die Lippe, warte darauf, dass er es noch weiter ausführt, aber stattdessen atmet er tief durch. Auf einmal will ich wissen, was er damit meint. Auf einmal will ich wissen, warum da so viel Schmerz in seinen Lyrics ist. Ich hole tief Luft.

»Das klingt, als würdest du aus Erfahrung sprechen«, werfe ich vorsichtig in den Raum. »Bist du … ich meine …« Auf einmal stecken mir die Worte im Hals fest, doch Tyler schmunzelt.

»Ob ich ein leidender Künstler bin?« Seine Stimme klingt ein wenig belegt, sodass ich mich wieder zu ihm umdrehe. Seine Augen sind geschlossen. Er nickt leicht, als müsste er mir bestätigen, dass er gleich weiterspricht, doch für einen Moment sagt er gar nichts.

Die Stille zwischen uns schwillt unangenehm an, und mein Magen zieht sich so zusammen, dass mir übel wird. Das war zu viel. Das stand mir nicht zu. Innerlich fluche ich, doch dann atmet Tyler tief ein.

»Das erste Album ist nach meinem Entzug entstanden.«

Seine Worte hängen in der Luft zwischen uns, und die Übelkeit in meinem Bauch verstärkt sich.

Ich weiß nicht, was ich sagen soll.

»Das Album war über den Entzug, über den Kampf gegen die Drogen, über den Kampf mit mir selbst. Weil da zwei Seiten in mir waren, die einfach nicht dasselbe wollten. Weil ich die eine Seite davon irgendwann zu sehr gehasst und verleugnet habe.« Er holt tief Luft. »Das Album war über den Weg, über den Schmerz, den ich anderen damit angetan habe. Über alles, was ich mir selbst angetan hab.« Als würde er genau diesen Schmerz jetzt noch einmal durchleben, schließt er die Augen und verzieht sein Gesicht. »Wir waren nur ein paar Jungs in der Highschool, die ganz groß rauskommen wollten und ihren Vorbildern nachgeeifert haben. Statt die Schule abzuschließen, haben wir uns Teilzeitjobs gesucht, mit denen wir uns Studiozeit finanzieren konnten, um aufzunehmen, was wir vorher in der Garage gespielt haben. Ein ziemliches Klischee also.« Mit einem schwachen Lächeln sieht er mich an. »Das war der größte Mist, den ich je gebaut habe. Auf meine Eltern und meine große Schwester habe ich nicht gehört, weil ich sicher war, dass sie sowieso keine Ahnung hatten. Weil sie niemals hätten verstehen können, dass ich meine Träume leben musste, also habe ich eine Weile den Kontakt abgebrochen. Wir haben dann hier und da immer mal wieder in Bars gespielt, kaum geschlafen und Alkohol und härteren Kram aufgedrängt bekommen. So lange, bis ich die langen Tage nicht mehr ohne das Zeug bewältigen konnte.« Tyler schluckt schwer. »Keine Ahnung, warum es mich so krass erwischt hat, aber ich hatte Glück mit den Jungs. Die haben irgendwann die Reißleine gezogen und meine Eltern angerufen. Ich war so wütend auf sie, wollte die ganze Band auflösen und hatte vor allem unglaublichen Schiss.« Lächelnd schüttelt er den Kopf. »Natürlich unbegründet. Meine Familie und die Band haben mich komplett beim Entzug unterstützt. Waren von Anfang bis Ende für mich da. Deshalb hab ich das Album so geschrieben, wie ich es geschrieben habe. Über den Mist, über den Schmerz, über die Menschen, die ich mit meinem Verhalten verletzt habe. Und das hat sich eben verdammt gut verkauft.« Er starrt wieder in den Himmel. »Aber darüber will ich nicht mehr schreiben. Ich bin fertig mit der Dunkelheit und will nicht mehr dorthin zurück. Ich will …« Ein sanftes Lachen breitet sich in seinem Gesicht aus, dann runzelt er die Stirn, als müsste er die Worte, die folgen, selbst erst noch verstehen.

Unsicher nicke ich, will ihm zeigen, dass ich verstehe, dass ich denke, dass er recht hat, dass er das kann, weiß aber nicht recht, wie ich das in Worte packen soll, die bedeutungsvoll sind. Einerseits hat er nie darüber gesprochen, andererseits hat seine Musik mir die Hinweise doch längst gegeben. Über diese verlorene Zeit seines Lebens, über die Zukunft, die anders werden soll. Über Hoffnung. Immer wieder über Hoffnung. Genau wie ich.

»Ich will über das Licht singen, über alles Gute in meinem Leben«, erklärt er. »Über alles, was stärker war als diese Sucht. Die Menschen, die mich begleitet haben, und über …« Er sieht mich hoffnungsvoll an. »… über die Zeit hier, über die Schönheit, über die Wärme, die Unendlichkeit.« Jetzt schmunzelt er. »Über das wunderschöne Ende der Welt.«

Plötzlich mit einer Gänsehaut überzogen, sehe ich ihm fest in die Augen.

»Über die Schönheit, über die Möglichkeiten des Lebens und darüber, dass Schmerz nicht für immer bleibt, dass Schmerz vorbeigeht, auch wenn es sich nicht immer so anfühlt«, füge ich hinzu.

»Das will ich in die Welt hinausschreien«, stimmt er zu. »Jeden Tag.«

Ich setze mich ruckartig auf.

»Jetzt«, sage ich.

»Jetzt?« Tylers Augenbrauen springen hoch, aber er setzt sich ebenfalls auf.

Ich raffe mich auf die Beine und strecke die Hand nach ihm aus, die er zögerlich nimmt und sich aufhelfen lässt, auch wenn sein Gesicht immer noch voller Fragezeichen ist.

»Hier.« Ich breite die Arme aus. »Jetzt und hier. Schreien wir es heraus.«

Tyler blinzelt verdutzt, schaut sich um, nur um festzustellen, dass wir allein sind. Ich kann ihm ansehen, dass er mir widersprechen will, dass ihm das unangenehm ist. Aber dann lacht er leise, und ehe ich noch etwas sagen kann, schreit er in den Canyon hinein. Ich lache auf und tue es ihm einen Moment später gleich. Ich schreie und schreie noch lauter, schreie mir die Seele aus dem Leib. Wir schreien um die Wette, während unsere Stimmen an den Felsen widerhallen. So lange, bis wir atemlos sind und nur noch leise vor uns hinkichern. Mein Brustkorb fühlt sich so viel freier an. Es dauert eine Weile, bis wir beide wieder ruhig durchatmen, nur um uns anzusehen und dann noch mal loszulachen.

Für eine Weile bleiben wir an der Klippe stehen, beobachten die Sonne dabei, wie sie immer tiefer sinkt, wie sie den Tag langsam verabschiedet, auch wenn es total absurd ist, dass sie in der Nacht mittlerweile nicht mehr am Himmel stehen bleibt. Wie viel Zeit ist bloß vergangen, seit wir das erste Mal in Landmannalaugar angekommen sind? Und wann ist der Sommer bitte an uns vorbeigezogen?

»Kann ich …?« Seine Stimme ist wieder ruhig, schüchtern fast schon, als ich mich zu ihm umdrehe. Kurz drückt er sich seine Hand auf den Mund, schüttelt dann den Kopf und holt tief Luft. Dann mustert er mich eindringlich, und für ein paar Augenblicke verliere ich mich in seinen Augen, als ich dasselbe tue. »Kann ich dich küssen?«

Ich reiße die Augen völlig überrumpelt auf. Starre ihn für ein paar Herzschläge einfach nur an und bemerke, dass er die Luft anhält. Ich blinzle überrascht und lache schließlich auf. Ich kann gar nicht so genau sagen warum.

»Fuck! Sorry! Das war …« Tyler lässt den Kopf sinken, kneift die Augen gequält zusammen und scheint kurz im Boden versinken zu wollen.

Deshalb greife ich nach seiner Hand, die mindestens genauso kalt ist wie meine.

»Nein, das war nicht …« Unsere Blicke treffen sich kurz, sodass ich unsicher zu Boden blicke, bevor ich ihn wieder ansehe. Nervös lecke ich mir über die Lippe und strecke meine andere Hand nach seinen verstrubbelten Haaren aus. Ich hole tief Luft, und ehe ich mich selbst stoppen kann, nähern sich meine Lippen seinen, und als seine meine auf dem Weg dahin treffen, stockt mir der Atem. Seine Lippen fühlen sich warm und weich und einfach genau richtig an. Als wären sie für meine gemacht.

Das Herz schlägt mir bis zum Hals, während sich ein heißes, aufregendes Gefühl in meinem Bauch ausbreitet. Ich glaube, wir zittern beide, als wir uns in dem Kuss verlieren, nachdem wir uns gerade unsere Seelen auf einem Silbertablett serviert haben, ungeschminkt und ehrlich.

Dann lösen wir uns wieder voneinander, starren uns wortlos an, bevor wir abermals auflachen. Gänsehaut breitet sich über meinen ganzen Körper aus, als er mir danach dieses Lächeln schenkt, das mich in reine Wärme einhüllt.

»Und?«, fragt er unsicher, beinahe schon schüchtern oder als hätte er vielleicht einen Fehler gemacht.

»Ein Kuss am Ende der Welt im Sonnenuntergang«, kommentiere ich amüsiert, unterdrücke ein Schmunzeln. »Zehn von zehn Sternen.«

Amüsiert weicht er meinem Blick aus, zieht mich ein wenig zu sich heran, und ich lasse ihm den Vortritt, lasse mich von seiner Wärme leiten, lasse mich vollkommen in seinen Bann ziehen. Sein warmer Atem kitzelt meine Wange, und unsere kalten Körper wärmen sich gegenseitig auf.

Erst als es anfängt zu regnen, heftig zu regnen, weil wir gar nicht mitbekommen haben, dass sich heimlich Wolken an den Himmel geschoben haben, lachen wir wieder. Und dann rennen wir, Hand in Hand, zu den Hütten zurück. Zwischendurch bleiben wir stehen, weil wir mittlerweile so durchnässt sind, dass es sowieso schon egal ist, wie nass wir jetzt noch werden. Die Küsse vermischen sich mit dem Lachen, und ich weiß nicht, wann ich mich das letzte Mal so leicht gefühlt habe.

Im Emstrur-Camp hasten wir an der Hinterseite der Wardenhütte vorbei und unterdrücken ein Kichern, weil wir nicht wollen, dass Einar und Hildur uns bemerken, bevor wir in Tylers Zelt unterkommen. Es bedarf keiner Worte, dass wir uns sofort unserer kalten, nassen Klamotten entledigen und uns mit zwei von seinen dünnen Handtüchern immer noch kichernd halbherzig abtrocknen. Es bedarf auch keiner Worte, dass wir uns danach in seinen Schlafsack kuscheln und uns gegenseitig zu wärmen versuchen, obwohl wir immer noch nass sind und Wasser von Tylers Haaren in mein Gesicht tropft. Und noch weniger bedarf es irgendwelcher Worte, dass wir nicht aufhören können, uns zu küssen. Dass Tylers Küsse meinen Nacken und dann meinen Oberkörper hinunterwandern und die Hitze, die zwischen uns entsteht, mich vergessen lässt, dass mir eben noch kalt war, und meine Küsse sich über den vielen Tattoos auf seiner Brust und seinem Bauch verteilen. Und es bedarf ganz sicher keiner Worte, dass wir uns danach völlig ineinander verlieren.

Kapitel 14

»Wo hast du letzte Nacht eigentlich geschlafen?«

Mir fällt fast das Müsli aus dem Mund, als Hildur das beiläufig beim Frühstück fragt.

»Was?« Ich räuspere mich, weil mir das Essen im Hals feststeckt. Hildur runzelt die Stirn.

»Na, du hast dir das Zelt gar nicht mehr geholt, und es hat total geschüttet. Was war los?«, will sie wissen, wirkt verwirrt, während ich einen amüsierten Blick von Einar auffange. Er kann das nicht ernsthaft mitbekommen haben, oder?

»Oh!« Ich schmunzle (hoffentlich nicht zu ertappt), lasse meinen Blick nur eine winzige Sekunde zu Tyler wandern, der auf einmal ganz blass ist. Es ist nicht so, dass wir geheim halten wollen, was letzte Nacht gelaufen ist, aber herausposaunen will ich es auch nicht. »Tyler hatte ja schon erzählt, dass sein Zelt ziemlich groß ist, wir haben wunderbar nebeneinander gepasst.« Dabei atme ich tief durch, um nicht wie eine Tomate anzulaufen, und auch Tyler räuspert sich kaum hörbar.

»Jap«, bestätigt er. »Hatte schon angefangen zu regnen, da konnte man kein neues Zelt aufbauen.«

Oh, klug, sehr gute Ausrede, ich werfe ihm ein amüsiertes Grinsen zu, das ich schnell verstecke, als Einar sich genüsslich einen Löffel mit Müsli in den Mund schaufelt.

»So, so«, sagt er verschwörerisch, sieht dabei aber keinen von uns an. »Gut, dann musste zumindest keiner von euch frieren.«

Hitze schießt mir in die Wangen, und ich werfe ihm einen warnenden Blick zu.

Hildur lacht auf, bemerkt meine Anspannung aber anscheinend nicht, und bevor Einar noch einen blöden Spruch raushaut, stehe ich auf, sodass mich alle überrascht ansehen.

»Ähm.« Mein Blick wandert von Einar über Hildur zu Tyler und wieder zurück zu Einar. »Wir sollten packen. Immerhin müssen wir weiter nach Thórsmörk«, erkläre ich, als wäre ich selbst davon überzeugt.

»Stimmt.« Hildur verzieht den Mund. »Schade! Aber in einer Woche kommen wir nach. Meldet euch einfach bei Sigrún, wenn ihr dort ankommt. Sie weiß Bescheid. Hab heute Morgen schon mit ihr telefoniert.«

»Super, danke!« Ich nehme mir meine Tasche, und als hätte ich tatsächlich draußen etwas zu packen, eile ich aus der kleinen Hütte, nur um davor ziellos für ein paar Momente zu verweilen.

»Sicher, dass das eine gute Idee ist?«

Ich schrecke auf, als Einar plötzlich hinter mir steht. Dann drehe ich mich augenrollend zu ihm um.

»Was soll das denn heißen?«, frage ich, als wüsste ich es nicht schon längst.

»Na ja, wie lange ist Tyler noch da? Eine Woche? Denkst du, es ist eine gute Idee, wenn du jetzt was mit ihm anfängst?« Er mustert mich, als wäre er besorgt, aber ich wende mich genervt ab.

»Das ist doch meine Sache. Und es muss ja nichts Ernstes sein. Dass er bald weg ist, werde ich erst mal gekonnt ignorieren.« Ich grinse so selbstbewusst wie möglich, aber Einars Blick haftet weiter an mir.

Letztlich steckt er unvermittelt seine Hände in die Hosentaschen und nickt.

»Aber verdränge es nicht zu lange.« Damit verschwindet er wieder in die Hütte.

Ich starre die geschlossene Tür kurz an, bevor ich mich kopfschüttelnd abwende und zu Tylers Zelt laufe, wo noch ein paar meiner Klamotten zum Trocknen hängen. Um meine anderen Sachen herauszufischen, schlüpfe ich hinein und stocke dann. Die letzte Nacht kommt zu mir zurück, und ich muss grinsen, weil ich ganz und gar nicht damit gerechnet hatte, aber jetzt froh bin, dass es passiert ist. Nachdenklich lege ich mich in den Schlafsack und starre an den Stoff über mir, spüre Tylers Hände noch einmal auf meiner Haut.

Ich zucke zusammen, als sich der Reißverschluss des Zelts abermals öffnet, Tyler hineinklettert und sich mit entschuldigendem Blick den Hinterkopf reibt.

»Sorry«, murmelt er. »Hätte ich was sagen sollen? Ich wusste nicht ...«

»Nein. Alles gut.« Ich greife nach seiner Hand und ziehe ihn zu mir auf den Boden des Zelts. Wieder blicken wir uns tief in die Augen, lachen gleichzeitig auf. »Einar weiß Bescheid.« Stöhnend lasse ich den Kopf hängen. »Hat es uns vermutlich an der Nasenspitze angesehen.«

»Oh ...« Tyler weicht meinem Blick aus. »Nicht ganz. Er hat mich heute Morgen darauf angesprochen. Hat dich aus meinem Zelt kommen sehen. Na ja, und das Kichern hat er wohl auch gehört«, gibt er zu. »Da war die Katze schnell aus dem Sack.«

Genervt verdrehe ich die Augen. »Dass er auch immer so neugierig sein muss.« Ich setze mich vor Tyler auf, lehne mich ein Stück zu ihm. Im nächsten Kuss verlieren wir uns ganz automatisch. Mit meinen Händen halte ich mich an seinem Nacken fest. Vielleicht ein bisschen zu fest, denn wenn ich ehrlich zu mir selbst bin, dann will ich ihn auf gar keinen Fall gehen lassen. Auch nicht in einer Woche. Aber das ist bescheuert. Und in diesem Moment keinen Gedanken wert.

Der Aufbruch nach Thórsmörk fühlt sich anders an als sonst. Vielleicht weil meine Gedanken diesmal woanders sind. Nicht mehr bei den Dingen, die ich verliere, je näher wir dem Ende des Laugavegur kommen, sondern eher bei den Dingen, die ich mit mir nehme. Allen voran bei der Person, die ich mit mir nehme. Das Wetter ist uns diesmal nicht besonders wohlgesonnen, auch wenn Hildur uns gutes vorhergesagt hat. Schon als wir loslaufen, ist der Himmel grau über den grünen Hügeln, und zwischendurch werden wir von Regenschauern eingeholt, die uns zur Eile anfeuern. Wir lassen an diesem Tag die schwarzen Sandwüsten hinter uns und laufen eine lange Zeit an dem Canyon entlang, dessen Anfang wir gestern besucht haben. Er schlängelt sich viele Kilometer mit uns durchs Land, bis die Landschaft immer grüner und grüner und lebendiger wird.

Unterwegs lachen wir entweder über irgendwas Blödsinniges oder reden über neue Songtexte von ihm und mir – manchmal beides zusammen – und vergessen dabei sowohl die Zeit als auch die Strecke, die wir hinter uns bringen müssen. Vermutlich könnten wir ewig so weitermachen. Doch auch diesmal lassen wir uns vollkommen auf das ein, was wir vor uns sehen, und als die weißen Gletscher, die über den Berggipfeln thronen, näher kommen, genießen wir ihren majestätischen Anblick wortlos.

Der einzige Unterschied zu den anderen Strecken ist, dass wir diesmal Hand in Hand dastehen. Und sobald Tyler meine Hand sanft drückt, drehe ich mich zu ihm um. Er atmet tief ein und blickt zu Boden.

»Ich muss mich morgen beim Management melden«, sagt er überraschend. »Muss ihnen dann eine genauere Zeit nennen.« Unsicher sieht er auf. »In Thórsmörk fahren regelmäßig Busse ab, richtig?«

»Ja.« Ich schlucke. »Aber ich dachte, du hast noch eine Woche?«

»Die werde ich auch bekommen«, verspricht er. »Darum werde ich kämpfen.« Die Traurigkeit in seinen Augen ist trotz seines Lächelns nicht zu übersehen. Will er nicht gehen, so wie ich ihn nicht gehen lassen will? Oder ist das alles am Ende doch zum Scheitern verurteilt? Können wir wenigstens die übrig bleibende gemeinsame Zeit so genießen, als würde sich dabei nicht von Tag zu Tag ein schwereres Gewicht auf uns legen?

»Verstehe.« Mit etwas Mühe gewinne ich mir ebenfalls ein Lächeln ab. »Dann lass uns das Beste draus machen.« Ich drücke seine Hand, und er mustert mich aufmerksam. Dann beiße ich mir auf die Lippen und lehne mich zu ihm. Tyler atmet leise aus, zögert kurz, bevor er sich in den Kuss lehnt, und schließt dann die Augen. Seine Hand wandert über meine Haare, und wenn die Welt jetzt stillstehen würde, hätte ich nichts dagegen. Als sich unsere Lippen voneinander lösen, legt er seine Stirn an meine.

»Was wäre denn, wenn du mitkommst?«, fragt er unvermittelt.

Erschrocken, vielleicht ein wenig zu erschrocken, weiche ich zurück, sodass sein Gesichtsausdruck sich verdunkelt, als hätte er einen schlimmen Fehler gemacht. Aber hat er das?

»Was?« Stirnrunzelnd mustere ich ihn. Als hätte ich die Frage nicht verstanden.

»Na ja, mit nach Amerika. Und generell mit auf die Tour.« Er blickt zu Boden, legt sich eine Hand in den Nacken. »Ich dachte, weil du doch ursprünglich sowieso nach Amerika gehen wolltest ...« Unsicher sucht er meinen Blick. »Wäre das nicht die perfekte Gelegenheit?«

Für einen langen Moment starre ich ihn an, um zu verstehen, was er da gerade vorgeschlagen hat. Mit Amerika habe ich längst abgeschlossen. Dieser Plan ist mit Ingvi gestorben. Denn allein könnte ich das unmöglich tun. Aber mit Tyler? Geduldig wartet er ab, lässt mir Zeit, zu antworten, hetzt mich nicht. Ich schließe die Augen.

Seit Jahren hatten Ingvi und ich den Plan mit Amerika ausgeheckt. Weil wir dort endlich groß herauskommen könnten, weil das Publikum dort so viel größer ist als in Island. Kann ich jetzt einfach mit jemand anderem gehen?

»Ich ...« Ich atme tief ein, weiß nicht recht, was ich eigentlich sagen will. *Ich kann nicht? Klingt super? Geht nicht? Tolle Idee?* Mein Brustkorb fühlt sich unerträglich eng an.

»Sorry«, reißt mich Tyler heraus, bevor ich mich in dem Labyrinth meiner Gedanken komplett verlieren kann. »Wollte dich damit nicht überfallen. Aber du könntest es dir überlegen. Ich ...« Wieder sieht er mir fest in die Augen. »Ich würde mich freuen.«

Er würde sich freuen.

Ich würde mich freuen.

Das ist doch, was ich immer wollte. Oder nicht? Warum fällt es mir dann gerade so schwer zu atmen?

Dennoch nicke ich, weil ich nicht weiß, wie ich Worte formen soll. Auf einmal ist mir kalt, obwohl mir doch sonst beim Wandern immer so warm wird. Meine Wangen frieren, und ich spüre zum ersten Mal, dass meine Hose nicht so wasserdicht ist, wie sie sein sollte. Ich verschränke die Arme miteinander, reibe mir drüber, aber ich nicke weiter.

»Ich überlege es mir.« Kein Ja oder Nein. Das ist die sicherste Option, oder?

Denn ich mag Tyler wirklich sehr gern. Beinahe ein bisschen zu viel, auch wenn ich die Schmetterlinge in meinem Bauch gern zu ignorieren versuche.

Ich überlege es mir. Damit ist noch nichts entschieden. Damit kann ich leben.

Die Stille, mit der wir danach weiterlaufen, fühlt sich unangenehm an. Distanziert, obwohl wir doch gerade das Gegenteil von distanziert sind. Warum trennt uns diese Nähe auf einmal so sehr?

Nachdem wir den Canyon hinter uns gelassen haben, liegt eine flache Strecke vor uns, auf der wir direkt nebeneinanderlaufen. Nach kurzer Zeit halte ich es nicht mehr aus. Auf keinen Fall will ich diese Leichtigkeit zwischen uns verlieren, also hole ich tief Luft, bevor ich mich an Tyler wende, der mit seinen Gedanken tief in der Landschaft versunken zu sein scheint. Oder aber in seinem Kopf, so wie ich. Wer weiß!

»Du musst mir dann aber euren Bandnamen verraten«, verlange ich unvermittelt, sodass Tyler sich überrascht zu mir umdreht, und sobald er mein Grinsen entdeckt, zucken auch seine Mundwinkel nach oben.

»Muss ich das?« Er schmunzelt.

»Na klar.« Ich zucke mit den Schultern, versuche, die nächsten Worte so leichtherzig wie möglich auszusprechen. »Nur dann kann ich mir überlegen, ob ich mit so einer Band gesehen werden möchte.«

Da ist ein Hoffnungsschimmer in seinen Augen, der mir kurz den Atem raubt. Er möchte wirklich sehr, dass ich mitkomme, hm? Ich senke schnell den Blick. Tyler holt tief Luft.

»*Silence has Spoken.*« Er lacht leise. »So heißen wir. Klingt ziemlich blöd, wenn man das einfach so sagt.«

»*Silence has Spoken*«, wiederhole ich nachdenklich. »Habe ich noch nie gehört.« Ich beiße mir leicht auf die Lippen, während ich ihm ein entschuldigendes Lächeln schenke. »Hat das eine Bedeutung?«

»Na klar«, entgegnet Tyler, verdreht dabei die Augen im Spaß. »Sonst wäre der Titel ja nicht so willkürlich.« Er mustert mich. »Vielleicht erzähle ich dir irgendwann die Geschichte dahinter.«

»Warum nicht jetzt?«, will ich wissen, kneife die Augen herausfordernd leicht zusammen.

Tyler streckt den Arm aus, sodass ich diesem mit dem Blick folge.

»Weil wir erst mal einen ziemlich breiten Fluss durchqueren müssen?« Er schluckt, sieht mich kurz an und dann wieder nach vorne zu unserem nächsten Ziel, und auch ich schlucke schwer.

Wir haben jetzt schon mehrere Flüsse durchwatet, aber dieser ist besonders breit, und wenn ich mich nicht täusche, wirkt er von unserem Aussichtspunkt aus teilweise recht tief. Eigentlich gibt es nur einen einzigen Bereich, wo die Strömung durchquerbar aussieht, davor und dahinter finden sich zu viele Stromschnellen, oder sie verläuft in mehreren Adern.

»Wenn wir das überleben, schuldest du mir die Info aber wirklich«, werfe ich ein.

»Mal sehen«, antwortet Tyler schelmisch und rennt dann den Berg runter, der uns noch von der Flussdurchquerung trennt.

Diesmal hat Tyler die Schuhe zur Überquerung, die Einar ihm mitgebracht hat, schneller an als ich meine. Er wirkt besonders motiviert, sodass ich ihn fast davon abhalten muss, einfach draufloszurennen.

»Tyler!«, stöhne ich. »Sei mal nicht so ein amerikanischer Tourist.«

»Hey!« Er lacht auf. »Ich bin mehr als nur Amerikaner.« Mit frechem Grinsen streckt er die Hand nach mir aus. »Deshalb wünsche ich mir natürlich, dass du, als Einheimische, mich sicher rüberbringst. O du allwissende Isländerin.«

Beleidigt stöhne ich auf, hake mich aber in seinem Arm unter.

»Der ist schneller und tiefer als die anderen«, erkläre ich. »Also waten wir hier zusammen durch. Okay?« Ich deute auf den Teil des Flusses, der am wenigsten schnell wirkt und gleichzeitig nicht zu hoch ist.

»Okay.« Tyler holt tief Luft.

Wir haken uns ein wenig fester ein, während unsere Wanderschuhe uns an den Schnürsenkeln um den Hals baumeln.

Tyler zuckt leicht zusammen, als wir das kalte Wasser betreten, und auch mich fröstelt es. Genau deshalb ist es noch wichtiger, dass wir schnell rüberkommen. Vorsichtig, aber bestimmt lotse ich uns beide durchs Wasser, auch wenn Tyler zu meiner Linken die stärkere Strömung abbekommt, ganz einfach, weil er schwerer ist als ich und deshalb nicht so schnell von den Beinen geworfen werden kann. Nach nicht einmal der Hälfte sind meine Beine so kalt, dass es wehtut. Aber nach der langen Wanderung ist das trotz allem eine Erfrischung. Zumindest anfangs, bis sich das eisige Wasser wie Nadelstiche anfühlt und das stetig schlimmer wird. Das Wasser steigt mir mittlerweile bis über die Knie, sodass meine Shorts bald nass werden.

Hildur hatte uns gewarnt, dass die Flüsse wegen des Regens aktuell besonders hoch sind, trotzdem bin ich kurz so überrascht, dass ich schwanke. Tyler hält uns beide aber weiterhin fest in der Strömung. Erst kurz vorm Ende stockt er plötzlich und flucht leise. Nur eine Sekunde später verliert er das Gleichgewicht, sodass ich leicht aufquietsche, schwanke und auch falle. Dabei hatten wir es fast geschafft. Das Ufer befindet sich nur etwa einen halben Meter vor uns, trotzdem bin ich jetzt komplett durchnässt.

»Tyler!«, schreie ich, als könnte er was dafür.

»Fuck, fuck, fuck!«, ist das Einzige, was er über die Lippen bekommt, eine Tonlage höher als sonst, sodass ich auflachen muss. Tyler starrt mich geschockt an, während wir ans nahe Ufer kriechen, und weil ich nicht aufhören kann zu lachen, stimmt er schließlich mit ein. Am Ende liegen wir beide lachend und durchnässt am Ufer.

Wir haben Glück, dass einzig unsere Rucksäcke nicht nass geworden sind, und nachdem wir uns trockene Sachen angezogen haben, schauen wir uns auf der anderen Seite des Flusses um. Wochenlang haben wir nun keine Bäume mehr gesehen, das Land war hauptsächlich brach, wie der Großteil unserer Insel, und voller schwarzem Sand und Kies. Aber jetzt, wo wir in Thórsmörk angekommen sind, hat sich die ganze Landschaft auf einmal verändert. Wir stehen mitten in einem Wald. Baum um Baum, alles grün und voller gelber und lila Blumen. Als wären wir auf einem anderen Planeten gelandet.

»Das ist doch absurd«, stellt Tyler fest, der sich beim Laufen immer wieder umsieht »Wo kommt dieser Wald her? Ich dachte, in Island gibt es gar keine Bäume mehr. Haben die Wikinger nicht alles abgeholzt?«

»Jup.« Ich lache auf. »Aber in Thórsmörk wurden einige Bäume gepflanzt, und es gibt hier so eine Art eigenes kleines Mikroklima. Deshalb wächst hier alles so gut, und das Wetter ist meistens auch besser. Wie du merkst.« Zumindest hat Ingvi es mir damals so erklärt. Ich deute in den blauen Himmel, nachdem wir am Anfang des Tages noch durch den Regen gelaufen sind.

»Bist du sicher, dass wir nicht eine andere Dimension betreten haben?« Tyler sieht sich so begeistert um, als könnte er gar nicht mehr damit aufhören.

Und er hat recht. Ich war bereits hier, und doch überrascht mich die Vielfalt der Bäume und der Pflanzen, die von fröhlichen, dicken Hummeln umschwärmt werden. Es ist wie unsere ganz eigene Oase, mitten zwischen Gletschern und Vulkanen. Zuletzt hat beim Ausbruch des Eyjafjallajökull-Vulkans die Asche den Boden hier genährt.

»Und?«, frage ich amüsiert. »Neue Inspiration?«

Er lacht auf, hebt die Arme in die Höhe.

»Verdammt viel Inspiration.« Kopfschüttelnd dreht er sich zu mir um. »Ich kann nicht glauben, was ich alles verpasst hätte, wenn ich in Landmannalaugar geblieben wäre.«

Das Lächeln auf seinen Lippen ist so warm, dass mir auch warm wird. »Danke, dass du mich durch die Berge geführt hast.«

»Na, du hast dich doch selbst dazu entschlossen loszulaufen.«

Tyler leckt sich über die Lippen, wirkt etwas nervös und sieht mir dann fest in die Augen.

»Ich will nicht wie ein Stalker klingen, aber …« Er kratzt sich am Hinterkopf. »Eigentlich bin ich nur losmarschiert, weil du gegangen bist und …« Er holt tief Luft. »Ich weiß nicht, was es war, aber irgendwas an dir hat mich einfach fasziniert und inspiriert. Ich konnte dir nicht einfach dabei zusehen, wie du weggehst.«

»Oh!« Irritiert mustere ich ihn, schüttle dann ungläubig den Kopf. »Ich? Für mich bist du in den Bergen beinahe umgekommen?« Ich lache auf.

Tyler senkt den Blick, seine Wangen sind leicht gerötet.

»Ich weiß auch nicht«, erklärt er. »Vielleicht war es der Schmerz in deinem Blick. Das musste ich unbedingt herausfinden.«

»Hm.« Hat er das wirklich damals schon gesehen? Hat man mir das so einfach ansehen können? Denn Schmerz ist wohl die beste Beschreibung für das, was ich so lange empfunden habe. Was ich immer noch empfinde. Ich schlucke. Kurz fröstelt es mich, weil mir bewusst wird, wie lange ich nicht mehr an Ingvi gedacht habe. Aber ist das jetzt in Ordnung? Ich hole tief Luft.

»Ich bin froh, dass du mir sozusagen nachgelaufen bist.« Unsicher greife ich nach seiner Hand, tippe sie nur vorsichtig an, bis er meine nimmt. »Sonst wären wir jetzt nicht hier.« Zusammen. Noch mal muss ich schlucken. Am Ende der Welt. Oder am Anfang der Welt?

Er drückt meine Hand, als würde er genau verstehen, was ich meine. Dann laufen wir Hand in Hand durch den kleinen Wald, der uns über einen weiteren Hügel lotst, von welchem aus wir die Gletscher sehen können, die uns jetzt so nah wie noch nie sind. Dahinter führt uns ein Weg hinunter in das große Tal, das wie Landmannalaugar recht belebt ist, weil Busse hier täglich ankommen und abfahren.

Als wir die letzten kleinen Holzbrücken überqueren, entdecken wir die Hütte, die die nächsten Tage und Wochen mein Zuhause sein wird und genauso heimisch wirkt wie die in den Bergen. Und doch ist alles anders: Denn hier war ich schon einmal. Es sieht alles noch genauso aus wie damals mit Ingvi. Ich halte kurz die Luft an, als wir in meiner Erinnerung über die Wiese laufen. Den Hügel, Valahnúkur, der direkt neben dem Camp aus dem Boden schießt, hat Ingvi damals ohne mich erklommen. In dem Moment, in dem ich verharre, drückt Tyler meine Hand ganz fest.

»Willst du hochgehen?«, fragt er zögerlich, sodass ich mich irritiert zu ihm umdrehe.

»Was?« Ich runzle die Stirn.

»Du starrst den Hügel so sehnsüchtig an. Ich nehme an, das ist einer der Orte von deiner Karte?« Er sucht in meinem Blick nach irgendetwas, das ich selbst nicht einmal verstehe. Doch statt begeistert zu nicken und loszulaufen, schließe ich die Augen.

»Noch nicht«, sage ich, lüge ich im Grunde sogar, denn eigentlich will ich dort gar nicht hochwandern. Die Karte von Einar und mein Armband liegen seit ein paar Tagen vergraben in meiner Tasche. Warum, weiß ich selbst nicht so genau, aber je näher ich dem Ende meiner Zeit hier komme, desto schwerer fühlt es sich an. Ich setze ein unehrliches Lächeln auf, das Tyler vermutlich bemerkt, doch er nickt nur.

Wir suchen zusammen die Wardenhütte auf, in der wir fröhlich von Sigrún begrüßt werden, die uns ein Zimmer zeigt, das Tyler und ich uns teilen sollen. Also wird das nicht die schlechteste letzte Woche. Zumindest rede ich mir das ein, ignoriere, wie meine Finger zittern, und balle meine Hände stattdessen zu Fäusten.

Weil ich abends nicht einschlafen kann, da etwas an mir nagt, tue ich etwas, was ich nicht tun sollte. Ich tippe auf meinem Handy herum, während ich Tylers sanftem, ruhigem Atmen zuhöre. Ich navigiere zu Google und halte kurz inne.

Silence has Spoken gebe ich schließlich zögerlich in der Suchzeile ein, beiße mir noch einmal auf die Lippen, weil ich ihm mal versprochen hatte, das nicht zu tun. Für ein paar Momente schwebt mein Finger über der Enter-Taste, fast drücke ich das Fenster weg, lasse es sein, aber so stark bin ich nicht.

Das Suchfenster zeigt mir erst die Website, auf der Tyler zwar aussieht wie Tyler, aber irgendwie auch nicht. Er wirkt etwas graziler, cooler könnte man sagen, und doch nicht wie »mein« Tyler.

Danach klicke ich mich durch die Ergebnisse, entdecke Interviews und verliere mich kurz in Bildern der Band.

Hängen bleiben tue ich aber bei einem ganz bestimmten Interview: *Drogen & Groupies – Leadsänger Tyler erzählt von den größten Fehlern seines Lebens.*

Ich schlucke, hole tief Luft. Wieder zögere ich, kämpfe mit der Neugier, ob da noch mehr ist, was er mir vielleicht nicht erzählt hat. Immerhin hat er mir bereits so viel anvertraut, und eigentlich möchte ich nicht riskieren, ihn zu verärgern. Mein Blick wandert zu seinem unschuldigen Gesicht, das ich stundenlang betrachten könnte. Er hat mir selbst davon erzählt, ich muss nichts darüber lesen, was aus zweiter Hand stammt.

Dennoch schwebt mein Finger weiter über dem Link zum Artikel. Will ich mehr wissen? Diese Zeit liegt schon hinter ihm, richtig? Und er würde mir davon erzählen, wenn da noch mehr dahinterstecken würde, oder? Sanft streiche ich ihm das Haar aus dem Gesicht, beobachte, wie sich sein Brustkorb hebt und senkt. Erst nach einer Weile wandert mein Blick zurück aufs Handy, mein Finger drückt auf den Link. Doch noch bevor die Seite laden kann, mache ich den Bildschirm aus und werfe das Handy auf die andere Seite des Zimmers.

Das bin ich ihm schuldig.

Kapitel 15

Um nach Thórsmörk zu gelangen (ohne drei bis vier Tage zu wandern), muss man zur Anreise mit dem Auto mehrere Flussfurten hinter sich bringen. Eines sollte ganz klar gesagt sein: Nicht jedes Auto kann das. Besonders den letzten Fluss nahe dem Camp, den Krossá, sollte man nicht mit einem beliebigen Auto zu durchqueren versuchen, weil er oft tief und immer schnell ist, auch wenn es sich durch die Gletscherschmelze jedes Jahr verändert. Wie Sigrún uns erklärt, tun manche Leute es dennoch. Und genau deshalb gibt es in unserem Langidalur-Camp noch eine zusätzliche Warden-Aufgabe: den Traktor bedienen.

Der Traktor parkt normalerweise direkt vor unserer Hütte, kommt aber zum Einsatz, wenn (mal wieder) ein Auto im Fluss feststeckt. An den guten Tagen versuchen es die Neuankömmlinge erst gar nicht, sondern parken direkt neben der bewegbaren Fußgängerbrücke, die einen zu Fuß über den Fluss bringt. Oder sie rufen zumindest bei uns in der Hütte an, um die Durchquerbarkeit zu erfragen. Oft genug jedoch, so Sigrún, muss das eine oder andere Auto mit dem Traktor aus dem Fluss gezogen werden. Zum kleinen Spaß gibt es sogar ein Fotoalbum in der Touristenhütte, das voller Bilder von Autos ist, die über die Jahre stecken geblieben sind. Meistens kommen die Insassen glimpflich davon, allerdings hat es in den reißenden Fluten auch schon Tote gegeben, und spätestens als Sigrún uns das erzählt, ist der Spaß vorbei.

»Besonders zum Ende der Saison wird das Wetter schlechter und die Flüsse höher«, erklärt sie und klopft auf die Motorhaube des Traktors. »Die meisten Einheimischen wissen das normalerweise. Es gibt aber ein paar leichtfertige Gestalten und ...« Unsicher blickt sie zu Tyler und zuckt dann mit den Schultern. »... Touristen.«

»Das kann ich mir nur allzu gut vorstellen«, gibt er grinsend zu. »Die Amerikaner sind bestimmt die schlimmsten.« Er schenkt mir ein Zwinkern, sodass ich mich ganz unschuldig abwende, als wüsste ich nicht, wovon er spricht.

»Wie oft kommt es in etwa vor?«, will ich unsicher von Sigrún wissen. »Dass jemand aus dem Fluss geholt werden muss.«

Sie lächelt wissend. »Keine Sorge. Ich kenne mich damit aus. Einar und Hildur auch.« Sie tätschelt beruhigend meine Schultern. »Du wirst vermutlich nie selbst den Traktor fahren müssen, wenn du nicht willst.«

Sigrún wird von Tylers Klingelton unterbrochen. Dieser seufzt, bevor er aufs Display schaut.

»Sorry!« Er leckte sich nervös über die Lippen. »Ich muss drangehen.«

Eine Furche zeichnet sich zwischen seinen Augenbrauen ab, als er den Anruf entgegennimmt und weggeht. Sigrún sieht ihm perplex hinterher, und auch ich hole tief Luft.

»Entschuldige ...« Ich blicke zwischen ihr und seiner kleiner werdenden Gestalt hin und her. »Ist es okay, wenn ich kurz schaue, was bei ihm los ist?«

Sigrún lächelt und nickt.

»Kein Problem.« Sie deutet auf die Wardenhütte. »Ich kann euch mehr beim Essen erzählen.«

»Vielen Dank!« Dankbar die Hände zusammenschlagend laufe ich Tyler hinterher.

Nach wenigen Schritten hole ich zu ihm auf. Aus dem Augenwinkel entdeckt er mich, mustert mich, sagt aber nichts und bedeutet mir auch sonst in keiner Weise, zu verschwinden. Stattdessen folge ich ihm.

»Ja, Moment«, sagt er der Person am anderen Ende der Leitung und schlendert in die Richtung der grau-schwarzen Kiesflussbänke vor dem Camp. Auf ihren trockenen Wegen zwischen den Flüssen kann man gut laufen, und das Handynetz wird in dem breiten Tal besser. Kurz legt er seine Hand aufs Handy und dreht sich zu mir um. »Management«, flüstert er, auch wenn ich mir das natürlich gedacht habe. Er wendet sich wieder ab, sein Blick verliert sich in der Ferne. »Besser?«, will er wissen und nickt dann, als könnte jemand das sehen. »Also?« Er reibt die Finger seiner anderen Hand fest aneinander, presst die Lippen zusammen und stoppt nach ein paar Schritten. Schwerfällig seufzend lässt er den Kopf hängen. Dann holt er tief Luft. Sein Blick wandert für den Bruchteil einer Sekunde zu mir und dann wieder in die Ferne. »Aber wir hatten uns auf eine Woche geeinigt.« Er reibt sich die Schläfe. »Ich weiß, ich verstehe, Jack, aber ich habe noch nicht ... nein, ich ... Jack!« Seine Stimme wird ein wenig lauter, dennoch hebt sie sich nicht so sehr, dass man es als Schreien bezeichnen könnte. »Nein. Damit hat das nichts zu tun.« Jetzt ist er wieder ruhiger. »Aber ...« Er schließt die Augen und atmet erschöpft aus. »Verstehe.« Da steckt jetzt der Klang einer Niederlage in seiner Stimme. »Ja. Ich verstehe. Ja. Das ergibt durchaus Sinn. In Ordnung.« Ein letzter unterdrückter Seufzer. »Bis dann!«

Danach lässt er das Handy sinken und sieht mich wieder an. Traurig, so tieftraurig, dass ich sofort verstehe.

»Du musst früher gehen«, stelle ich fest, halte die Luft an, als er nickt. Er senkt den Blick. »Wann?«, frage ich vorsichtig, auch wenn ich die Antwort gar nicht wissen will.

»Übermorgen.«

Übermorgen!

So bald schon. Der plötzliche Countdown überrumpelt mich. Wir sind doch gerade erst hier angekommen. Wir haben gerade erst gemerkt, wie viel wir uns gegenseitig geben, wie sehr wir einander inspirieren. Dass er in zwei Tagen weg sein soll, ist zu früh. So viel zu früh.

»Den Bus hat er sich online bereits rausgesucht, den Flug bucht er jetzt auch.« Tyler holt tief Luft. »Sie haben ja recht. Ich kann nicht bis kurz vor der Tour verschwunden bleiben. Wir müssen noch ein paar Songs aufnehmen. Wir müssen Interviews geben.« Er vergräbt das Gesicht in seinen Händen, stöhnt leise und sieht mich wieder an. »Ich würde gern einfach hierbleiben.«

Auch wenn mein Herz pocht wie wild, auch wenn sich ein unangenehmes Gefühl in meinem Bauch ausbreitet, bemühe ich mich um ein Lächeln.

»Ich auch.« Unvermittelt nehme ich seine Hand. »Wenn wir beide bleiben könnten.« Unschlüssig presse ich die Lippen zusammen und konzentriere mich auf den Bach, der neben uns vorbeifließt und später in den großen Fluss mündet. »Aber ...« Ich schlucke, sehe Tyler in die Augen. »... wir können uns wohl nicht für immer hier verstecken.«

Tyler lächelt traurig. »Das wäre zu schön gewesen.«

»Alles Schöne muss zu Ende gehen«, bestätige ich, fühle mich aber, als wäre ich nicht ich, sondern jemand

Fremdes, der diese Worte wirklich ernst meint, während sie mich doch einfach nur ankotzen. Wer hat diesen beknackten Spruch überhaupt erfunden?

Tyler drückt meine Hand, als wüsste er ganz genau, dass ich diese Worte nicht ernst meine. Dann nimmt er meine Hand und führt sie zu seinem Mund, mustert mich noch einmal, bevor er einen sanften Kuss darauf drückt. Einen Kuss, der mir eine Gänsehaut am ganzen Körper bereitet, sodass ich ihm in die Arme falle und ihn festhalte. Weil ich ihn nicht gehen lassen will. Weil ich nicht will, dass noch jemand, der mir wichtig ist, aus meinem Leben verschwindet. Und Tyler ist mir verdammt wichtig.

Am nächsten Morgen frage ich Sigrún, ob wir ausnahmsweise noch einen freien Tag zum Erkunden der Gegend bekommen könnten, bevor ich ihr bei der Arbeit unter die Arme greife. Keine Ahnung, ob Einar oder Hildur ihr von uns erzählt haben, aber das Lächeln auf ihren Lippen zeigt mir, dass sie Bescheid weiß. Sie blickt zwischen uns beiden hin und her und bittet uns, dass wir ihr wilde Heidelbeeren mitbringen, die jetzt Mitte August beinahe auf allen Wanderpfaden in Thórsmörk zu finden sind.

Das verspreche ich ihr und entführe dann Tyler spontan, denn ich weiß genau, wo ich ihn hinbringen möchte. An den einzigen Ort, den ich hier im Tal kenne, um genau zu sein. Weil ich dort selbst gewesen bin. Nur einmal. Und es wird Zeit, die alten Erinnerungen daran mit neuen anzureichern, damit ich nicht jedes Mal traurig bin, wenn ich an diesen Ort denke.

»Wo gehen wir hin?«, will Tyler wissen, während er das Handy drohend in seiner Hosentasche verstaut. Aber wenigstens hat er es für den Tag auf »lautlos« gestellt.

»Wirst du dann schon sehen.« Ich grinse und atme tief durch, als ich Tyler an der Hand mit mir nehme und zum wenige Minuten entfernten Nachbar-Canyon führe. Ich weiß bereits, was mich erwartet, und doch bin ich kurz selbst überwältigt. Und Tyler bleibt sowieso die Luft weg.

Als wir an der Felswand abbiegen und eine Hütte mit der Aufschrift »Slyppugil« auftaucht, erhebt sich dahinter ein Tannenwald. Ein echter, dichter Tannenwald, wie er selten hier in Island ist, am Rande auch gespickt mit anderen Arten von Bäumen. Ich ziehe Tyler mit mir, folge den orangen Wanderpfadmarkierungen und führe uns beide am Rande des Waldes durch den Canyon, der noch lebendiger ist als Langidalur. So bunt, voller Blumen und Hummeln und so grün, dass man fast vergessen könnte, dass wir noch in Island sind.

Tyler schüttelt den Kopf, mustert die Umgebung. »Wie kann das alles hier sein?« Nachdenklich dreht er sich um sich selbst, während wir dem Canyon langsam folgen, stoppt immer wieder. »So viel Leben neben so viel kargem, unbelebbarem Geröll.« Kurz stockend zieht er das Notizbuch aus seiner Tasche.

»Wow!« Ich lache auf. »Nicht mal zehn Minuten unterwegs, und schon schreibst du dir neue Ideen auf? Das wird bestimmt ein langer Tag.«

Er sieht lachend zu mir auf.

»Oh, darauf kannst du wetten.« Sein Blick hängt ein wenig länger an mir fest, als ich erwartet hätte, sodass ich dem Drang widerstehen muss, ihm mit meinen Augen auszuweichen. »Der Tag kann gern einfach unendlich sein.«

»Das bekommen wir hin«, lüge ich, weil ich es selbst glauben will. »Du wirst schon sehen.«

Während wir uns über Stock und Stein und kleinen Bächen durch den stark bewachsenen, fast schon dschungelartigen Canyon schlagen, erinnere ich mich an die erste Wanderung, die ich hier mir Ingvi gemacht habe. An unser Lachen, mein Gemecker, weil mir das alles viel zu anstrengend war, die Unbeschwertheit, als wären wir unverwundbar. Der Natur habe ich damals nicht so viele Chancen gegeben, habe mich stattdessen beschwert, dass ich zurück in mein Bett möchte, dass ich lieber Sushi essen will als Studentenfutter in den Bergen. Aber jetzt verstehe ich endlich, warum Ingvi mich ständig ausgelacht hat. Ich möchte mich ja selbst so gerne auslachen.

»Wieso lachst du?«

Überrascht drehe ich mich zu Tyler um, der mich interessiert beobachtet. Ups!

»Ach ...« Ich schüttle hastig den Kopf. »Ich hab nur ...« Mein Blick wandert zum Himmel, der nur von ein paar Wolken bedeckt ist. »Ich habe diese Wanderung einmal mit Ingvi gemacht, weißt du?« Unsicher begegne ich Tylers Blick. »Das weckt Erinnerungen.«

Tylers Blick verändert sich sofort. Eine Sanftheit kehrt dort ein, eine Wärme, die zu verstehen scheint, was das für mich bedeutet.

»Und du bist sicher, dass du mich hier haben willst?«, fragt er vorsichtig.

»O ja, ganz sicher.« Lächelnd greife ich nach seiner Hand. »Es wird Zeit, dass ich mir diese Orte zurückhole, die im Augenblick nur in der Vergangenheit leben.« Ein Augenrollen kann ich mir nicht verkneifen. »Oder so was.« Hastig wedle ich mit der Hand. »Komm jetzt, es gibt noch so viel zu sehen!«

»Okay, okay!« Tyler schmunzelt und folgt mir im Gleichschritt.

Nach einem längeren Aufstieg öffnet sich der Canyon vor uns, und wir kommen an seinem höchsten Punkt an. Aber anstatt hier zu enden, reißt der Canyon neben uns weiter den Boden auf, bis er sich in den fernen Hügeln verläuft, hinter denen ein spitzer grüner Berg aus dem Boden schießt, auf dem man schwach einen Zickzackweg erkennen kann. Noch weiter hinten steigen die Gletscher empor, die wir auch aus dem Tal sehen können. Irgendwo darunter brütet der Katla-Vulkan. Ein Vulkan, dem wir nicht entkommen könnten, wenn er jetzt gleich ausbrechen würde. Aber hey, damit leben wir hier in Island sowieso jeden Tag.

Der Wind frischt auf, zerzaust meine Haare, jetzt, wo wir nicht mehr von den steilen Felswänden und Bäumen geschützt werden.

»Da vorn!« Ich deute auf den spitzen grünen Berg.

»Da klettern wir hoch?« Tyler zieht die Augenbrauen erstaunt in die Höhe.

»Bist du verrückt? Nein.« Ich lache auf. »Nur fast. Unser Ziel liegt kurz davor.«

»Aber du verrätst mir natürlich nicht, was unser Ziel ist«, stellt er gespielt beleidigt fest.

»Nope. Du wirst schon sehen. Und weißt du was?« Ich drehe mich strahlend zu ihm um. »Der Weg ist das Ziel und so. Du weißt schon.« Begeistert breite ich die Arme aus. »Ziemlich cooler Weg, würde ich sagen.«

»Ziemlich«, bestätigt Tyler, und wir beide folgen dem Wanderweg, der uns am Rande des Canyons entlangführt.

In vielen Büschen, die am Rand des Weges wachsen, hängen reife, fruchtige Heidelbeeren, die wir uns einverleiben, wann immer wir Lust drauf haben. Ansonsten sammeln wir fleißig für Sigrún. An der langen Felswand des Canyons hallt das Rauschen eines Flusses wider, der tief an ihrem unteren Ende unermüdlich dahinfließt. In der Ferne können wir die Highlands sehen, die wir hinter uns gelassen haben, und ich meine, ein paar der besonders auffälligen Berge zu entdecken, die wir unterwegs aus nächster Nähe gesehen haben. Außerdem kommen wir an einer zerklüfteten Felsformation vorbei, die sich Trollkirche nennt – eine von vielen in Island, wie ich Tyler amüsiert erkläre, der neugierig davorsteht und beschließt, einen Song über Trolle zu schreiben. Mein unbändiges Lachen hallt für eine ganze Weile im Canyon wider, bis ich es schaffe, mich zu beruhigen, während Tyler vor sich hin summt, als würde er es wirklich ernst meinen.

Als der Weg uns an steilen und kieseligen Berghängen entlanglotst, zögert Tyler, sodass ich vorausgehe, um ihm zu zeigen, dass er keine Angst haben muss. Der Boden ist locker, und sogar ich rutsche ein wenig, aber Tyler konzentriert sich so sehr auf seine Schritte, dass wir am Ende beide problemlos auf der anderen Seite ankommen.

Mein Puls beschleunigt sich vor Aufregung, sobald wir das Plateau am Ende des Pfades erreichen und uns ganz oben auf unserer Seite des Canyons befinden. Der Ausblick auf die Highlands ist fantastisch, und dass wir selbst dort waren, scheint auf einmal irreal. Und wundervoll. Immer wieder sehe ich zu Tyler hinüber, der genauso begeistert starrt und dann tief durchatmet.

»Es wird noch besser?«, will er wissen, worauf ich lache. Ich nicke und erinnere mich daran, wie ich hier zum ersten Mal war.

»Nur noch ein bisschen weiter«, erkläre ich und deute auf den spitzen Hügel, der die gesamte Zeit unser Leuchtturm war.

Tyler grinst breit. »Immer nur noch ein bisschen, hm?« Er zuckt ungläubig die Schultern. »Ich glaube, wir könnten für immer so weitermachen. Noch ein bisschen mehr Ende der Welt. Vielleicht könnten wir ja hier draußen leben. Es gibt genug Heidelbeeren und frisches Wasser.«

Meine Wangen tun beinahe weh, so sehr zieht es meine Mundwinkel nach oben.

Doch gerade als wir weiterlaufen wollen, ertönt Tylers wohlbekannter Klingelton, sodass er genervt aufstöhnt, den Anruf aber innerhalb weniger Atemzüge wegdrückt.

»Sorry! Dachte echt, ich hätte den Ton ausgemacht.« Er runzelt die Stirn, sieht auf das Display. »Ich rufe einfach zurück, wenn wir Ruhe haben.« Lächelnd sucht er meinen Blick. »Also?«

Ich schlucke, weil mir bewusst wird, dass das tatsächlich unser letzter Tag zusammen ist. Aber daran will ich nicht denken, also konzentriere ich mich lieber auf den Weg und laufe ein wenig schneller als nötig. Damit wir ankommen, damit wir noch genug Zeit haben, einfach nur zusammen zu sein.

Wir laufen schließlich eine kleine Erhöhung hinauf, die sich karg in alle Richtungen ausbreitet, außer geradeaus. Vor uns bricht sie ab, denn dort eröffnet sich uns ein winziges Tal am Grund des Canyons. Klein und magisch, unser Ziel: Oft das Foxvalley genannt, weil die Polarfüchse sich gern dorthin verirren – oder Hidden River Valley, weil man es so leicht übersehen kann und es in keiner Karte eingezeichnet ist. Wunderschön und friedlich. Ein schmaler, plätschernder Fluss umschließt eine grüne Insel, die wie eine Oase zwischen all den brachen Hügeln liegt. So versteckt, dass man es kaum finden würde, außer man schlägt den Weg ein, um den großen Rjúpnafell dahinter zu erklimmen. Ein kleines Paradies, windgeschützt und unendlich ruhig. Der Ort, den Ingvi mir damals zeigen wollte. Der Ort, den ich jetzt mit Tyler teilen möchte.

Grinsend sehe ich Tyler an, dessen Mund leicht offen steht, bevor er sich an mich wendet.

»Picknick?«, fragt er hoffnungsvoll.

»Darauf kannst du wetten!«

Wir klettern den steilen Pfad zum Tal hinunter, das sogar noch ein wenig fantastischer wirkt, wenn man erst mal dort ist. Alles ist still, bis auf das Wasser, das so klar ist, dass ich meine Flasche damit auffülle und genüsslich trinke. Tyler lässt sich mit seinem Rucksack auf einem Felsen, der neben dem Wasser liegt, nieder und seufzt erleichtert auf.

»Also, hier könnte ich gut und gerne den Rest meines Lebens verbringen.« Kurz schließt er die Augen, zieht dann sein Handy aus der Hosentasche. »Nicht einmal Netz haben wir hier. Perfekt.« Er lacht auf.

Ich geselle mich zu ihm, nicke missmutig und ein wenig nervös.

»Ist das okay? Dass sie dich nicht erreichen können?«, frage ich sicherheitshalber.

»Und wie!« Tyler holt sein Essen aus dem Rucksack. »Das ist doch die beste Voraussetzung, um hier zu entspannen.« Genüsslich beißt er in sein Sandwich, und für eine Weile vergnügen wir uns einfach nur mit stummem Wohlfühl-Beieinandersein, in dem ich mich so richtig verliere.

Und dann versuche ich vorsichtig, die Realität abzutasten.

»Wo startet eure Welttournee?«, frage ich unvermittelt.

»Toronto«, erwidert er zögerlich, begegnet dabei meinem Blick und scheint in meinen Augen nach etwas zu suchen. Einer Emotion vielleicht. Aber keine Ahnung, welche er erwartet. Und ich habe auch keine Ahnung, welche er finden wird. Er räuspert sich. »Danach Montreal und die restlichen größeren Städte in Kanada, bevor wir die USA unsicher machen, und dann geht es nach Europa.« Er lacht ein angespanntes Lachen und zwinkert. »Du kannst alle Tourdaten auf unserer Website sehen.«

»Ist Reykjavík dabei?«, will ich neugierig wissen, sodass Tyler die Schultern hängen lässt.

»Ich fürchte, nein«, gibt er zu. »Vielleicht kann ich da was einfädeln. Wenn mir meine lange Abwesenheit erst mal verziehen wurde und sowohl Tour als auch Album kein Reinfall werden.« Er reibt sich mit einer Hand den Nacken und schmunzelt. »Spüre gar keinen Druck oder so.«

»Du könntest auch dein Handy verbrennen und einfach in Island bleiben.« Mit schiefem Grinsen grabe ich im Gras herum, schüttle den Kopf. »Eine neue Band kannst du auch in Island gründen. Die Isländer sind viel entspannter bei ihren Deadlines. Und ich bin gut im Duett-Singen.« Ich sehe zu ihm auf, erwarte, dass er lacht, dass wir zusammen lachen, aber stattdessen senkt er den Kopf und seufzt.

»Ich mag die Idee.« Aber er lacht nicht, er kann nicht hierbleiben. Dieser Sommer, diese Träume sind jetzt zu Ende, und es wird vermutlich Zeit, dass wir das beide einsehen.

»Die Tour und das Album werden super laufen«, sage ich deshalb, versuche das üble Gefühl in meinem Magen zu verdrängen. Besonders lange kenne ich Tyler doch nicht einmal. Ich sollte gar nicht so sehr an ihm hängen.

Er presst die Lippen fest zusammen und holt tief Luft. Dann wandert seine Hand in seine Hosentasche, und mit einem leichten Schmunzeln hält er mir sein Handy entgegen.

»Vier Prozent Akku habe ich noch«, erklärt er, und ich sehe, dass die kleine Batterie auf dem Bildschirm rot aufleuchtet.

»Oh, dann solltest du diesen Anruf wagen, bevor es zu spät ist«, stelle ich fest, doch anstatt sich zu rühren, tippt er darauf herum, und einen Moment später ertönt eine sanfte Melodie, die ich nicht kenne, die mir aber Gänsehaut bereitet.

»Darf ich um diesen Tanz bitten?«, fragt Tyler charmant, steigt vom Felsen herunter und streckt seine Hand nach mir aus. Perplex starre ich diese und dann ihn an.

»Was?« Ungläubig schüttle ich den Kopf. »Du willst die letzten vier Prozent zum Tanzen verschwenden?«

»Pff, verschwenden? Auf keinen Fall.« Er nimmt meine Hände in seine. »Ein Tanz mit dir ist ganz und gar keine Verschwendung.«

Erst starren wir einander fest in die Augen. Dann nehme ich seine Hände in meine und überwinde die Distanz zwischen uns. Eine Hand lege ich auf seinen Rücken, meinen Kopf auf seine Brust, genieße seine Nähe und Wärme und das Gefühl, genau dorthin zu gehören. Zu ihm. Wir bewegen uns langsam im Takt der Musik, hin und her, nur wir beide. Hier draußen, ganz allein an einem der schönsten Orte der Welt. Die Sonne steht hoch am Himmel, und der Tag scheint nicht vorbeizugehen.

Wir tanzen eine Ewigkeit, die in meinem Kopf niemals zu Ende geht. Auch als die Musik abbricht – weil der Akku endgültig den Geist aufgegeben hat –, bewegen wir uns weiter im Takt, summen die Melodie vor uns hin und tun so, als hätten wir alle Zeit der Welt.

Keine Ahnung, wie viel Zeit vergangen ist, aber irgendwann liegen wir zusammen am Boden, Arm in Arm. Ich drücke mich fest an Tyler, und er drückt mich noch fester an sich. Wir bleiben noch liegen, als wir längst zurückgehen sollten. Wir bleiben noch liegen, als es dunkel wird, so richtig dunkel. Und dann hole ich tief Luft, so tief, als hätte ich sie wochenlang angehalten, und vielleicht habe ich das sogar getan. Aber als die ersten Sterne den Nachthimmel verzieren, bricht die Welt um uns herum weg, und da ist nur noch der Himmel.

Der Nordstern ist allen voran gleißend hell. Mein Herz wird ganz ruhig. Alles wird ganz ruhig.

Es gibt nur noch hier und jetzt und niemals.

Kapitel 16

Die Dunkelheit hält so kurz an, dass wir drei Stunden später in der Morgendämmerung zurück nach Langidalur wandern. Ich gebe Sigrún Bescheid, die mich mahnt, dass wir schnell zurückkommen sollen. Ich ahne Schlimmes, denn ich kann den Wind auffrischen spüren, und die ersten Wolken des Morgens wirken unruhig.

»Mach das übrigens nie allein«, warne ich Tyler, als wir von einem Plateau zum nächsten laufen und dann einen Hang hinunterklettern. Auf allen vieren.

»Was meinst du?« Er mustert mich irritiert.

»Mitten in der Nacht wandern. Obwohl wir eigentlich schlafen sollten. Das ist viel zu gefährlich.« Ich schüttle den Kopf. Bin genervt von mir selbst, gleichzeitig nervös, weil ich online die Info zu einer Sturmwarnung gefunden habe. Wir sollten nicht hier draußen sein. Ich kann spüren, wie entkräftet ich durch den fehlenden Schlaf bin, und für eine Weile ist da nichts in meinem Kopf außer dem Verlangen, schnell zum Camp zurückzukommen.

Zu überleben.

»Entschuldige!« Tyler seufzt leise. »Ich muss vermutlich auch ganz bald meinen Bus nehmen.« Er schluckt.

»Ja.« Ich drehe mich nicht nach ihm um. »Mal sehen, ob der wirklich noch fährt.«

Tylers Hand, die ich auf dem letzten Stück des Rückwegs ständig gehalten habe, lasse ich abrupt los, als mir im

Langidalur ein bekanntes Gesicht begegnet, das nicht hier sein sollte.

»Saga!«, quietscht Margrét und stürzt sich auf mich. Erst als sie mich loslässt, bemerkt sie Tyler und sieht zwischen uns skeptisch hin und her.

»Du bist der Rockstar?«, will sie wissen, sodass Tyler nervös lacht. Ich bin zu perplex, um zu antworten.

»Der bin ich.« Er nickt.

Margrét grinst, mustert ihn von unten bis oben.

»Was machst du hier, Margrét?«, will ich irritiert wissen.

»Du hast mir ja nie Bescheid gegeben«, erklärt sie. »Habe Einar angerufen, und der hat mir gesagt, dass ihr bereits in Thórsmörk seid. Also bin ich gestern Mittag spontan in den Bus gehüpft und rübergefahren.« Sie mustert mich jetzt eingehend. »Es scheint dir auf jeden Fall gut zu gehen.«

Merkwürdig beschämt blicke ich erst Tyler an und sehe dann zu Boden.

»Das stimmt.« Ich hole tief Luft. »Entschuldige, ich habe dich nur nicht erwartet.«

Margrét grinst breit. »Schon gut«, sagt sie und wendet sich dann an Tyler. »Ich bin Sagas Mitbewohnerin Margrét und ihre beste Freundin. Wobei ich Letzteres noch mal neu evaluieren muss, nachdem ich wochenlang nichts mehr von meiner *besten Freundin* gehört habe.« Sie wirft mir einen so finsteren Seitenblick zu, dass ich meine Augen verdrehe, und dann lachen wir beide.

»Tyler«, stellt er sich ebenfalls vor, und die beiden schütteln sich die Hände.

Sie wendet sich wieder an mich. »Aber ich habe tatsächlich etwas zu besprechen. Hast du Zeit?«

»Ähm …« Ich deute zur Wardenhütte. »Ich glaube, es gibt einiges zu tun.«

»Ich weiß, der Sturm.« Sie mustert mich entschuldigend. »Ich habe schon mit Sigrún gesprochen. Sie trifft die ersten Vorbereitungen. Ihr beide solltet aber erst mal ein paar Stunden schlafen, solange ihr noch könnt. Oder hattet ihr da draußen Gelegenheit für ein Nickerchen?« Mit hochgezogenen Augenbrauen mustert sie Tyler und dann mich.

»Nein«, entgegne ich hastig. »Tyler, kannst du meine Sachen mit in die Hütte nehmen? Ich komme gleich nach.« Ich lächle sanft, mein Gehirn will noch nicht recht verstehen, was hier gerade alles gleichzeitig passiert und was heute noch alles geschehen soll. Den Schlaf hätte ich eigentlich dringend nötig.

»Ein heißer Rockmusiker also«, stellt Margrét fest, als ich ihr zu dem kleinen Platz hinter der Hütte folge. Sie grinst so breit, als wäre das die beste Nachricht seit Jahren.

Ich zucke mit den Schultern.

»Ein Künstler«, korrigiere ich, kann aber mein eigenes Grinsen nicht unterdrücken.

»Und ihr beide seid …« Sie mustert mich.

»Oh! Also …« Ich schüttle den Kopf, hole tief Luft. »Er muss heute oder morgen wieder zurück nach Amerika«, versichere ich ihr.

Margrét blinzelt irritiert.

»Und du …« Sie leckt sich über die Lippen. »Du wolltest doch auch nach Amerika.«

Kurz halte ich den Atem an und nicke, sehe ihr dann fest in die Augen.

»Er hat mich gefragt, ob ich mitkomme.«

Ihre Augenbrauen schießen in die Höhe. »Und deine einzige Antwort kann gewesen sein, dass du natürlich mitgehst.« Sie kneift die Augen ein wenig zusammen. »Richtig?«

Ich weiche ihr aus, greife mit der Hand nach Ingvis Armband in meiner Hosentasche.

»Ich weiß nicht, ehrlich gesagt«, gebe ich zu. »Soll ich?«

Margrét holt tief Luft, greift nach meiner anderen Hand und sieht mir fest in die Augen.

»Das kannst am Ende nur du entscheiden.« Mit ihrem Daumen streicht sie über meine Handfläche. »Aber überleg mal. So könntest du tun, was du sowieso schon geplant hattest, und gleichzeitig hast du da einen heißen Rockstar bei dir.« Sie streckt die Zunge raus. »Ich hätte ja an deiner Stelle sofort Ja gesagt.«

Am liebsten würde ich die Augen verdrehen und einen hohlen Scherz machen, stattdessen steckt mir plötzlich ein Kloß im Hals.

»Aber das war mein Plan mit Ingvi. Ich kann ihn doch nicht einfach …« Ich schlucke.

»Ersetzen?«, beendet sie den Satz für mich. »Schau mal. Du machst das nur für dich, verstehst du? Und du weißt ganz genau, dass Ingvi das auch wollen würde.«

»Amerika. Mit Tyler.« Ich lasse es mir noch einmal auf der Zunge zergehen, atme tief ein. »Das wäre schon ziemlich cool.«

»Ach komm.« Margrét zieht mich in eine Umarmung, sodass ich sie fest drücke.

Ich könnte tatsächlich nach Amerika gehen. Daran hindern würde mich nichts. Vielleicht ist das die richtige Entscheidung, raus aus allem, was mich hier festhält, alles, was mich nicht weiterkommen lässt. Weil ich doch noch so viel mehr für mein Leben will. Dass Amerika wieder auf dem Tisch ist, ist unglaublich, und mein Herz schlägt schneller, weil ich das wirklich will, oder?

»Hey, Leute!« Sigrún mustert mich mit ernster Miene. »Du solltest dich ausruhen gehen.« Sie blickt Margrét an. »Kannst du mir ein wenig helfen? Der Sturm wird ziemlich heftig werden. Heute Nachmittag soll es losgehen. Wir müssen die Camper dazu bewegen, in die große Hütte umzusiedeln. Laugavegur wurde quasi gesperrt, es ist also niemand von Emstrur hierher unterwegs. Aber wir sollten alles niet- und nagelfest machen. So heftige Warnungen gibt es selten während der Saison.«

»Na klar«, erwidert Margrét und krempelt symbolisch die Ärmel hoch.

Tyler und ich schlafen kurze vier Stunden, nach denen der gesamte Tag surreal wirkt. Aber der Wind ist nun so stark, dass ich fürchte, dass wir uns bereits mitten im Sturm befinden.

Die nächsten Stunden verbringen wir damit, panische Touristen zu beruhigen und ihnen Räume in der Hütte zu beschaffen. Die viel zu entspannten Einheimischen versuchen wir zu überreden, ihre Zelte abzubauen und ebenfalls in die Hütte zu kommen. Sogar die Fenster verbarrikadieren wir notdürftig. Die Flagge wird eingeholt. Alles, was lose ist und rumfliegen könnte, wird befestigt.

Der Abend ist die klassische Ruhe vor dem Sturm. Dass sich das in den nächsten Stunden ändern soll, ist kaum zu glauben.

Tyler verschwindet immer wieder mit dem Telefon in seiner Hand. Da die Busse für den nächsten Tag allesamt ausfallen werden, gibt es offenbar eine neue Diskussion, aber sicher ist, dass Tyler hier heute nicht wegkommen wird. Und so schlecht finde ich das gar nicht, doch er wirkt gestresster denn je.

»Die verstehen nicht, dass ein Land von einem Sturm so richtig lahmgelegt werden kann«, erzählt er, sobald ein weiteres seiner Telefonate beendet ist, und verdreht genervt die Augen.

»Wollen sie immer noch, dass du sofort kommst?« Ich runzle die Stirn. »Denen ist hoffentlich bewusst, wie gefährlich das wäre.«

Er zuckt die Schultern.

»Sie sind einfach verzweifelt. Aber sie haben es jetzt verstanden.« Er lächelt sanft. »Ein Tag mehr, hm? Oder zwei vielleicht?« Er drückt meine Hand. »Ich habe nichts dagegen.«

»Pff«, kommt es von Margrét, die einen Stapel Kisten in den Armen trägt, um sie in der Küche der Hütte in Sicherheit zu bringen. »Mal sehen, ob du das während des Sturms immer noch sagst.« Sie deutet auf eine kleine Gruppe von Wanderern, die unschlüssig auf der Wiese vor der Hütte herumstehen. »Die müssen wir noch überzeugen.« Sie stöhnt. »Sigrún meinte, es darf weder heute Abend noch morgen früh irgendwer auf die Wege losziehen. Ist am Ende nicht unsere Verantwortung, aber ich würde es ihnen gern so verkaufen, damit sie nichts Dummes tun.«

Ich mustere die Gruppe neugierig – junge Isländer, die wirken, als wären Outdoor-Aktivitäten ihr Leben, natürlich würden die jederzeit Risiken eingehen. Ein paar Gesichter kommen mir von meinen Zeiten bei den *Search & Rescue Volunteers* bekannt vor, aber mittlerweile sind wir so viele, dass ich nicht jeden Einzelnen kenne. Vor allem seit ich selbst nicht mehr Teil davon bin. Mit ein wenig Vernunft und einer Prise Autorität können wir sie doch noch überreden (okay, eigentlich ist Sigrún die, der es gelingt).

Nachdem alle Camper in die Hütte verfrachtet worden sind, kehrt gespensterhafte Ruhe ein. Drinnen und draußen. Nur der Wind pfeift bedrohlich durch die Schlitze der Holzhütte.

»Alles ist gesichert. Alle sind in der Hütte, richtig?«, hakt Tyler vorsichtig nach, als wir uns gemeinsam Tee einverleiben. Vor einer halben Stunde hat auch der Regen angefangen, aber draußen ist niemand mehr.

»Richtig.« Sigrún nickt nachdenklich. »Aber wir sollten in Bereitschaft bleiben. Man weiß nie, was währenddessen noch passiert.« Sie mustert ihn und mich eindringlich. »Noch eine Nacht schafft ihr, ja?« Sie runzelt die Stirn, worauf ich schmunzle.

»Keine Sorge.« Ich deute auf die Kaffeemaschine. »Ich mache mir gleich ein paar Tassen voller Koffein, dann bin ich bis morgen Mittag hellwach«, verspreche ich. »Wer braucht schon Schlaf?«

Margrét schmunzelt, sieht dann zwischen Tyler und mir hin und her.

»Und? Wohin hat es euch beide denn letzte Nacht verschlagen?«, will sie wissen.

Ich räuspere mich. »Fox Valley.« Tylers und mein Blick treffen sich. »Und dann haben wir die Zeit vergessen.«

»Oh!« Margrét nickt. »Das verstehe ich. Dort würde ich die Zeit auch vergessen.« Verträumt sieht sie aus dem Fenster.

»Ist das nicht, wo …«

»Ja«, bestätige ich, bevor sie fragen kann. »Ingvis liebster Thórsmörk-Tagesausflug. Ich fand, das sollte Tyler nicht verpassen, bevor er geht.«

Begeistert nickt auch Sigrún.

»O ja, ein kleines Paradies, in dem die Zeit stillsteht.« Sie schmunzelt, pustet auf ihren Tee. »Ich nehme mir zu wenig Zeit für so was. Vielleicht gehe ich die Tage auch noch einmal dorthin.«

»Wenn wir den Sturm überleben«, wirft Margrét ein.

Wir schauen alle aus dem Fenster, sehen die Bäume immer heftiger schwingen, der Regen wird durch den Wind beinahe waagerecht am Fenster vorbeigetragen.

»Und du gehst bald hier weg, Tyler?«, hakt Margrét unvermittelt nach.

Er schaut überrascht auf, räuspert sich. »Morgen oder übermorgen, denke ich.«

»Und Saga kommt mit dir?« Sie grinst, doch Tyler blinzelt überrascht.

»Ich, uhm ... Ich weiß nicht.« Er wendet sich zweifelnd an mich, streicht sich die Haare aus dem Gesicht.

Ich starre schnell in meine Tasse, die fast leer getrunken ist.

»Mal sehen«, sage ich vage. »Ich meine ...« Unsicher sehe ich zu ihm auf. »Ich hätte schon Lust. Aber ...« Aus dem Augenwinkel sehe ich Margrét grinsen. »Aber ich weiß nicht, ob das so einfach geht.«

Tyler schmunzelt. »Wenn du es wirklich willst, dann bekommen wir das schon hin.« Er zuckt mit den Schultern. »Aber ich will dich nicht unter Druck setzen.«

Hastig schüttle ich den Kopf.

»Nein. Es ist nur ...« Ich presse die Lippen fest zusammen, hole tief Luft und sehe ihn wieder an. »Ich glaube, ich würde wirklich gern mitkommen. Ich will weitermachen, weißt du? Mit dem Leben und so.« Über mich selbst lachend, verdrehe ich die Augen. »Du weißt schon.«

Tyler strahlt auf einmal, und für einen Moment fürchte ich, dass ich ihm zu große Hoffnung mache. Aber mache ich das? Will ich das alles nicht tatsächlich tun? Ich greife nach Ingvis Armband in meiner Hosentasche und atme tief ein. Eigentlich gibt es keine andere Option. Das ist meine große Chance. Eine, die ich so schnell vermutlich nicht mehr bekomme. Und Tyler. Eine Chance mit Tyler. Um herauszufinden, ob das etwas Echtes zwischen uns ist. Oder doch nur eine Sommerromanze.

Bevor ich noch etwas dazu sagen kann, schrecken wir alle von dem schrillen Klingeln des Wardentelefons auf. Sigrún springt auf, geht sofort ran und sieht uns mit großen Augen an. Ihr Blick wandert nach draußen und versteinert.

»Hilfe ist unterwegs«, erklärt sie der Person am anderen Ende und schluckt, bevor sie sich wieder an uns wendet. »Ein Auto steckt fest.« Sie presst die Lippen zusammen. »Im Krossá. Sie wollten hier Unterschlupf finden. Wir müssen helfen. Sofort.«

Kapitel 17

Wir ziehen uns schnell unsere wasserfesten Outfits über und eilen nach draußen. Margrét bleibt in der Hütte zurück, um das Telefon im Auge zu behalten. Eigentlich will ich, dass Tyler ebenfalls drinnen bleibt, weil er weder dafür ausgebildet ist noch die Gefahr realistisch einschätzen kann. Und weil das hier schnell gefährlich werden kann. Aber er versichert mir, dass er vorsichtig sein wird, dass er nur dort draußen ist, um zu helfen, wo er kann, ohne dem Fluss zu nahe zu kommen. Also kommt er doch mit.

Der Wind zerrt uns bedrohlich in alle Richtungen, und durch den Regen und die tiefer werdende Dunkelheit können wir kaum einen Meter weit sehen.

Sigrún startet hastig den Abschlepp-Traktor, und Tyler und ich quetschen uns mit ihr in die kleine Kabine, die eigentlich nur für eine Person gedacht ist.

»Wir sehen uns das erst mal an«, erklärt Sigrún. »Wenn es zu viele Leute sind oder wir sie allein nicht rausbekommen, schalten wir die *Search & Rescue*-Gruppe ein, die in der Hütte schläft.«

Der Traktor ist quälend langsam, aber schwer und gibt mir ein Gefühl von Sicherheit in Anbetracht der reißenden Strömung. Die Scheinwerfer kommen kaum gegen den Regen an, aber sobald wir uns dem Krossá-Fluss nähern, entdecke ich etwas Glänzendes im Wasser. Ein Auto.

Es steckt mittendrin, wackelt gefährlich und ist kurz davor, von den Wassermassen weggerissen zu werden.

»Wir müssen uns beeilen!«, schreie ich gegen das Tosen des Wassers und des Windes an. Sigrún nickt hastig, wirkt ebenfalls unruhig. Das Auto befindet sich so ziemlich am tiefsten Punkt und scheint noch weiter zu sinken. Wir haben keine Zeit! Hektisch bedeute ich Tyler, Margrét anzurufen, um die Gruppe von Helfern zu organisieren, die in der Hütte schläft, was er sofort tut. Wir fahren so nah an das Wasser heran, wie wir können, und checken die Lage.

Aus dem Fenster des klobigen Jeeps, der es bei jedem normalen Wetter locker über den Fluss geschafft hätte, lehnt ein junger Mann und winkt uns. Hinter den anderen Scheiben sitzen noch mindestens zwei Personen. Der junge Mann schreit etwas, lehnt sich noch weiter heraus und wirkt panisch. Ich kann kein Wort verstehen, lehne mich aber auch aus dem Fenster und winke ihm zu, damit er weiß, dass wir ihn sehen.

»Wir kommen!«, schreie ich so laut ich kann und klopfe an die Tür des Traktors, dann wende ich mich an Sigrún. »Schaffen wir das?«

Sie nickt nur ganz zaghaft, ist tief konzentriert. »Vielleicht«, entgegnet sie, fährt vorsichtig in die reißende Strömung hinein.

Ich lehne mich nicht mehr ganz so weit raus und halte mich am Metallrahmen fest.

»Wir schaffen das«, flüstere ich, und Sigrún nickt, sagt aber kein Wort, sondern checkt immer wieder das Wasser vor uns. Unvermittelt klettert Tyler nach hinten, macht sich an der Seilwinde am Traktor zu schaffen und ruckelt daran herum.

Der Traktor ist mittlerweile komplett im Wasser, und kurz befürchte ich, dass wir von der Strömung mitgerissen werden. Ich halte die Luft an. Doch das Fahrzeug ist schwer genug, um einen festen Stand zu haben und sich gegen den Fluss zu behaupten.

Dennoch flucht Sigrún laut und tritt aufs Gaspedal.

»Was ist los?«, will ich wissen, doch Sigrún schüttelt energisch den Kopf, hält sich verkrampft am Lenkrad fest.

»Wir müssen den Traktor drehen. Damit wir mit der Seilwinde arbeiten können«, presst sie hervor. »Dann können die *Search & Rescue*-Jungs sich dran befestigen und die Leute einzeln rausholen.« Angespannt dreht sie am Lenkrad und ruckelt an der Schaltung herum. »Wenn ich uns nur drehen könnte.« Sie stöhnt angestrengt auf, schaut nach hinten und wieder nach vorn. Wenn hier einer weiß, was er tut, dann Sigrún, weshalb es mich nervös macht, dass sie so ratlos ist und ich so verdammt hilflos bin. Aber genau da tut es einen Ruck, und der Traktor bewegt sich erneut. Sigrún gibt keinen Laut von sich, lenkt ihn einfach so gut wie möglich neben das Auto. Als wir mehr oder weniger danebenstehen, atmet sie auf.

»Okay«, sagt sie mit einer Ruhe, die mich beeindruckt, wendet sich an Tyler und mich. »Ihr müsst jetzt schauen, ob ihr das Ende der Seilwinde zum Auto werfen könnt?« Sie schluckt. »Aber ohne euch drüberzulehnen, das wird zu gefährlich. Die andern kommen hoffentlich gleich und können uns dann helfen.«

»Aber müssen wir dann nicht noch mal raus aus dem Wasser?«, will Tyler nervös wissen.

Sigrún nickt. »So ist es sicherer. Das Seil kann sich dann abrollen, und die andern können sich am Ufer daran einhaken.«

Tylers Zähne mahlen aufeinander. Er nickt zögerlich, und wir beide machen uns an der Seilwinde zu schaffen. Tyler lehnt sich für meinen Geschmack etwas zu weit aus dem Fenster, sodass ich ihn am Arm packe.

»Tyler!«, mahne ich laut, um den Sturm und den Motor zu übertönen. »Sei vorsichtig!« Ich rutsche zu ihm hinüber und greife nach seiner Schulter. Trotz meiner Warnung klettert Tyler ein Stück weiter hinaus, versucht, den Haken zum Auto rüberzuwerfen, aber ich bemerke, wie er fast das Gleichgewicht verliert und bedenklich schwankt.

Vor meinem inneren Auge sehe ich ihn schon fallen, sehe, wie der Fluss ihn gnadenlos mitreißt, wie Tyler erbärmlich darin ertrinkt.

Ein Aufschrei bleibt mir im Hals stecken. Nur eine falsche Bewegung, und der Fluss nimmt ihn mit sich. Eine Reise in den Tod. Ich packe seinen Oberarm fest.

»Zurück!«, brülle ich wütender, als ich wollte, und ziehe an ihm.

»Wir müssen es noch mal probieren!«, entgegnet er, schluckt aber, als er sich zu mir umdreht und meinen Gesichtsausdruck sieht. In seinem Kopf scheint es zu arbeiten. Er hat den Haken der Seilwinde fest in der Hand, und ich weiß, dass er drauf und dran ist, sich noch einmal nach draußen zu lehnen, weshalb ich warnend den Kopf schüttle.

Tyler lässt den Kopf hängen, nickt und sieht seinen Fehler anscheinend endlich ein. Fluchend klettert er zu mir zurück. Ich mustere sein Gesicht, seinen Körper, als hätte er sich bei der Aktion verletzt, was er nicht hat. Aber er hätte ... Mir wird übel, sodass ich mich schnell von ihm abwende und Sigrún bedeute, dass wir umdrehen müssen.

Am Ufer warten mittlerweile die *Search & Rescue*-Leute aus der Hütte. Sobald ich kann, springe ich aus dem Traktor, und obwohl ich sehen will, wie die Gestrandeten gerettet werden, kann ich nicht hinschauen. Mein Herz rast unbändig. Ich renne ein Stück, sinke schließlich in die Knie und drücke meine Hände in mein Gesicht. Ich atme tief ein und aus, ein wenig zu schnell, panisch beinahe, sodass ich mich selbst daran erinnern muss, langsamer zu werden. Durch die Nase ein- und den Mund auszuatmen. Kurz hocke ich einfach nur im nassen Kies und atme. Erst als ich eine Hand auf meiner Schulter spüre, reagiere ich wieder, schlage die Hand weg und raffe mich eilig auf.

Tyler sieht mich aus großen, erschrockenen Augen an, seine Haut ist blass, seine Haare so durchnässt, dass das Wasser von den Strähnen in sein Gesicht tropft. Mit zusammengepressten Lippen schüttle ich den Kopf. Schüttle ihn immer wieder.

»Saga, was –«

»Das hättest du nicht tun sollen, Tyler.« Meine Stimme ist leiser und brüchiger, als ich erwartet habe. Erschöpft und angestrengt. »Das war gefährlich. Das ...« Ich beiße mir auf die Zunge, sehe ihm in die Augen. »Du hättest sterben können, weißt du? Wenn du dich da weiter rausgelehnt hättest und in den Fluss gefallen wärst. Du hast dein Gleichgewicht verloren, und dann wolltest du es noch mal versuchen?« Die Luft bleibt mir schon wieder weg, während ich verzweifelt nach Worten suche. Nach der Essenz von dem, was ich hier eigentlich sagen möchte. Das enge Gefühl in meiner Brust will nicht verschwinden, obwohl er hier vor mir steht, obwohl er in Ordnung ist. Trotzdem hätte er nur Momente vorher in den Tod stürzen können. Ich kneife die Augen zusammen. Ich kann nicht noch jemanden verlieren. Das würde mir die Seele aus dem Leib reißen.

Tyler greift vorsichtig nach meiner Hand, doch ich ziehe sie weg, schüttle wieder den Kopf.

»Das geht nicht, Tyler.« Ich hole tief Luft, sehe ihm fest in die Augen. »Du kannst nicht ...«

»Ich weiß, ich weiß«, gibt er atemlos zu. »Ich verstehe. Das war dumm, das war unverantwortlich. Das hätte ich nicht tun sollen. Ich ...« Er weicht meinem Blick aus. »Ich wollte diesen Leuten einfach nur helfen.«

»Und dafür dein eigenes Leben aufs Spiel setzen?« Meine Lippen beben, Gänsehaut breitet sich auf meinem gesamten Körper aus. »Den Helden spielen?« Bitterkeit schwingt in meiner Stimme mit. »Den Helden zu spielen ist verdammt unvernünftig, weißt du das?« Meine Stimme bricht, aber ich sehe ihn weiter an. Ein Kloß steckt in meinem Hals fest, den ich nicht loswerde, egal wie sehr ich schlucke. Stattdessen schmecke ich Magensäure.

»Ich weiß.« Tyler senkt den Kopf. Reumütig würde ich behaupten, und ich glaube wirklich, dass er bereut, so leichtfertig gewesen zu sein. Aber das heißt nicht, dass er es nicht wieder tun würde.

Deshalb weiche ich seinem Blick aus, will ihm nicht länger in die Augen sehen. Und für einen Moment hasse ich es, dass er mir so wichtig geworden ist. Dass ich ihn so mag. Dass ich ihn in meinem Leben haben will.

Denn der Bruchteil einer Sekunde genügt, um ihn zu verlieren. Um noch jemanden zu verlieren.

Das darf nicht passieren.

Kapitel 18

Nach der Rettungsaktion, die dank unserer erfahrenen Helfer gut ausgeht, bringen wir die durchnässten Geretteten zur Hütte und suchen Decken und trockene Klamotten zusammen. Mit Tyler wechsle ich währenddessen kein Wort und schließe mich danach schnellstmöglich in unserem dunklen Zimmer ein, wohl wissend, dass ihn das auf die Couch verbannt.

Für eine lange Weile sitze ich auf dem Bett und starre die Wand an. Meine Finger sind eiskalt, aber ich bewege mich nicht, um die Decke um mich zu schlingen. Stattdessen bleibe ich starr dort sitzen und atme tief durch.

Das zaghafte Klopfen, das nach einer Weile ertönt, überrascht mich nicht. Darauf gewartet habe ich nicht, erwartet habe ich es dennoch. Aber er klopft nur einmal und wartet und wartet weiter, bis ich ihn schließlich durch die Tür seufzen hören kann.

»Können wir reden?«, fragt er vorsichtig.

Ich schließe die Augen und lasse mich langsam auf die Seite sinken, atme tief ein.

»Bitte?« Seine Stimme klingt kratzig, vielleicht sogar angeschlagen.

Obwohl ich die Tür in der Dunkelheit nicht sehen kann, weiß ich, dass sie vor mir ist. Ich kann mir ganz genau vorstellen, wie er davorsteht. Den Kopf gesenkt oder gegen die Tür gelehnt. Tiefes Einatmen, angespannte Schultern.

Auf merkwürdige Weise tut es mir leid, dass ich ihm keine Antwort gebe. Andererseits weiß ich nicht, was ich sagen soll. Ich habe ihm schlicht nichts zu sagen. Ich kann ihm nichts sagen. Ich will ihn nicht einmal sehen.

Also warte ich.

Und er wartet.

Und irgendwann entfernen sich seine Schritte leise und langsam.

Am nächsten Morgen wird das Ausmaß des Sturms deutlich. Eigentlich bin ich ziemlich sicher, dass wir alles irgendwie befestigt haben, und doch fliegt aller möglicher Müll draußen herum, den wir zum Teil sogar aus den Bäumen fischen müssen. Ein paar der Gäste helfen uns, und so ist immerhin innerhalb weniger Stunden wieder für Ordnung gesorgt.

Ich bemerke öfter, wie Tyler zu mir herübersieht, bringe es aber einfach nicht über mich, seinen Blick zu erwidern. Das Einzige, was ich sehe, ist diese Dauerschleife in meinem Kopf, in der er immer wieder ins Wasser stürzt. Ich schlucke. Vielleicht hatten die anderen recht. Vielleicht sollte ich mich wirklich glücklich schätzen, dass ich Ingvi nicht in seinen letzten Momenten gesehen habe. Das Bild würde ich bestimmt nie wieder aus meinem Kopf kriegen.

»Okay, was ist los?« Margrét nutzt die Gelegenheit, mich beim Kloputzen in die Enge zu treiben. Genervt stöhne ich auf, verstecke mich in der Kabine.

»Nichts ist los.« Keine Ahnung, warum ich lüge. Margrét weiß doch sowieso immer sofort, wenn ich mich um die Wahrheit herummogle.

Sie prustet auch gleich los. »Ja klar. Saga, das war nicht mal ein guter Versuch.« Ihre Schritte bewegen sich auf mich zu. »Also?«

Ich konzentriere mich noch stärker auf die Toilette und schüttle den Kopf.

»Können wir einfach nicht darüber sprechen?« Meine Stimme klingt genervter, als sie soll. Das hat Margrét nicht verdient, also hole ich tief Luft. »Bitte?«

Sie antwortet nicht sofort, geht aber auch nicht weg. Schließlich seufzt sie kaum hörbar.

»Ich würde nur gern verstehen, was los ist. Gestern wart ihr beide noch einen ganzen Tag zusammen weg. Habt die halbe Nacht miteinander verbracht.« Sie holt tief Luft. »Da war zum ersten Mal seit vielen Monaten mal wieder dieses strahlende Glänzen in deinen Augen.«

Ich beiße mir auf die Lippe, stocke auf einmal. Es sammeln sich all die Worte auf meiner Zungenspitze, die mich verunsichern. All die beklemmenden Gefühle, die leichter werden, wenn ich sie ausspreche. Aber ich kann einfach nicht.

»Ich will nicht …« Ich hole tief Luft, drehe mich endlich zu ihr um. »Ich will nicht darüber sprechen.« Auch wenn ich ihr endlich gegenüberstehe, kann ich ihr nicht in die Augen sehen. »Ich muss hier fertig putzen, okay?«

Margrét sieht mich für einen langen Moment an. Dann verschwindet sie ohne ein weiteres Wort, und ein ekliges Gefühl breitet sich in meinem Bauch aus. Margrét ist die Person auf der Welt, die ich am wenigsten verletzen möchte. Nach allem, was wir zusammen durchgemacht haben. Und jetzt habe ich genau das hinbekommen.

Ich lehne den Kopf an die Kabinentür und atme tief aus. Fuck!

Ich versuche, mich nur noch auf die Arbeit zu konzentrieren, und kümmere mich nach den Klos um die Gästeduschen. Als ich Schritte höre, bin ich drauf und dran, die Person abzuweisen, ihr zu sagen, dass die Dusche in zehn Minuten wieder einsatzbereit ist, dass sie bitte warten soll. Doch stattdessen bleibe ich stocksteif stehen.

Vor der Tür stehen Margrét und Tyler. Wobei Tyler sich schuldbewusst zu Margrét umdreht. Ich wende mich an diese und schüttle den Kopf.

»Das ist nicht dein Ernst.« Stöhnend verdrehe ich die Augen. »Ich hab gesagt, ich will nicht sprechen.«

»Ich weiß.« Margrét verschränkt die Arme. »Aber jetzt musst du.«

»Ich muss gar nichts.« Verwirrt runzle ich die Stirn, sehe zwischen ihr und Tyler hin und her, der übrigens genauso irritiert zu sein scheint wie ich.

»Lass gut sein«, sagt er leise, doch Margrét hat ein fieses Grinsen auf den Lippen, das nichts Gutes bedeuten kann.

Und ehe einer von uns reagieren kann, gibt sie Tyler einen Stups, sodass er in den kleinen Raum stolpert, und schließt die Tür hinter ihm.

»Margrét!« Stampfend gehe ich an Tyler vorbei. »Die Tür kann man nur von innen verschließen.« Ich drücke gegen die Tür, doch sie rührt sich nicht.

»Oder mit dem Warden-Schlüssel.« Margrét kichert und lässt den Schlüssel in der Hand klimpern. »Ich lasse euch erst wieder raus, wenn ihr miteinander gesprochen habt.«

Ich reiße die Augen auf. Meine Nackenhärchen stellen sich unangenehm auf. Dann klopfe ich laut gegen die Tür.

»Das kannst du nicht machen!«, brülle ich. »Lass uns hier raus!«

Sie lässt weiter den Schlüssel klimpern. Ich hämmere fester gegen die Tür und fluche lautstark.

»Saga …« Tylers Stimme ist zierlich und unsicher, trotzdem holt sie mich auf den Boden der Tatsachen zurück.

Ich stocke, starre die verschlossene Tür resigniert an. Dann schließe ich für einen Moment die Augen.

»Das hat sie sich ja gut ausgedacht«, stelle ich fest und lasse den Kopf sinken.

»Entschuldige …« Tyler seufzt. »Ich wusste nicht, dass das ihr Plan ist. Sie hat mir gesagt, du würdest gern mit mir sprechen. Ich dachte nicht …«

»Ja.« Ein bitteres Lachen entfährt mir. »Margret kann manchmal ein bisschen … forsch an die Sachen herangehen. Wenn sie wirklich etwas will, weiß sie, wie sie es bekommt.«

Ich presse die Lippen zusammen, wage es immer noch nicht, mich zu ihm umzudrehen. Ich habe Gänsehaut und weiß nicht wieso. Erschöpft lehne ich mich an die Wand, sage kein Wort, und Tyler bleibt unschlüssig an der Tür stehen. Ich kaue auf meiner Lippe herum und schlucke, bevor ich es wage, ihm in die Augen zu sehen.

»Sie wird uns nicht rauslassen, bis wir miteinander gesprochen haben.« Das stelle ich fest, weil ich es weiß. Normalerweise könnte ich mir in so einer Situation das Grinsen nicht verkneifen. Aber jetzt, wenn ich Tyler ansehe, bemerke ich, dass ich allzu schnell wieder das verlieren könnte, was ich gerade erst gewonnen habe.

»Ja«, stimmt Tyler mir schließlich zu, sucht meinen Blick. Seine Lippen bewegen sich leicht, als würde er etwas sagen wollen. Aber er zögert.

»Raus damit«, verlange ich deshalb.

Er schluckt und nickt.

»Es tut mir leid, Saga.« Mit seinem Blick hält er an meinem fest. »Ich hab nicht nachgedacht. Das hätte ich tun sollen. Ich wollte einfach nur helfen, aber das war unverantwortlich. Das weiß ich jetzt. Und ich bin noch da. Mir ist nichts passiert.« Er holt tief Luft. »Ich bin noch da.«

Weil ich seinen süßen, warmen und beinahe flehenden Blick nicht ertrage, schließe ich die Augen.

»Das ist nicht …« Ich halte die Luft an und lecke mir über die Lippen, bevor ich ihn wieder ansehe. »Ich habe dir nie erzählt, wie genau Ingvi gestorben ist, oder?«

Es wirkt, als wollte Tyler zurückweichen, aber die Wand hinter ihm ist im Weg, also schluckt er.

»Nein.« Er mustert mich eingehend.

Ich hole erneut tief Luft, weiche seinem Blick aber aus und starre an die Wand vor mir.

»Ingvi ist als Held gestorben.« Für einen Moment lasse ich die Worte so im Raum stehen. »Er war auf einem Einsatz. Der einzige seit Jahren, bei dem ich nicht dabei war. Weil ich erkältet war. Weil er … weil dieser verdammte Idiot mich überredet hat, mich zu Hause in meinem Bett zu erholen. Das hab ich sonst nie gemacht.« Ein schmerzhaftes, trauriges Grinsen schleicht sich auf meine Lippen. »Er hat immer versucht, mich davon zu überzeugen, daheim zu bleiben, doch das war das erste Mal, dass es geklappt hat.« Unschlüssig reibe ich über die Gänsehaut, die sich auf meinen Armen gebildet hat. »Aber … aber er ist nicht mehr zurückgekommen. Mich haben sie erst angerufen, nachdem er im Krankenhaus für tot erklärt wurde.« Es ist merkwürdig, was für ein Gewicht Worte tragen können. Wie schwer sie zu formen sein können, wenn sie schmerzhaft wahr sind. Viel zu wahr. So wahr, dass man sich wünscht, man wäre immer noch seit Monaten gefangen in einem Albtraum. Die Endgültigkeit ist mir längst bewusst, und doch droht mein Herz erneut zu explodieren. »Sie haben bis zum Schluss versucht, ihn zu reanimieren. Das Mädchen, das er gerettet hat, ist ein paar Stunden später aus dem Krankenhaus spaziert, als wäre nichts passiert. Aber es ist doch etwas passiert.« Meine Hände balle ich zu Fäusten, merke, dass meine Stimme lauter wird, wütender. »Die Eltern von diesem Mädchen hätten auf sie aufpassen müssen. Aber stattdessen haben sie gemacht, was sie wollten. Sind selbst über die Absperrungen geklettert und haben ihre Tochter nicht aufgehalten. Bei dem Sturz hatte sie extremes Glück, überhaupt überlebt zu haben. Noch größer war das Glück, dass die Retter so schnell vor Ort waren. Dass Ingvi den Helden spielen wollte. Denn eigentlich war der Einsatz an der Klippe von Anfang an zum Scheitern verurteilt. Um das Mädchen zu erreichen, musste er sich nämlich vom Seil losmachen.« Ich kneife die Augen fest zusammen, versuche, weiter ruhig zu atmen, obwohl meine Stimme brüchig wird. »Das ist eine der wichtigsten Regeln. Eine, die wir gleich am Anfang gelernt haben. Sich niemals vom Seil losmachen. Niemals das eigene Leben in Gefahr bringen, um ein anderes zu retten. Er wusste das, genau wie alle anderen das wussten. Aber anders hätten sie das Mädchen nicht retten können, und er ...« Jetzt bricht meine Stimme fast zusammen, aber ich bin noch nicht fertig. Ich muss es bis zu Ende erzählen, jetzt kann ich keinen Rückzieher mehr machen. »Er wollte das Mädchen natürlich retten, komme, was da wolle. Er wollte der Held sein, er war bereit, sein eigenes Leben aufs Spiel zu setzen. Und dann hat er ... Er konnte sie nach oben hieven, konnte sie einem Kollegen übergeben. Aber da hatte er offenbar schon kaum noch Halt. Und sobald das Gewicht des Mädchens gefehlt hat, hat er das Gleichgewicht verloren und ist ...« Ich drücke mir eine Hand auf den Mund, drehe mich weg von Tyler, der vorsichtig nach meinem Arm greift, aber ich schüttle ihn sofort ab, drücke mich stattdessen an die Wand.

»Die anderen haben gesagt, dass ich mich glücklich schätzen kann, es nicht gesehen zu haben. Aber weißt du was?« Ich spüre die Tränen in meinen Augen brennen. »Ich weiß ganz genau, dass er das nicht gemacht hätte, wenn ich dabei gewesen wäre. Allein deshalb, weil ich ihn nicht gelassen hätte.«

»Das glaube ich nicht.« Tylers Stimme klingt nun ebenfalls belegt, aber als ich mich zu ihm umdrehe, sieht er mich fest an. »Ich glaube, er hätte das auch gemacht, wenn du da gewesen wärst.«

»Nein.« Meine Stimme entfährt mir als wütendes Zischen, sodass Tyler leicht zurückweicht. »Du kanntest Ingvi nicht. Und du ...« Meine Lippen beben. »Und ich kann nicht fassen, dass du fast dasselbe gemacht hast wie er. Dass du fast ...« Die Tränen fließen, lassen sich nicht mehr aufhalten, meine Nase läuft, und meine Stimme ist spitz und schrill. »Ich kann das nicht, Tyler! Ich kann nicht noch jemanden verlieren! Nicht so. Nicht schon wieder.«

Ich versuche, ihn weiter anzusehen, doch er scheint zu perplex zu sein, kurz davor, mich in seine Arme zu ziehen, und doch wagt er es nicht, weil er spürt, dass es das ist, was ich jetzt am wenigsten will.

»Es tut mir so leid, Saga«, presst er hervor, seine Stimme ist nun genauso brüchig wie meine. »Ich wollte auf keinen Fall, dass du diese Gefühle noch einmal durchleben musst. Ich wollte das nicht. Es tut mir so leid. Können wir –«

»Nein!« Ich schüttle heftig den Kopf. »Ich kann nicht. Ich kann einfach nicht. Das geht nicht noch mal. Tyler, es ist schlimm genug, zu wissen, dass du so oder so gehen wirst. Es … ich kann das nicht. Ich …« Ich sehe ihm fest in die Augen. »Du solltest einfach abhauen.«

Ich bin viel zu weit gegangen. Das weiß ich, sobald ich es ausspreche. Es reißt mir das Herz heraus, bei ihm zu sein, und es reißt mir das Herz heraus, nicht bei ihm zu sein. Ich hätte mich nie so sehr auf ihn einlassen sollen.

Dass er mich weiter anstarrt, verletzt, kann ich nicht ertragen. Deshalb nehme ich all die eklige, zornige Hitze aus meinem Bauch und nutze sie, um ihn von mir zu schleudern.

»Hau einfach ab, Tyler! Bitte!« Die Augen kneife ich fest zusammen, will ihn dabei nicht ansehen.

»Okay.« Seine Stimme ist voller Resignation. Tyler gibt auf. Ich habe es geschafft.

Er geht, verschwindet durch die Tür, die sich jetzt auf magische Weise öffnet.

Und ich sinke an der Wand hinab, finde mich auf dem immer noch nassen Fliesenboden wieder. Aber witzigerweise ist es egal, dass er nass ist. Denn ich heule so sehr, dass ich ihn vermutlich sowieso nass gemacht hätte. Heule fast so sehr, als hätte ich wieder jemanden verloren.

Aber irgendwie habe ich das wohl auch. Nur habe ich diesmal selbst dafür gesorgt.

Kapitel 19

Auch wenn ich total müde bin, wache ich viel zu früh auf und kann nicht mehr einschlafen. Für eine Weile liege ich herum, starre an die Decke und denke an nichts und alles gleichzeitig. Und sobald ich das Mit-mir-selbst-allein-Sein nicht mehr ertrage, raffe ich mich auf und beschließe, das Einzige zu tun, was Sinn ergibt. Ich schleiche nach draußen, ziehe mir was über und schlüpfe in meine Schuhe.

Die gerade aufgehende Sonne begrüßt mich beim Rausgehen und lässt mich stocken. Sie gibt dem Gras ein sanftes Leuchten. Außer mir ist niemand draußen, und in der angenehmen Stille fällt es mir leichter zu atmen.

Ich schlendere über die Wiese und folge dem Schild zum Valahnúkur. Aus Erzählungen weiß ich, dass das einer von Ingvis Lieblingsorten war. Ich selbst war aber noch nie da oben. Nach nicht mal zehn Minuten weiß ich auch wieso. Die Steigung ist so intensiv, dass meine Oberschenkel ziehen, und die Stufen aus Holz und Stein machen das Ganze auch nicht besser. Es dauert nicht lange, bis ich keuche, schwitze und kurz davor bin umzudrehen. Dann fällt mir aber ein, dass da unten Tyler in der Hütte sitzen wird, dass Margrét dort womöglich auf mich wartet. Ich atme ein paarmal tief durch. Nein, ich will nicht zurückgehen. Am besten nie wieder.

Stattdessen lasse ich mir Zeit, sehr viel Zeit. Der Weg wird immer steiler, trotzdem will ich es bis zur Spitze schaffen. Jetzt geht es ganz und gar nicht nur darum, dass ich nicht umkehren will. Nein, ich will lediglich den Ausblick von oben mit eigenen Augen betrachten. Will entdecken, was Ingvi hier gesehen hat, wenn er hochmarschiert ist. Und ich kann mir so gut vorstellen, dass er das in einem schnellen Marsch geschafft hat, dass er womöglich sogar raufgejoggt ist.

Hätten wir das jemals zusammen gemacht, hätte er mich definitiv ausgelacht. Was mir wiederum ein Lächeln auf die Lippen zaubert, als ich auf einem besonders steilen Part des Weges nach jeder Steinstufe stoppe, mich quasi stufenweise nach oben ziehen muss, um voranzukommen. Aber zumindest gehe ich weiter, gebe nicht auf. Auch wenn es beim nächsten Plateau immer noch nicht geschafft ist, kann ich dort wenigstens schon den Gipfel sehen – oder zumindest hoffe ich, dass es endlich der Gipfel ist. Kurz stütze ich mich auf meinen Knien ab, verkneife es mir jedoch, mich hinzusetzen, weil ich genau weiß, dass ich dann nicht mehr aufstehen würde. Das wäre die Qual definitiv nicht wert.

Ich nehme also noch mal alle meine Kräfte zusammen und hieve mich selbst diesen letzten Abschnitt nach oben, muss aufpassen, nicht auf dem Schotter abzurutschen, der nach dem Sturm so feucht ist, dass zumindest kein Staub aufsteigt.

Und dann ist es so weit: Der höchste Punkt des steilen Hügels liegt vor mir, es kommt kein weiterer Anstieg mehr. Gekennzeichnet ist der Gipfel mit einer metallenen Sonnenuhr, wie bei jedem größeren Hügel in Island. Keuchend lasse ich mich zu Boden sinken. Erst auf den Po, aber dann lege ich mich auf Rücken. Ich schließe die Augen, schnappe heftig nach Luft, bis sich mein Atem beruhigt hat. Ich gönne mir ein paar tiefe Atemzüge, bevor ich die Augen wieder öffne, doch als ich das tue, blendet mich die Sonne von der Seite. Der Himmel ist blau, tiefblau und wolkenlos. Ich breite die Arme aus, atme die Freiheit ein, lasse meinen Körper entspannen. Meine Augen verfolgen eine einzelne Wolke, die sich über den Himmel schiebt. Eine Ewigkeit lang oder nur wenige Minuten, ich vermag es nicht zu sagen.

Erst als ich ganz ruhig bin, rapple ich mich wieder auf. Der Anblick, der sich mir dann bietet, haut mich fast aus den Socken. Vor mir öffnet sich das gesamte Thórsmörk-Tal, und dahinter thronen die Gletscher. In der Mitte zieht sich eine Berglandschaft nach oben, ein Hügel davon womöglich höher als der, auf dem ich stehe. Links wird das Tal von schlangenförmigen Flüssen durchzogen, die gemeinsam den großen Krossá befüllen. Rechts fließen weitere miteinander verschlungene kleinere Flüsse aus dem Hvanná Canyon heraus. Von so weit oben sieht man deutlich, dass die unteren Teile der Hügel noch grün von Bäumen bewachsen sind, doch je höher sie werden, desto karger wird die Pflanzenwelt. In mir wächst ein merkwürdiges Gefühl heran.

Am liebsten will ich all diese Berge besteigen, will die Canyons erkunden und alles in mich aufsaugen. Wenn das nicht das Paradies ist, was dann?

Obwohl ich den Anblick nicht loslassen möchte, obwohl ich ihn in meinem Kopf festbrennen möchte, schließe ich die Augen abermals. Hinter verschlossenen Augen steht Ingvi neben mir, seine Hand liegt auf meiner Schulter. Eigentlich will ich mich freuen, will seine eingebildete Anwesenheit genießen. Eigentlich will ich mir vorstellen, wie wir zusammen lachen. Aber stattdessen kämpft sich da ein anderes Gefühl ich mir hoch.

»Warum?«, frage ich unvermittelt.

Ingvi sagt nichts. Natürlich nicht. Er ist ja auch gar nicht wirklich da.

»Warum hast du das gemacht?«, frage ich trotzdem weiter. »Wieso hast du so leichtfertig alles hingeschmissen? Du hättest das besser wissen sollen. Du verdammter Idiot!« Ich halte die Luft an. »Du hast … Du hast das alles ruiniert. Weißt du das? Ich habe …« Mir steckt auf einmal ein Kloß im Hals fest. Vielleicht will ich es auch gar nicht sagen. Aber wem, wenn nicht Ingvi? »Ich habe Angst. Ich habe so gottverdammte Angst. Ich will nicht noch jemanden verlieren, Ingvi. Nach dir könnte ich das nicht auch noch ertragen. Aber wie kann ich sicher sein, dass niemandem so etwas passiert? Soll ich mich nie wieder auf irgendjemanden einlassen? Das wäre doch auch Quatsch.« Um das brennende Gefühl in meinen Augen zu niederzukämpfen, beiße ich mir auf die Zunge. »Seit du … seit du weg bist, hab ich diese Angst in mir drin, dass das wieder passiert.«

Ich drücke mir die Hände aufs Gesicht, und dann heule ich stumm los. Aber so richtig. Auf der Spitze des Hügels.

»Saga?«

Mein Kopf schnellt in die Höhe, dreht sich zu der Stimme um.

Einar erklimmt gerade den letzten Abschnitt des Hügels, als wäre es ein Spaziergang. Schnell wische ich mir die Tränen aus den Augen, wende mich von ihm ab.

Was zur Hölle macht Einar hier? Wann ist er angekommen?

»Saga …« Ist das Sorge in seiner Stimme?

Unsicher drehe ich mich zu ihm, aber ehe ich ein Wort sagen kann, schließt er mich in die Arme und drückt mich ganz fest.

»Gott sei Dank«, sagt er. »Wir haben uns solche Sorgen gemacht.«

Ich halte mich an ihm fest, fester, als ich eigentlich will, aber irgendwie kann ich nicht anders.

»Tut mir leid«, nuschele ich. »Ich musste kurz Dampf ablassen und brauchte etwas frische Luft.« Mühsam lächle ich ihn an. »Ich wusste nicht, dass ihr heute schon ankommt. Ist Hildur auch da?«

Einar mustert mich eingehend, so lange, als würde er sicherstellen wollen, dass ich nicht verletzt bin.

»Ja. Wir sind eben erst angekommen.« Er hält weiter an meinem Blick fest, lässt mich nicht los. »Und wir sind einer besorgten Margrét in die Arme gelaufen. Sie hat erzählt, dass du dich mit Tyler gestritten hast oder so was. Und dann warst du heute Morgen plötzlich verschwunden. Saga ...« Er runzelt die Stirn. »Du weißt, dass Tyler morgen den Bus nimmt, oder?«

So genau wusste ich das zwar nicht, nicke aber trotzdem.

»Was machst du dann hier?« Mir entgeht sein leises Seufzen nicht.

Ich atme tief ein, wende mich von ihm ab und fokussiere mich auf das Tal. Meine Augen wandern, bis sie am Krossá Fluss hängen bleiben. An der Stelle, wo das Auto festgesteckt hat.

»Wir haben diesem Auto aus dem Fluss helfen wollen.« Meine Stimme ist seltsam ruhig. Die Panik von vorgestern ist weg.

»Ich weiß«, sagt Einar leise.

»Tyler hat ...« Ich lecke mir nervös über die Lippe. »Tyler hat sich in Gefahr gebracht. Wollte den Helden spielen. Er wäre fast in den Fluss gefallen. Er ...« Jetzt kneife ich die Augen fest zusammen. »Ich kann das nicht. Nicht noch mal.«

Für eine Weile bleibt Einar stumm, greift aber schließlich nach meiner Hand und drückt sie.

»Saga …« Er sagt meinen Namen so vorsichtig, dass es mir unangenehm ist. Voller Mitleid. Ich habe das Gefühl, er will noch etwas hinzufügen, tut es aber doch nicht. Also rede ich weiter.

»Weißt du, ich war mir immer sicher, dass ich den Rest meines Lebens mit Ingvi verbringen würde. Dass wir zusammen unseren Weg gehen. Dass wir immer zusammenwohnen. Dass wir … unsere Träume zusammen leben. Dass es immer nur wir zwei sind. Gegen den Rest der Welt.« Weil das so blöd klingt, schaue ich zu Boden. »Ingvi war meine Familie. Verstehst du? Aber das alles ist nun weg. Und ich weiß nicht, wie ich mich noch mal so einem Menschen öffnen soll. Jemals. Weil ich das Gefühl habe, es kann nur mit einem gebrochenen Herzen enden. Und mein Herz ist doch jetzt schon so lose zusammengeklebt, dass es jeden Moment auseinanderfallen kann.«

Einars Gesichtsausdruck verändert sich, während ich spreche. Traurigkeit breitet sich darauf aus. Er nimmt meine beiden Hände in seine und sieht mir tief in die Augen.

»Und nur deshalb willst du niemand anders in dein Leben lassen?« Er runzelt die Stirn und drückt meine Hände. »Aber, Saga, das ist doch Verschwendung. Und versteh mich nicht falsch. Mir ist schon klar, dass es schwer ist. Natürlich ist es das. Aber du kannst dir solche tiefen Beziehungen doch nicht entgehen lassen, nur weil du Angst hast, sie wieder zu verlieren. Es sind doch die Momente, die wir erlebt haben, die zählen. Die Zeit, die wir zusammen haben, ist das, was wichtig ist. Egal, ob es viel oder wenig ist. Es sind die Verbindungen, die uns tief berühren, die unser Leben zu dem machen, was es ist.«

Ein bitteres Lachen kommt mir über die Lippen, während ich meinen Kopf schüttle. Natürlich stimmt das, was er sagt. Natürlich weiß Einar genau, was er da von sich gibt, als hätte er die Weisheit mit dem Löffel gefressen. Und es klingt logisch, natürlich will ich diese Momente, aber ...

»Willst du nicht zumindest noch mal mit ihm sprechen?«, fragt er, doch ich antworte nicht sofort. »Wirst du es wenigstens versuchen? Kannst du mir das versprechen?«

»Ich weiß nicht.« Wieder weiche ich ihm aus. »Du sagst das so einfach, aber Einar ...« Ich schließe erschöpft die Augen. »Ich bin einfach ein Schwächling, weißt du? Mir fällt das nicht so leicht. Manchmal ...« Jetzt sehe ich zurück zum Tal. »Manchmal spreche ich noch mit Ingvi. Ich kann ihn nicht loslassen. Und ich habe Angst, dass ich genauso abhängig von Tyler werden könnte. Weil ich so viel fühle und nicht mal genau benennen kann, was ich da fühle.«

»Es wird nicht mit jedem so wie mit Ingvi sein«, stellt Einar daraufhin fest. »Wahrscheinlich wird es sogar nie wieder mit irgendwem genauso sein wie mit ihm. Aber ich bin doch auch hier, und wir sprechen miteinander. Und wir sind Freunde. Wir sind wertvoll füreinander. Und Hildur und Margrét. Oder nicht?«

Ich schlucke.

»Natürlich«, presse ich heraus. »Deshalb bin ich zu euch gekommen.«

Daraufhin lächelt Einar.

»Und du willst hierbleiben, hm? Lieber hierbleiben, als deinen Träumen nachzujagen?«, hakt er nach.

Ich zögere. »Ja.«

»Das ist der einfache Ausweg, Saga. Oder zumindest fühlt sich das so an.« Er atmet tief ein, blickt nun auch übers Tal. »Aber eigentlich ist das gar kein Ausweg. Eigentlich versteckst du dich hier nur. Vorm Leben. So kannst du nicht weitermachen.« Er sieht wieder zu mir. »Aber wir werfen dich nicht raus, Saga. Ich glaube nur, nein, ich bin mir sogar ganz sicher, dass da draußen noch so viel auf dich wartet. Und es wäre eine Schande, wenn du das alles verpasst.«

Ich wage es nicht, ihm in die Augen zu sehen.

»Es ist vollkommen okay, wenn du Angst davor hast. Aber die Angst darf dich nicht beherrschen, okay?« Er zuckt mit den Schultern. »Und weißt du? Ich spreche auch manchmal noch mit Ingvi. Ich hab mir am Anfang auch ab und zu seine Mailboxnachricht angehört. Also entweder sind wir beide total komisch, oder das gehört einfach dazu. Zu der Trauer, zum Schmerz. Vielleicht auch, damit wir ihn nicht vergessen. Und ich glaube, wir werden ihn niemals vergessen. Dafür war Ingvi viel zu süchtig nach Aufmerksamkeit.«

Er schmunzelt, ich hole tief Luft.

»Das war er.«

Und dann lachen wir beide.

Einar hat den anderen bereits geschrieben, dass er mich gefunden hat, also haben wir es nicht eilig. Weil ich noch nicht direkt zurückgehen möchte, lassen Einar und ich uns Zeit, als wir auf der anderen Seite des Hügels hinuntergehen, und trinken in dem Camp Húsadalur einen Kaffee. Die meiste Zeit des Weges verbringen wir still miteinander. Aber irgendwie ist das okay. Irgendwie ist das genau richtig. Erst als wir uns auf den Weg zurück nach Langidalur machen, erzählt Einar von dem Debakel in Emstrur, das ihnen dort während des Sturms widerfahren ist. Zwischen weggeflogenen Zelten und unterbrochener Stromversorgung. Die ursprünglichen Wardens sind deshalb extra früher zurückgekommen und Einar und Hildur darum heute schon hier angekommen.

»Wir wurden quasi rausgeworfen.« Einar lacht. »Schlimm finde ich es nicht.« Er streckt sich, als wir die letzten kleinen Holzbrücken über die Bäche nach Langidalur hinter uns bringen.

Wir beide stocken, als wir Rauch vom Schotterparkplatz aufsteigen sehen. Ich reiße kurz geschockt die Augen auf, doch Einar klatscht in die Hände.

»Lagerfeuer! Geil!« Begeistert dreht er sich zu mir um. »Warst du schon bei einem hier dabei?«

Unschlüssig schüttle ich den Kopf, bin erleichtert, dass es ein Lagerfeuer und kein Brand ist.

»Na dann wird es Zeit.« Er klopft mir auf den Rücken. »Ich sage den anderen Bescheid, dass wir zurück sind und du …«

»Dusche.« Ich nicke. »Definitiv erst mal eine Dusche.«

Mit sanftem Lächeln nickt er. »Gönn es dir«, sagt er. »Und ich sehe dich beim Lagerfeuer?«

Weil ich ziemlich sicher bin, dass sich dort heute Abend alle versammeln werden, schlucke ich erst mal. Will ich mich da sehen lassen?

»Ja«, sage ich trotzdem. Ein Lagerfeuer klingt nämlich wirklich ziemlich cool.

So unauffällig wie möglich schleiche ich durch die Wardenhütte und suche mir meine Sachen zum Duschen zusammen. Ich stocke, als ich im Gemeinschaftsraum Gepäck stehen sehe. Tylers Gepäck. Ich blicke aus dem Fenster und schaue auch in den anderen Raum, aber er ist nicht da, also schüttle ich den Gedanken gleich wieder ab und verschwinde schnell in der Dusche.

Als ich danach rausgehe, höre ich einige Stimmen, die sich beim flackernden Feuer versammelt haben. Zögerlich laufe ich zum Lagerfeuer hinüber, suche die vielen Gesichter nach bekannten ab und atme erleichtert auf, als ich eine winkende Margrét entdecke. Doch ehe ich sie erreiche, werde ich von einer der stürmischen Umarmungen Hildurs gepackt.

»Da bist du ja!« Sie quietscht förmlich. »Wir haben dich vermisst.« Ich lache leise und drücke sie fest.

»Ich euch auch«, gebe ich zu, sodass Hildur mich anstrahlt.

Wir gesellen uns zu Einar, Sigrún und Margrét, während die ersten Betrunkenen anfangen, isländische Lieder zu lallen, sodass die nicht ganz so Betrunkenen singend einstimmen.

»Wo ist Tyler?«, will ich beiläufig von Hildur wissen und suche in der Menge die Gesichter ab.

Hildur schluckt. »Der wollte sich gerade bereitmachen, was mit der Gitarre einzustimmen, als er wieder einen Anruf bekommen hat.« Sie zuckt die Schultern. »Seitdem ist er weg. Kann nicht länger als eine halbe Stunde her sein.«

»Okay.« Ich sehe mich um, bleibe aber, wo ich bin. Nach allem, was ich zu ihm gesagt habe, fühle ich mich nicht berechtigt, nach ihm zu suchen oder gar wissen zu wollen, was gerade in ihm vorgeht.

Aber dann, ohne Vorwarnung, ertönt eine Gitarre.

Die Menge wird still, und ich sehe Tyler mit seiner Gitarre und einem angestrengten Lächeln ans Feuer kommen. Die Leute machen Platz, sodass er sich auf einen der Baumstämme setzen kann, während er für den Anfang einfach nur eine Melodie spielt, die hoffnungsvoll klingt. Dabei wandert sein Blick über die kleine Menschenansammlung. Ich erstarre, als seine Augen meine treffen und er tief einatmet. Die Melodie klingt jetzt nicht mehr nur hoffnungsvoll, sondern so, als würde sie leuchten. Hell und gefühlvoll und strahlend.

Dieser Moment, in dem wir uns ansehen, der nur eine Sekunde anhält, fühlt sich so viel länger an, doch dann schließt er die Augen, spielt die Melodie lauter. Er atmet mehrmals durch, bevor er anfängt zu singen.

Sofort bekomme ich eine Gänsehaut. Ich kenne seine tiefe, gefühlvolle Singstimme ja bereits, die zwar irgendwie anders ist als seine Sprechstimme, aber doch so vollkommen zu ihm gehört.

Ich reibe mir über meine kalten Oberarme und schlucke einen dicken Kloß herunter, während ich seine Finger dabei beobachte, wie sie die Saiten anschlagen. Und jedes Mal, wenn er aufsieht, suche ich seinen Blick.

The sky was bright
In the middle of the night
Still, you showed me the stars
Despite how they deepen your scars
We walked this path together
Making every step matter.

We found that beacon
When we thought we were weak and
Found our strength
We found our strength

If we keep on moving
Moving on together
I swear we can touch the stars

Bei den letzten Worten des Songs halte ich die Luft an. Halte an seinem Blick fest, der sich zum Schluss tief in meinen bohrt. Die Zeilen hallen in meinem Kopf wider, erinnern mich an die Zeit, die wir zusammen verbracht haben, an die gemeinsamen Momente, das Lachen, die Gespräche, die Küsse, die Berührungen. Den Song kenne ich nicht. Den muss er erst kürzlich geschrieben haben. Ich verliere mich so tief in seinen Augen, dass ich Angst habe, dass mein Herz gleich explodiert.

Doch dann schließt er seine, und erst darauf höre ich den Applaus, der schon seit ein paar Momenten in der Luft hing. Tyler ist fertig mit seinem Song.

Aber in meinem Kopf höre ich ihn immer noch singen.

Kapitel 20

Statt zu uns zu kommen, verlässt Tyler das Lagerfeuer nach zwei weiteren Songs wieder. Ich reiße die Augen auf, als ich ihn davongehen sehe, und ehe ich mich daran hindern kann, quetsche ich mich durch die Leute, die den nächsten betrunkenen Song anstimmen, und laufe ihm hinterher.

Ich vermute Tyler in der Wardenhütte, kann ihn drinnen aber nicht entdecken. Also rufe ich seinen Namen ins Leere. Keine Antwort. Eine Weile laufe ich ziellos durchs Camp. Erst als ich seine Stimme hinter dem kleinen Toilettenhäuschen höre, macht mein Herz einen Sprung. Was ich ihm sagen will, weiß ich selbst nicht so genau. Ich weiß nur, dass ich das alles nicht so zwischen uns stehen lassen kann. Ich bin drauf und dran, zu ihm zu rennen und draufloszustammeln, was mir gerade in den Sinn kommt, doch dann stoppe ich abrupt.

»Alles klar. Natürlich.« Tyler muss schon wieder mit jemandem am Telefon sprechen. Aber …

Es ist Tyler, und irgendwie ist er es auch nicht. Es ist ganz sicher seine Stimme, aber es fehlt etwas. Seine Stimme klingt kühl, distanziert, leer. So ganz anders, als sie gerade am Lagerfeuer war, ganz anders, als ich sie kenne. Mir wird kalt.

Statt zu ihm zu gehen, halte ich die Luft an, setze mich neben das Toilettenhäuschen und verstecke mich. Ich sollte ihn nicht belauschen, aber ich kann mich selbst einfach nicht davon abhalten. Also höre ich weiter still zu.

»Kein Problem. Den Flug schaffe ich locker, der Bus fährt früh genug.« Er sagt das alles so, als würde es ihn nicht stören, von hier wegzugehen. Dabei wollte er das doch so lange gar nicht. Ist das meine Schuld? »Ja, ich weiß, ich weiß. Mhm.« Er macht eine längere Pause, und wenn ich mich nicht täusche, holt er dann tief Luft. »Nein. Da hat sich was geändert. Ich brauche das zweite Ticket doch nicht. Nein. Aber danke noch mal. Ich weiß das zu schätzen.« Eine weitere Pause. »Genau. Im Bus auch nicht. Ich komme allein.«

Allein.

Heißt das, er hatte ein Ticket für mich mitbestellt? Dachte er wirklich, ich komme mit? Mein Atem stockt.

»Nein. Kein Problem.« Ein bitteres Lachen entfährt ihm. »War nur eine kleine ... Fehlentscheidung.«

Seine kalte Stimme treibt mir einen Eiskeil ins Herz. Auch wenn ich weiß, dass ich nichts Besseres verdient habe, auch wenn ich weiß, dass ich es war, die ihn weggestoßen hat. Habe ich gehofft, dass er wartet, dass sein Herz für mich geöffnet bleibt, obwohl ich es ja war, die seins gebrochen hat?

»Ja klar. Bis dann!«

Ich drücke mich ans Holz, als er den Anruf beendet. Eine Weile geschieht gar nichts. Dann atmet er mehrmals tief ein und aus, und kurz danach höre ich seine Schritte auf dem Kies, entdecke seine Silhouette, wie sie den Weg hinabgeht, die Hände in den Hosentaschen vergraben, den Kopf erhoben. Beinahe als wäre er stolz. Nicht verletzt.

Und vielleicht ist das auch besser so.

Ich lasse mich ins Gras sinken, schließe die Augen, presse die Lippen fest zusammen.

Das ist, was ich wollte, oder?

Auch am nächsten Morgen gehe ich Tyler aus dem Weg. Will es damit nicht nur einfacher für ihn, sondern auch für mich machen. Kein Grund, das aufzuwärmen, was wir hatten, wenn sich unsere Wege jetzt sowieso trennen. Kein Grund, dass wir uns gegenseitig mit unserem Anblick wehtun, wenn wir auch darauf verzichten können. Hildur und Margrét klopfen jeweils einmal an meiner Tür, doch ich reagiere nicht darauf.

Einars Klopfen ist lauter.

»Das ist die letzte Gelegenheit!«, schreit er durch die Tür hindurch. »Komm schon, Saga!«

Doch auch darauf reagiere ich nicht. Stattdessen ziehe ich mir die Decke über den Kopf. Und warte. Ich höre den Geräuschen draußen zu. Den Türen, den dumpfen Stimmen. Ich verliere mein Zeitgefühl. Am frühen Nachmittag wird der Bus fahren. Und dann ist das alles vorbei, was wir hatten. Ich schließe die Augen, als mir so richtig bewusst wird, was das bedeutet, und spüre die Tränen darin brennen, als ich an die Zeit denke, die Tyler und ich zusammen verbracht haben. Als ich an mein Notizbuch denke, das endlich wieder voll ist, nachdem ich die Fähigkeit verloren hatte, Songs zu schreiben. Tyler war es, der diesen Funken in mir wieder entzündet hat. Und jetzt lasse ich diesen Funken einfach verglühen, hm? Einfach so …

Ein erneutes Klopfen lässt mich zusammenschrecken. Nicht weil es besonders laut ist, im Gegenteil. Es ist so zaghaft, dass ich sofort weiß, dass es Tyler sein muss. Tyler, der so laut und mit voller Stimme singen kann, aber jetzt so leise ist. Mein Herz beginnt zu rasen. Und ich verstehe nicht wieso. Das hier ist doch vorbei. Es ist vorbei, und für ihn ist das ebenfalls okay, oder?

Keine Ahnung, was mich packt, als ich trotzdem aufspringe und zur Tür eile. Ich bin kurz davor, sie aufzureißen, als ich einen Zettel am Boden entdecke, der vorher nicht da war. Einen Zettel, der unter der Tür durchgeschoben wurde. Einen Zettel von ihm. Ich gehe in die Hocke, bücke mich danach und klappe ihn mit zitternden Fingern auf.

She locked her heart away
Letting nobody stay
Too long before she goes
Like she already knows
I get lost in her eyes' ocean
Don't know how to call that emotion

I just get lost in her smiles
Follow her no idea how many miles
Follow her until the end of the sea
Until she knows who to be
Until she realizes what we already know
That she always had that glow
She just got lost for a minute
Never quite reaching her limit

I just get lost in her smiles
Get lost in her smiles
No matter how many miles
I just get lost in her smiles

Ich drücke meine Hand fest auf meinen Mund, versuche, das Schluchzen zu unterdrücken, das meinen Körper schüttelt.

Er hat nicht unterzeichnet, aber es ist seine Handschrift.

Kurz bekomme ich keine Luft, kann die Worte zwischen meinen Tränen schon nicht mehr lesen, in meinem Kopf sind sie bereits eingebrannt.

Dann starre ich die Tür an und verstehe. Verstehe, dass es zu spät sein muss. Das hier ist sein Abschiedsbrief an mich. O Gott! Das hier sind seine letzten Zeilen an mich. Worte, die mich vollkommen mit Wärme erfüllen, Worte, die so viel mehr sind als nur Worte.

Ich reiße die Tür auf, ehe ich verstehe, was ich tue, renne nach draußen, nur im Shirt, keine Schuhe, keine Hose, eile den Weg zum Parkplatz hinunter. Der Bus hat den ersten Bach schon hinter sich gelassen und ist zu schnell, als dass ich ihn aufhalten könnte. Trotzdem renne ich hinterher, renne durchs dreckige Wasser und über die spitzen Steine, die einen stechenden Schmerz durch meine Füße senden, den ich ignoriere. Ich renne weiter, fixiere das hintere Fenster des Busses. Dann bleibe ich überrumpelt stehen. Tyler blickt mir durch das Fenster entgegen. Kurz habe ich Angst, dass sein Blick so sein wird wie seine Stimme gestern Abend: kalt und anders. Leer.

Aber das ist er nicht.

Sein Blick ist voller Wärme, so wie immer. Traurig und doch hoffnungsvoll. Und dann ist da ein leichtes Lächeln, während er die Hand hebt und mir winkt. Aber er ist zu weit weg, um sicher sein zu können, dass es ein echtes ist. Vielleicht zwingt er es sich auch nur auf, um es mir leichter zu machen. Das wäre typisch Tyler. Das würde er tun, obwohl ich es gar nicht verdient habe.

Den Songtext habe ich in der Hand, den Zettel zwischen meinen Fingern zerquetscht. Wieder drücke ich mir eine Hand auf den Mund und hebe dann die andere, um ihm zu winken. Hoffe, dass er nicht sieht, wie sehr sie zittert.

Erst als der Bus so weit weg ist, dass ich ihn nicht mehr sehen kann, sinke ich zu Boden, sinke in mich zusammen und bereue, alles, was ich die letzten Tage getan habe. Das hier hätte ein schneller Abschied werden sollen, ein nicht ganz so emotionaler. Aber jetzt fühle ich mich schon wieder zerbrochen.

Hildur, Margrét und Einar kommen schließlich zu mir herüber, drücken mich lange wortlos, und Einar stützt mich auf dem Weg zurück, weil ich mir eine kleine Wunde an meinem rechten Fuß zugezogen habe. Wie die Idiotin eben, die ich bin.

Margrét macht mir einen Tee, und als wir zusammen auf der Couch im Gemeinschaftsraum sitzen, sehen mich alle erwartungsvoll an. Überfordert blicke ich zu Boden.

»Ich weiß«, gebe ich zu. »Ich bin eine blöde Kuh. Aber ich kann's jetzt nicht mehr zurücknehmen.« Ich presse meine Lippen beschämt zusammen, nippe an meinem Tee. »Vielleicht ist es besser so.«

Margrét legt eine Hand auf mein Knie. »Wieso denkst du das?«, will sie wissen.

»Tyler ist ein Musiker, der bald auf Welttournee ist. In welcher Welt wäre das gut gegangen?« Unsicher suche ich ihren Blick. »Außerdem kann ich nicht alles stehen und liegen lassen und mit ihm nach Amerika gehen. Auch wenn ich mir ab und zu eingebildet habe, dass ich das vielleicht könnte. Und ...« Müde sehe ich hinüber zu Einar und lächle sanft. »Ich habe noch nicht alle Orte besucht.«

Ich hoffe auf Verständnis, verstehe aber, sobald er die Arme verschränkt, dass ich keines bekommen werde.

»Die Orte laufen nicht weg.« Er mustert mich eingehend. »Und sag noch mal, was hält dich hier? Große Pläne?«

Das leichte Grinsen in seinen Augen zeigt mir, dass er es nicht böse meint, trotzdem schlucke ich schwer.

»Sei doch leise«, protestiere ich halbherzig. Ich habe wirklich nichts, was mich hier hält, aber ich kann doch auch nicht auf und davon in ein anderes Land reisen, geschweige denn mit einer Band auf Welttournee gehen. So läuft das einfach nicht.

»Vermutlich brauchst du tatsächlich das ein oder andere Visum«, wirft Margrét unterstützend ein, doch Einar schnaubt.

»Wo sind die ersten Konzerte? Kanada, oder? Das ist nicht so schwer.« Er zuckt mit den Schultern.

Mein Puls wird schneller, weil die Möglichkeiten und die Unmöglichkeiten sich so sehr im Weg stehen. Oder?

Ich hole tief Luft, wedele mit der Hand vor mir herum. »Das ist zu ...«

»Zu spontan? Ha!« Einar lacht auf. »Du bist doch der spontanste Mensch auf der Welt.«

»Einar ...«, hakt Hildur ein, wofür ich ihr dankbar bin.

»Ich bin noch nie außerhalb des Landes gewesen«, flüstere ich und stelle die Tasse lautstark auf dem Tisch ab. »Können wir einfach damit aufhören?« Ich stehe auf, zucke zusammen, weil Schmerz durch meinen Fuß schießt. »Ja, vielleicht hätte ich es irgendwie hinbekommen. Aber ...« Ich sehe zu Boden. »Aber jetzt ist es zu spät. Also vergiss es! Okay?«

Einar leckt sich über die Lippe und nickt. »Sorry«, sagt er kleinlaut, weicht mir aus.

»Hast du nicht seine Nummer?«, hakt Hildur irritiert nach.

Ich schmunzle bitter, senke den Blick.

»Nein. Hier haben wir sie nie gebraucht. Wir hatten oft beide keinen Akku mehr. Und dann war es wohl ... zu spät.«

Mit geweiteten Augen dreht Hildur sich zu den anderen um.

»Von euch auch keiner? Sigrún?«, will sie wissen.

»Leider nicht«, gibt auch Einar zu.

»Fuck!« Hildur stöhnt auf. »Das gibt's doch nicht. Da freunden wird uns mit einem Rockstar an. Eine von uns hat sogar Sex mit diesem Rockstar – ja, Saga, ich bin nicht von gestern –, und keiner hat dran gedacht, ihn nach seiner Nummer zu fragen? Leute!« Sie schlägt die Hände überm Kopf zusammen. »Nicht euer Ernst!«

»Du hast doch auch nicht gefragt«, gibt Einar genervt zurück.

»Ich weiß. Ich bin genauso bescheuert.« Sie fährt sich mit der Hand durchs Gesicht, wendet sich dann an mich. »Aber du kennst mittlerweile seinen Bandnamen, oder? Irgendwie können wir da doch bestimmt Kontakt herstellen.«

Ich schüttle energisch den Kopf. »Lass gut sein. Bitte«, presse ich angestrengt hervor. »Es ist vorbei. Okay?«

Hildurs Mundwinkel sinken nach unten, aber sie setzt sich wieder hin und nickt resigniert.

»Schon gut«, betone ich. »Sobald ich wieder zu Hause bin, überlege ich mir, wie es weitergeht.« Ich nicke überzeugt. »Da wartet noch genug anderes auf mich.« Ich will hoffnungsvoll klingen, bin mir aber bewusst, dass ich alles andere als das bin. Denn eins steht fest: Ich will immer noch nicht nach Hause. Daran hat sich nichts geändert. Aber was soll ich sonst tun? Am Ende werde ich mich zusammenreißen und in den sauren Apfel beißen müssen.

Margrét räuspert sich leise. »Uhm ... Ja, Saga. Wegen zu Hause ... Hast du kurz einen Moment? Ich wollte schon die ganze Zeit mit dir über etwas sprechen.« Unsicher sieht sie die anderen an, die zu verstehen scheinen und sich kurz entschuldigen.

»Wow, okay. Was ist los?«, will ich leicht panisch wissen. »Ist was mit der Wohnung?«

Margrét weicht meinem Blick aus, druckst herum. Sie klopft mit den Fingern auf den Tisch, bevor sie mich wieder ansieht.

»Okay, was ist los? Raus damit!« Mein Puls beschleunigt sich.

»Ich hatte überlegt, die Wohnung aufzugeben«, gibt Margrét schließlich zu.

Irritiert blinzle ich sie an.

»Was?« Alles andere bleibt mir im Hals stecken.

»Es ist nur ...« Sie schluckt. »Mir geht es auch nicht gut, mit Ingvis Zimmer. Aber ich glaube nicht, dass sich das ändert, wenn da jemand Neues einzieht. Wenn wir das überhaupt wollen. Aber bisher ist das einfach nur wie ein ...« Sie reibt sich über die Arme, als hätte sie eine Gänsehaut. »Wie ein Grabstein in unserer Wohnung. Und gerade jetzt, wo ich so oft allein da war, bin ich fast ein wenig durchgedreht oder habe meine Eltern besucht, um nicht zu lange dort zu sein. Und ...« Sie zuckt mit den Schultern. »Vielleicht wird es Zeit, dass ich mir eine eigene Wohnung suche, wenn du deinen Träumen nachjagst.« Als ich meine Augen aufreiße, hebt sie beschwichtigend die Hände. »Aber ich weiß, dass du noch nicht genau weißt, was du machen willst. Wir können auch erst mal zu zweit schauen. Aber ich glaube nicht, dass ich dortbleiben kann. Nein, ich will nicht dortbleiben. Das ist nicht gut für mich. Und auch nicht für dich. Und Ingvis Eltern wollen sowieso seine Sachen holen. Also …« Sie schluckt mehrfach, bevor sie zu mir aufsieht. »Was meinst du?«

Mir ist auf einmal eiskalt, und ich reibe mir die Arme, wie sie es getan hat. Ich will widersprechen, merke aber, dass das gar keinen Sinn ergibt. Eigentlich bin ich hier in den Bergen, weil ich es nicht aushalte, zu Hause zu sein, wo Ingvis Anwesenheit mich auf jedem Quadratmeter begleitet. Dann ist das doch genau das, was ich brauche. Abstand von den Erinnerungen. Weil ich mich dort sonst nur wieder verliere. Und genau das will ich nicht mehr. Das kann ich nicht mehr.

Trotzdem steckt mir ein Kloß im Hals fest. Ich weiß nicht, ob ich diese Erinnerungen loslassen *will.* Egal, wie schlecht sie für mich sind. Ich mag es, ihn bei mir zu wissen, auch wenn es nur in meinem Kopf ist.

»Ich …« Ich weiß nicht, was ich sagen soll oder will. Die Worte wollen sich nicht in meinem Mund formen. In meinem Kopf überschlägt sich alles. Margrét setzt sich direkt neben mich, streicht mir über den Rücken.

»Alles okay?« Besorgt sucht sie meinen Blick. »Entschuldige, ich weiß, das ist gerade kein guter Moment. Aber ich würde gern so schnell wie möglich den Vertrag kündigen. Ich …« Sie schluckt. »Ich halte das selbst nicht mehr aus.«

»Schon okay«, presse ich hastig nickend hervor, versuche ruhig zu atmen, versuche, mich wieder zu fangen.

Soll das heißen, ich kann nicht zurück nach Hause? Aber ich kann auch nicht hierbleiben. Ich werde auf keinen Fall zurück zu meinen Eltern gehen. Nachdem ich mich ihnen widersetzt und Musik studiert habe, haben sie mich mir selbst überlassen. Weil meine Träume für sie zu abstrakt, zu absurd waren. Weil ich weder das Familiengeschäft übernehmen wollte noch das Haus, in dem ich mich irgendwann wie eine Gefangene gefühlt habe. Nein, dahin kann ich nicht zurück. Das würde ihnen zu gut passen, das würde sie in allem bestätigen, wovor sie mich immer gewarnt haben. Das kann ich mir nicht geben. Selbst das emotional frostige Weihnachtsessen, an welchem sie mir ja doch jedes Jahr nur immer wieder Vorwürfe machen, konnte ich mir schon im letzten Jahr nicht mehr antun. Meine Familie sind Ingvi und Margrét geworden. Genau wie es jetzt Hildur und Einar sind. Und Tyler, auf eine Weise.

Und Amerika …? Nein. Das ist viel zu weit weg, nicht greifbar. Das geht nicht.

Ich komme weder vor noch zurück. Ich stecke immer noch fest. Und ich weiß nicht, wie ich mich je wieder ausgraben soll.

Ich kneife die Augen fest zusammen. Vergrabe mein Gesicht in den Händen. Und bleibe einfach still dort sitzen.

Kapitel 21

Diesmal hinterlasse ich eine Notiz, dass ich weggehe und wohin. Meine Beine tragen mich aber von ganz allein – mein Fuß schmerzt nicht mehr so wie am Vorabend. Ursprünglich hatte ich mir einen weiteren von Ingvis Orten auf der Karte herausgesucht. Warum genau ich mich jetzt doch wieder auf dem Weg zum Fox Valley befinde, weiß ich selbst nicht so genau.

Unterwegs prasseln nicht mehr nur Erinnerungen an Ingvi auf mich ein, sondern auch die neuen mit Tyler. Und beide tun weh. Ständig habe ich Tränen in den Augen, die ich eilig wegwische, während ich den Canyon erklimme. Dennoch werde ich nicht umdrehen. Ich bin diesmal schneller, stoppe nicht so oft und will zügig in dem zauberhaften kleinen Tal ankommen. Warum genau? Keine Ahnung. Vielleicht lösen sich dort alle meine Probleme in Luft auf. Das wäre doch fabelhaft.

Die Sonne strahlt mir entgegen, während ich Kilometer um Kilometer hinter mich bringe. Sie kämpft sich hinter den Gletschern empor und scheint dann auf diese herab, bringt sie zum Leuchten.

Der Weg fühlt sich gleichzeitig länger und kürzer als die anderen beiden Male an. Und Gänsehaut überkommt mich, als ich an der Kante zu dem kleinen Tal stehe. Meine Knie werden weich, aber ich gehe weiter, klettere die Stufen hinunter, während mein Herz sich anspannt und schneller in meiner Brust pumpt. Sobald ich die saftige grüne Wiese betrete, werde ich von vielen Gefühlen zugleich überrumpelt und muss mich überwältigt auf meinen Knien abstützen. Wärme und Übelkeit und Liebe und Angst überfallen mich zusammen, sodass ich nach Luft schnappe.

Meine beiden früheren Reisegefährten sind auf irgendeine Weise hier bei mir. Nur ein Schatten ihrer selbst, nur Erinnerungen und dennoch so real.

Ich laufe ein paar Schritte ans Ufer des Baches, strecke meine Hände hinein, um davon zu trinken. Mühsam ziehe ich meine Schuhe aus und kühle meine Füße im Wasser, merke erst jetzt, wie sehr der verletzte Fuß eigentlich doch noch wehtut.

Für eine Weile bleibe ich dort sitzen, starre in den fließenden, klaren Strom, in dem sich der Himmel und die Sonne spiegeln. Ich lege mich auf den Rücken, schließe die Augen, bis sich Ruhe in mir ausbreitet.

»Wieso bist du noch hier?«, höre ich Ingvis Stimme in mir. Ich halte den Atem an. Seine Stimme wärmt meine Seele, wie sie es immer tut. Ganz natürlich, ganz vertraut. »Du weißt, dass du nicht hier sein solltest«, ermahnt er mich. Natürlich sagt er das. Genau was ich hören muss. So wie es eben sein muss.

Es ist, als läge er direkt neben mir, und wenn ich mich darauf konzentriere, kann ich seine Schulter an meiner spüren.

»Ich habe überlegt, mit ihm zu gehen«, gebe ich zu, greife in meine Hosentasche, hole sein Armband hervor und halte mich daran fest. »Aber ich habe furchtbare Angst, dich zu verlieren, Ingvi.« Ich wage es nicht, die Augen aufzumachen, weil ich weiß, dass er dann weg sein wird.

»Aber, Saga …« Er schmunzelt. »Du hast mich schon längst verloren. Das ist dir doch klar, oder?«

»Autsch!« Ich drücke mir eine Hand an die Brust. Natürlich habe ich das. »Ich will die Erinnerungen nicht auch noch verlieren. Ich will dein Gesicht und deine Stimme nicht vergessen. Immerhin warst du Teil meines ganzen Lebens. Der wichtigste Teil. Das kann ich doch nicht einfach aufgeben.«

Er holt tief Luft.

»Doch, eigentlich kannst du das schon.« Das sagt er, als wäre es die leichteste Aufgabe der Welt. »Du darfst nur keine Angst davor haben, mich loszulassen. Weil … ich bin nicht mehr da. Und du solltest dich auf die Menschen konzentrieren, die noch da sind. Das sind doch immerhin einige.« Er legt seine Hand auf meine. »Sei nicht so doof wie ich. Verschwende nicht dein Leben, okay?«

Ich will *Ja* sagen, aber stattdessen setze ich mich auf, schüttle energisch den Kopf.

»So leicht ist das nicht. Du kannst nicht einfach so was behaupten.« Ich klammere mich fester an sein Armband.

»Doch, es ist verdammt leicht.« Er drückt meine Faust, mit der ich mich am Armband festhalte. »Mach Platz für Neues, Saga. Du hast lange genug an mir festgehalten.«

Natürlich.

Ich hole tief Luft, öffne die Augen und drehe mich zu ihm um. Wie erwartet ist Ingvi nicht da. War es nie. Stattdessen starre ich sein Armband an, spüre Tränen in meinen Augen brennen. Platz für Neues, hm?

Okay …

Ich weiß jetzt, was ich tun muss.

Aber ich behalte doch recht. Es ist verdammt schwer.

Ich lege meine Hand mit dem Armband ins Wasser, beobachte, wie es vom Strom bewegt wird, und halte den Atem an.

»Danke, dass du dein Leben mit mir geteilt hast«, flüstere ich und öffne meine Faust.

Binnen Sekunden wird das Armband weggetragen.

Kurz sehe ich mich selbst ins Wasser springen und dem Armband hinterherrennen, weil ich es auf jeden Fall wieder einfangen muss.

Aber das tue ich nicht. Ich bleibe sitzen, beobachte das Wasser dabei, wie es fließt, immer und immer weiter, ohne jemals zu stoppen.

Die Reue, die ich erwarte, kommt nicht. Im Gegenteil. Ich fühle mich leichter, freier. Auch wenn ich weiß, dass da eine leere Stelle in mir ist, die niemals gefüllt werden wird. Aber vielleicht ist das die Stelle, wegen der meine Angst unbegründet ist. Dass ich ihn vergessen würde. Vielleicht ist das Ingvis Stelle. Für immer in mir eingebrannt.

Ich drücke mir die Hand auf die Brust und blinzle ein paar stumme Tränen davon. Habe dabei ein Lächeln auf den Lippen. Loslassen muss nicht vergessen heißen. Weitermachen muss nicht bedeuten, dass ich ihn nicht für immer in meinem Herzen behalte. Richtig?

Nach ein paar langen Atemzügen ziehe ich aus meiner anderen Hosentasche Tylers Songlyrics. Lese sie noch einmal und noch einmal, bis ich mir ganz sicher bin, was ich als Nächstes tun muss.

Ich nehme den schnellsten Weg zurück, renne, wo ich kann, und versuche, dabei nicht in den Canyon hineinzustürzen und mir das Genick zu brechen. Das käme mir sehr ungelegen, immerhin habe ich jetzt etwas ziemlich

Wichtiges vor. Einholen werde ich Tyler nicht mehr. Aber ich weiß, wann und wo das erste Konzert der Tour stattfinden wird. Das ist mein Ziel. Das ist meine Chance.

Endlich beim Camp angekommen, laufe ich aufgeregt auf Hildur zu, die mich mit großen Augen ansieht, bevor ich mich auf sie stürze.

»Ich muss …« Ich keuche. »Ich muss …« Angestrengt strecke ich einen Finger in die Höhe, um ihr zu bedeuten, dass ich zu Atem kommen muss, bevor ich weitersprechen kann.

»Du musst was? Was?«, will sie aufgeregt wissen.

»Ich muss Tyler hinterher«, erlöse ich sie.

Hildurs Augen werden noch ein Stückchen größer, und wenn ich mich nicht irre, ballt sie ihre Faust siegreich zusammen.

»Ich wusste es!«, schreit sie auf und drückt mich. »Tickets! Wir müssen Tickets buchen!«

Wie ein aufgescheuchtes Huhn rennt sie durchs Camp, während ich mich erst mal in der Wardenhütte hinsetze und die Arme abwehrend nach oben strecke, bevor die anderen versammelt auf mich einreden können.

»Okay, das erste Konzert ist in zwei Wochen.« Um das noch einmal auf der Website der Band bestätigt zu bekommen, ziehe ich mein Handy hervor und gebe den Namen der Band in den Browser ein. »In Toronto.« Ich nicke überzeugt.

»Das klingt nach genug Zeit«, stellt Margrét erstaunt fest.

»Ist es auch noch nicht ausverkauft?«, will Einar wissen. Hildur tippt schneller auf ihrem Handy herum, als ich es jemals könnte, und hält es stolz in die Höhe.

»Ein paar Karten sind noch zu haben!« Sie strahlt triumphierend.

»Na los! Kaufen!« Diesmal schreit Einar aufgeregt. »Bevor die weg sind.«

»Oh, entspann dich! So bekannt sind die nun auch wieder nicht und …« Ihre Augen werden groß. »Okay, okay, die Tickets werden weniger. Moment, Moment!« Sie tippt weiter herum. »Gekauft.«

Geschockt reiße ich die Augen auf.

»Warte! Was?« Ich schnelle in die Höhe, kann aber nicht verleugnen, dass mein Herz freudige Sprünge macht.

Ich habe ein Ticket zum Konzert! Von Tyler!

»Okay, okay, was jetzt?« Margrét tippt auf ihrem Handy herum. »Flüge?«

»Ja! Check die Flüge«, leitet Einar an, schaut immer mal wieder zu mir hoch, aber ich bin zu perplex, um zu reagieren.

»Wartet, wartet, Leute, wie teuer ist das denn? Wir müssen doch erst mal –«

»Gekauft!«, verkündet Margrét stolz, und ich drücke mir die Hände an den Kopf.

»Leute! Ich kann das gar nicht –«

»Okay, wir brauchen noch ein Hotel. Am besten direkt bei der Halle.« Einar tippt an seinem Handy herum.

»Aber –«

»Schon gut, Saga. Vergiss es einfach!« Hildur drückt mich. »Eure süß-heiße Liebesgeschichte muss unterstützt werden! Und du hast uns allen hier genug geholfen, um dir das zu verdienen.«

Das stimmt nun wirklich nicht. Was sie da gerade für mich ausgeben, ist viel zu viel. Ich verstehe plötzlich nicht, wieso ich diese wundervollen Menschen als Freunde verdient habe.

Wieder stehen mir Tränen in den Augen. Gott! Ich bin nur noch am Heulen. Schnell wische ich sie weg.

»Ich …« Ich schniefe laut, sodass mich alle anschauen.

»Alles in Ordnung?«, will Einar wissen, blickt von seinem Display auf.

Meine Lippen beben so sehr, dass ich den Kopf schüttle, mir eine Hand auf den Mund drücke.

»Danke!« Ich schluchze. »Danke für alles!«

Es endet in einer Gruppenumarmung. Mit Menschen, die mir so wichtig sind, dass ich an keinem besseren Ort sein könnte. Dass ich froh bin, hier bei ihnen zu sein, statt da draußen allein mit einem Geist.

Genau hier, bei diesen wundervollen Freunden.

Kapitel 22

Die Highlands sind mein Zuhause geworden. Eins, das immer bleibt. Eins, das ich nicht loslassen will. Aber ich habe zum ersten Mal seit Monaten das Gefühl, dass ich weiß, was ich will, und das ist nicht, mich hier weiter zu verstecken.

Ich muss jetzt raus. In die weite Welt. Diese beängstigende weite Welt.

Nach eineinhalb Wochen, die ich mit den anderen im Camp und bei weiteren Ausflügen verbracht habe, steige ich in Thórsmörk mit Margrét in den Highland-Bus. Ich sehe mich noch einmal um. Atme die kühle, herrliche Luft des Tals ein, verliere mich für einen Moment in den majestätischen Gletschern, den grünen Hügeln und Canyons, als würde ich sie auswendig kennen. Als könnte ich mich hier niemals verlaufen. Nicht mehr zumindest. Kurz schließe ich die Augen, lausche dem lauten, ständigen Rauschen des Krossá-Flusses, das mich mittlerweile mehr beruhigt als ängstigt. Dann lächle ich mit dem Wissen, dass ich wiederkommen werde.

Einar und Hildur müssen noch zwei weitere Wochen bleiben, weshalb wir uns tränenreich voneinander verabschiedet haben. Ich kann all die Umarmungen der letzten Tage gar nicht mehr zählen.

Margrét versucht zur Abwechslung mal nicht, die Stille mit irgendetwas Irrelevantem zu unterbrechen, sondern lässt sie einfach still sein, während ich aus dem Fenster schaue und mich in den Bergen und dem blauen Himmel verliere, die an uns vorbeiziehen.

Meine Gedanken sind überall und nirgends. Ich bin mir ziemlich sicher, dass ich gerade aufgeregt sein sollte, dass mein Kopf explodieren sollte von einer Lawine aus Sorgen. Stattdessen bin ich ganz ruhig und gar nicht so richtig da. Was gerade passiert, ist so groß, dass ich es nicht greifen kann. Und ab und zu bin ich davon überzeugt, dass ich nicht wach bin, sondern in einem meiner Träume umherwandere. Wenn dem so ist, dann bleibe ich liebend gern darin stecken.

Unser erstes Ziel ist die WG.

Weil der Flug erst am nächsten Tag geht und ich unbedingt meine Nerven beruhigen muss, helfe ich in der kurzen Zeit Margrét dabei, mein kleines Zimmer auszuräumen. Unterstellen wird sie meine Sachen erst mal bei ihrer Familie, und um den Rest der Wohnung wird sie sich allein kümmern. Das hat sie angeboten, und ich bin – wieder einmal – unendlich dankbar.

Nur vor Ingvis Tür stoppen wir beide abrupt.

»Seine Eltern kommen nächste Woche?« Ich schlucke.

»Jap.« Margrét atmet tief durch. »Und in zwei Wochen wollen sich die ersten Leute die Wohnung anschauen.« Sie sieht mich an. »Und du bist dir sicher, dass ich erst mal nur für mich suchen soll?«

Ich nicke.

»Das Schlimmste, was passieren kann, wäre, dass du mich in deiner neuen kleinen Wohnung für eine kurze Zeit aufnehmen musst.« Ich zwinkere ihr zu.

»Immer gerne. Du kennst ja das kleine Studio, in dem ich es nicht mal ein Jahr ausgehalten habe, bevor ich zurück zu euch gekommen bin. Kann immer jemanden brauchen, der mir beim Aufräumen hilft.« Margrét lächelt warmherzig, und wenn ich mich nicht irre, glänzen ihre Augen. Sie muss es auch merken, denn sie wischt sich schnell eine Träne weg. »Na so was.« Sie lacht auf. »Was im Auge.« Sie streckt die Zunge raus, und ich verdrehe die Augen, bevor ich mich auf sie stürze, um sie fest zu drücken.

»Ich kann nicht glauben, dass ich das wirklich tue«, flüstere ich. »Morgen. Morgen schon.« Mein ganzer Körper zittert.

Margrét schüttelt den Kopf und sucht meinen Blick.

»Weißt du …« Sie kneift die Augen ein wenig zusammen, mustert mich. »Vor einem Jahr wären dir diese Worte niemals über die Lippen gekommen. Spontaner Trip nach Amerika? Du wärst sofort dabei gewesen. Erinnerst du dich?«

Perplex sehe ich sie an.

»Manchmal habe ich das Gefühl, du hast vergessen, wer du bist.« Nervös leckt sie sich über die Lippen. »Als hättest du vergessen, dass du ein verdammt starker Mensch bist. Dass du alles tun kannst, was du willst. Dass du das Wort Hürde nicht kennst.« Sie lacht auf. »Das war manchmal ganz schön nervig. Vor allem, wenn man ein paar Jahre mit dir zusammenwohnen wollte, aber nicht wusste, ob du in ein paar Monaten noch da bist.« Sanft klopft sie mir auf die Schulter. »Das ist auch jetzt noch ein Teil von dir. Das hast du nicht verloren.«

Zweifelnd runzle ich die Stirn.

»Meinst du wirklich?« Ich wage es kaum, sie anzusehen, doch Margrét verdreht die Augen.

»Sonst würdest du doch wohl kaum ein Flugticket für einem Flug besitzen, der morgen in der Frühe abfliegt.« Sie zwinkert. »Ich würde sagen, du bist noch zu mindestens neunzig Prozent dieselbe. Und wenn die restlichen, neuen zehn Prozent jetzt noch etwas Vernunft mit ins Boot bringen, habe ich nichts dagegen.« Kurz stoppt sie. »Aber wenn die zehn Prozent noch genauso sind wie vorher, dann ist das auch okay.«

»O mein Gott!« Ich lege den Kopf in den Nacken, kneife die Augen zusammen. »Ich mache das wirklich. Und ...« Jetzt sehe ich sie wieder an. »Eigentlich wäre alles andere Blödsinn gewesen. Oder?«

»Natürlich.« Margrét lacht auf. »Da fällt mir ein.« Sie hält einen Finger in die Höhe und verschwindet kurz in ihr Zimmer. Dann kommt sie mit einem kleinen Stapel Blätter wieder heraus, den sie mir hinhält.

»Und das ist?« Misstrauisch ziehe ich eine Augenbraue hoch.

»Papiere. Von verschiedenen Musikprogrammen in Island, die man auch remote machen kann, sowie welchen in Amerika, bei denen du deine Creditpoints mitnehmen kannst. Ich dachte, vielleicht willst du die Zeit, die du investiert hast, nicht komplett verschwenden und noch weitermachen. Oder du startest einfach nur mit deinen neuen Songs durch und brauchst die Uni nicht mehr. Aber kann nicht schaden, mal zu schauen, oder? Hab die Sachen vorhin nebenher ausgedruckt.« Sie deutet auf das erste Blatt. »Wenn du auf dem Flug Langeweile hast, kannst du das ja mal durchsehen.«

Perplex und völlig überrumpelt starre ich Margrét an, vergesse kurz, wie man atmet, und lache dann wie eine Durchgedrehte.

»Margrét!« Ich schüttle den Stapel Papier in meiner Hand, sehe Margrét ungläubig an. »Die ganze Arbeit hast du dir gemacht? Nur für mich?« Sie grinst breit, und ich lasse den Kopf sinken. »Ich hab dich nicht verdient, weißt du das?«

»Ich weiß.« Margrét zwinkert wieder. »Dein Glück, dass es bei Freundschaft nicht aufs Verdienen ankommt.« Schulterzuckend lehnt sie sich an den Schrank neben sich.

»Wer weiß ... vielleicht komme ich auch zurück und beende das Studium hier.« Ich schlucke.

»Papperlapapp! Klar, das wäre unbürokratischer, aber scheiß drauf, oder?« Margrét lächelt zufrieden. »Aber ich hoffe natürlich, du kommst nicht zurück. Nicht, dass ich dich nicht hier haben will. Aber ich glaube ...« Sie stupst meine Schulter an. »Ich glaube, das steht dir einfach. Da draußen in der Welt zu sein.«

Für einen langen Moment sehe ich die Papiere an und lache dann leise.

»Danke«, presse ich hervor. »Margrét, danke!« Ich sehe ihr fest in die Augen. »Du bist eine Superheldin, weißt du das?«

»Man munkelt es.« Sie grinst breit, und dann fallen wir uns in die Arme.

Am nächsten Morgen bin ich ein Wrack. Geschlafen habe ich kaum, und mein Herz schlägt mit dem dröhnenden Motor des Autos um die Wette.

Ich mache das hier wirklich, ganz echt wirklich. O Gott!

Auf dem Weg zum Flughafen geraten wir in einen Stau. Nach allem, was passiert ist, um an diesen Punkt zu kommen, kann ich nicht glauben, dass die Straße, die sonst immer frei ist, es heute nicht ist. Ausgerechnet heute!

Aus dem Augenwinkel bemerke ich, dass Margrét immer wieder zu mir hinübersieht.

»Angst?«

»Dass wir den Flug verpassen?« Ich stöhne leise. »Darauf kannst du wetten. Das Konzert ist ja schon heute Abend. Wir hätten mehr Zeit einplanen sollen. Wieso haben wir nicht mehr Zeit eingeplant?«

Margrét schmunzelt.

»Das meinte ich nicht. Das bekommen wir schon hin. Selbst wenn du den Flieger verpasst, kommst du mit dem nächsten immer noch rechtzeitig an. Keine Angst.« Sie sieht nach vorne. »Ich meine vor allem: Angst vor heute Abend. Vor dem Konzert und so. Ich meine ... du musst keine haben. Aber wenn, wäre das voll okay.«

»Klar, hab ich Angst.« Ich beiße mir auf die Lippe. »Aber ich mache jetzt keinen Rückzieher mehr. Und dass ich Angst habe, bedeutet nur, dass es wichtig ist.« Kurz halte ich den Atem an. »Oder?«

»Und wie!« Margrét nickt, drückt leicht aufs Gas, als sich der Verkehr vor uns endlich wieder bewegt. »Tyler kann sich glücklich schätzen.«

»Wenn er mich überhaupt wiedersehen möchte.« Ich verknote meine Hände miteinander.

»Er wird sich freuen«, behauptet Margrét, ohne es wissen zu können, und doch will ich ihr nicht widersprechen. Ich will, dass sie recht hat.

Nach dem Auflösen des Staus tritt Margrét so fest aufs Gas, dass ich kurz mein Leben an mir vorbeiziehen sehe.

Und dann geht auf einmal alles ganz schnell.

Wir haben Glück, denn der Flug ist leicht verspätet. Fünf Minuten bevor der Check-in-Schalter schließt, gebe ich meinen Koffer auf – der, den ich nur für den Fall dabeihabe, dass ich doch ein wenig länger wegbleibe. Die Verabschiedung von Margrét ist auf einmal so kurz und hektisch, dass ich gar nicht gehen, sondern mich an ihr festhalten und sie niemals loslassen will. Aber weil der Koffer schon weg ist und weil Margrét mich losschickt, eile ich die Rolltreppe hinauf, haste zum Security-Check und renne durch die Abflughalle. Natürlich ist mein Gate so weit weg, dass ich auch da noch weiterrennen muss. Mein Gate ist so leer, dass die Dame von der Airline, die die Fluggäste reinlässt, mich mit erwartungsvollem und ungeduldigem Blick mustert, als ich keuchend vor ihr stehen bleibe und zitternd mein Ticket hinhalte.

»Guten Flug!«, sagt sie nur, scheint sich dabei ein Grinsen zu verkneifen. Danach eile ich die Rampe hinunter und merke erst, als ich endlich im Flugzeug stehe, dass wir sowieso verspätet sind und es nicht ohne Lautsprecher-Vorwarnung ohne mich abfliegen würde. Die Flugbegleiterinnen schenken mir jeweils ein gutmütiges Lächeln und bedeuten mir, dass ich mich zu meinem Sitzplatz begeben soll. Erst als ich an Sitzreihe nach Sitzreihe vorbeigehe und schließlich meinen Platz erreiche, wird mir bewusst, dass ich in einem Flugzeug bin. Zum ersten Mal. Ich bin wirklich hier. Und in ein paar Minuten bin ich in der Luft und danach in einem anderen Land.

Ich atme tief durch, während ich es mir auf dem engen Stuhl gemütlich zu machen versuche, und schnalle den Gurt mit zitternden Fingern zu.

O mein Gott, ich sitze in einem Flugzeug!

Mir ist auf einmal heiß und kalt zugleich. Ich starre auf den Flügel des Fliegers, kann nicht so richtig verstehen, wie so ein schweres Ding sich in der Luft halten soll, beschließe aber, nicht zu viel darüber nachzudenken.

Während der Sicherheitsinstruktionen, denen ich intensiv lausche, setzt sich die Maschine bereits in Bewegung. Für eine Weile rollen wir über die Flugbahn, und ich könnte mir einbilden, in einem Bus zu sitzen. Ganz automatisch kralle ich mich an meiner Sitzlehne fest und halte den Atem an, als die Turbinen laut werden.

»Ihr erstes Mal?«

Die Stimme reißt mich aus der plötzlich anrollenden Angst, die mich angespannt in meinem Sitz versinken lässt.

Zögerlich drehe ich mich zu einer älteren, ergrauten Dame um, die warmherzig grinst und nickt.

»Keine Sorge«, sagt sie, klingt amerikanisch oder kanadisch, und tätschelt sanft meine Hand. »Ich bin schon so oft geflogen. Und wie man sehen kann, lebe ich immer noch. Zumindest so halb.« Sie sieht mir fest in die Augen, als das Flugzeug von einem Moment auf den anderen um ein Vielfaches beschleunigt und ich die Augen aufreiße. Ungefragt nehme ich ihre Hand – die Hand einer Fremden. »Langsam tief einatmen und ausatmen.«

Wir heben ab. Einfach so. Ich werde in meinen Sitz gedrückt, kneife die Augen fest zusammen.

»Ach kommen Sie schon. Schauen Sie nach draußen, sonst verpassen Sie doch das Beste«, beschwichtigt sie mich.

Ich schlucke, zwinge mich aber dennoch, die Augen aufzumachen und aus dem Fenster zu sehen. Die Landschaft unter uns wird immer kleiner: Lavafelder und Risse im Boden, die irgendwann durch Erdbeben entstanden sind, wie sie unsere gesamte Vulkaninsel zeichnen und ausmachen. Von oben wirkt das Land noch viel leerer, freier. Ich atme auf, atme tief ein. Beobachte, wie die Küste in Meer übergeht und wie die Wolken unter uns hinwegrauschen – oder wir über ihnen? Und dann ist das Flugzeug auf einmal so ruhig, ohne Wackeln, ohne Ruckeln, dass ich fast vergessen könnte, wo ich hier eigentlich bin. Als wäre der Abflug nur eine Simulation gewesen.

»Und?«, fragt mich die Frau. »Wunderbar, nicht?«

Ich blinzle irritiert, sehe sie an und kann mir ein breites Lächeln nicht verkneifen. Hastig nicke ich.

»Ich würde gerne direkt noch mal abheben.«

Darauf lachen wir beide.

Kapitel 23

Der Ozean scheint unendlich zu sein von da oben. Die ganze Welt scheint unendlich zu sein. Eigentlich wollte ich auf dem Flug die Papiere der Unis durchschauen oder einen Film ansehen. Aber mein Blick haftet an der Unendlichkeit da draußen. Und damit auch an dem Gedanken an das Ende der Welt. Das, was ich mit Ingvi erreichen wollte, und das, was ich mit Tyler erreicht habe. Der Grund, warum ich hier bin.

Sobald neues Land in Sicht kommt – Kanada –, kehre ich zurück in die Realität. Erst fliegen wir über eine große weiße Masse, aber nach einer Weile sind die Böden mit brauner und grüner Farbe angereichert. Die Live-Flugkarte verrät mir, dass wir nur noch eine Stunde unterwegs sein werden.

Die Dame neben mir, die kurz nach dem Abflug eingeschlafen ist, kichert jetzt.

»Schon nervös wegen des Landens?«, fragt sie neugierig, streckt sich, als ich mich zu ihr drehe.

Als sich unsere Blicke treffen, steckt sie mich mit einem Lächeln an, und ich werde sofort ruhiger.

»Eher wegen allem, was danach passieren oder auch nicht passieren wird.« Keine Ahnung, warum ich das laut ausspreche, aber sie schmunzelt.

»Besuchen Sie jemanden?« Sie grinst amüsiert.

»So was in der Art«, gebe ich zu und weiche ihrem wissenden Blick aus.

»Oh, ein Überraschungsbesuch?«

Ich runzle die Stirn. »Wie kommen Sie darauf?«, will ich wissen.

Die Frau zuckt mit den Schultern. »Na wenn Sie jemanden besuchen, aber irgendwie nur so in der Art …« Sie schiebt ihre Brille auf der Nase nach oben. »Die andere Option wäre, dass Sie auf der Flucht sind oder eine Stalkerin.« Sie schmunzelt wieder.

Das wiederum zaubert mir ein Grinsen auf die Lippen.

»Ja, ein Überraschungsbesuch«, bestätige ich deshalb. »Oder vielleicht eine Überraschung, die hoffentlich zu einem Besuch wird. Er weiß nicht, dass ich komme. Ich habe seine Nummer nicht. Aber ich hoffe, wir finden uns. Und ich hoffe …« Ich beiße mir auf die Lippe, fühle mich auf einmal komisch, das zu erzählen. »Ich hoffe, er will mich überhaupt sehen.«

»Bestimmt«, beschwichtigt sie mich. »Das tun sie meistens. Vor allem, wenn man sich für sie so lange in ein Flugzeug setzt.«

Sie tätschelt meine Schulter.

Die Landung ist weniger schlimm, als ich befürchtet habe, und danach gibt mir meine liebe Sitznachbarin noch ein paar Tipps, wo und wie ich am einfachsten an ein Taxi komme, während wir auf unsere Reisetaschen warten.

Danach geht alles fast schon zu einfach: Das Taxi bringt mich direkt zu meinem Hotel, wo ich problemlos einchecke und dann natürlich noch viel zu viel Zeit rumbekommen muss. In meinem Kopf überschlagen sich bereits die Szenarien dieses Abends. Was soll ich sagen, wenn ich Tyler entdecke? Ob er mich überhaupt von der Bühne aus sehen kann? Wohl kaum, wenn die Halle voll ist. Aber ob ich in den Backstage-Bereich komme? Schwierig. Spätestens nach dem Konzert. Oder?

Nachdem ich mich kurz in dem gemütlichen Bett herumgewälzt habe, beschließe ich, das Nickerchen, das sich eh nicht einstellen will, sausen zu lassen und stattdessen herauszufinden, wie ich zu der Konzerthalle komme. Um mich abzulenken und noch ein wenig von der Stadt zu sehen – weil ich womöglich schon am nächsten Tag sowieso wieder nach Hause fliegen muss –, nehme ich einen Bus, der zwar eine längere Strecke fährt als nötig, mich aber durch die Innenstadt führt.

Mit jedem Wolkenkratzer, an dem wir vorbeifahren, weiten sich meine Augen mehr, weil ich gar nicht recht fassen kann, wie hoch die eigentlich sind. Auch wenn Reykjavík die größte Stadt Islands ist, haben wir kein einziges so hohes Gebäude, abgesehen von der ikonischen Hallgrímskirkja, aber selbst die kann hier nicht mehr mithalten. In Island haben wir einfach genug Platz, um in die Breite zu wachsen, sodass es nicht nötig ist, die Höhe zu erschließen. Ich nehme bestimmt Hunderte Fotos mit dem Handy auf, oute mich damit selbstverständlich als typische Touristin, und verstehe vielleicht zum ersten Mal, warum die Touristen in Island immer so begeistert Fotos machen. Als mir das bewusst wird, muss ich lächeln. Bin ich gerade dabei, Verständnis für Touristen zu entwickeln?

Wow, Saga, du wirst ja plötzlich so weltoffen.

Dass es schon bald dämmert, irritiert mich, obwohl es mittlerweile auch in Island wieder dunkel wird, nur eben nicht so früh am Tag. Mir ist etwas mulmig zumute, als ich schließlich an der Haltestelle aussteige, die ich rausgesucht hatte. Ich atme tief ein und komme wieder in der harten Realität an. Gleich ist es so weit.

Ich laufe auf den Halleneingang zu und runzle irritiert die Stirn, weil die Türen geschlossen sind und der Vorplatz leer ist. Ein Blick auf die lokale Zeit bestätigt mir, dass das Konzert in etwa einer Stunde losgeht. Dann müsste hier doch zumindest eine kleine Schlange von Fans anstehen, oder nicht? Nervös laufe ich um das Gebäude herum. Nichts.

Wie erstarrt bleibe ich stehen. Ich werde mich doch nicht etwa im Tag vertan haben? Ich reiße die Augen auf, hole das Ticket noch einmal aus der Hosentasche. Tag und Zeit stimmen. Aber ...

Hektisch ziehe ich Google Maps hervor, nur um festzustellen, dass ich kein Netz habe. Fluchend laufe ich zurück zum Eingang und vergleiche den Namen, der darüber prangt mit dem Namen auf dem Ticket. *O nein!*

Mir fallen fast die Augen aus dem Kopf: Es ist die falsche Halle!

Ein heißes, unangenehmes Gefühl steigt in mir auf. Was soll ich jetzt machen? Ich schaue mich an diesem fremden Ort um, während mein rasendes Herz die Welt um mich zum Schwanken bringt. Weder habe ich Tylers Nummer, noch habe ich ein Netz, um jemanden zu erreichen.

Was soll ich jetzt machen? Ich fluche leise, renne auf weichen Knien zur Straße zurück. Ein kalter Schauer läuft mir den Rücken herunter. Hier, mitten in dieser großen, fremden Stadt, fühle ich mich einsamer und verlorener, als ich mich je in den Bergen gefühlt habe. Was habe ich mir nur dabei gedacht, allein hierherzukommen? Ohne Plan B?

Durchatmen! Ich versuche, mich zu sammeln. Aufgeben steht nicht zur Debatte. Nein. Ich habe keine Wahl.

Schnell haste ich zurück zur Bushaltestelle und versuche, auf der dort hängenden Karte herauszufinden, wo die

Halle ist, zu der ich eigentlich will. Meine Finger zittern, aber ich atme immer wieder tief ein und aus, um mich zu beruhigen.

Beim ersten Bus, der hält, frage ich den Fahrer, wie ich zur richtigen Konzerthalle komme. Er verweist mich auf eine andere Busnummer, die direkt hinter ihm einfährt.

Gut! Alles wird gut.

Ich frage den zweiten Fahrer nach der Haltestelle, und sobald er diese bestätigt, atme ich erleichtert auf. Immer wieder wandert mein Blick auf die Uhr. Selbst wenn ich etwas zu spät kommen sollte, ist das doch okay. Immerhin sollte man auch nach Konzertbeginn noch reindürfen.

Nachdem ich angekommen bin, entdecke ich schnell die richtige Halle, deren Türen offen stehen. Vereinzelte Besucher gehen noch rein, obwohl drinnen schon ein paar Töne angespielt werden, die aber von der Vorband sein müssen, wenn ich mich nicht irre. Gut. Die Vorband darf machen, was sie will. Hauptsache, ich bin im Saal, wenn der Hauptteil losgeht. Ich haste trotzdem zum Eingang, schaue mich währenddessen nach dem Tourbus um, auch wenn sie logischerweise längst alle drinnen sein müssen.

Der Saal ist bis zum Anschlag gefüllt, und es gibt dort kein Durchkommen nach vorne durch die bereits eifrig jubelnden Fans. Dafür hätte ich wohl sehr viel früher hier sein müssen. Dumm von mir. Nach wenigen Minuten verliere ich fast meinen Gehörsinn im Lärm der vollen Halle und gebe mich geschlagen. Zur Bühne werde ich nicht durchdringen können. Angespannt betrachte ich den Bühnenbereich und die Türen.

Hier habe ich keine Chance, Blickkontakt mit Tyler aufzunehmen. Ich gehe noch mal nach draußen, versuche es von der anderen Seite. Aber die Menge ist durch die Vorband so sehr am Toben, dass das einfach nicht klappt.

Fluchend verlasse ich den Saal und ergötze mich an der frischen Luft, die durch die offenen Hallentüren in den Eingangsbereich strömt.

Unmutig laufe ich durch den Bereich mit der Bar und dem Merchandise und entdecke dort einen abgesperrten Teil.

Meine Augen werden größer. Der Backstage-Bereich!

Ich halte einen Moment lang die Luft an. Die Barleute sind beschäftigt. Am Merchandise-Stand tippt jemand gelangweilt auf seinem Handy herum.

Zur Sicherheit schaue ich mich um, entdecke außer mir und der Person am Stand niemanden, dem ich auffallen könnte. Ich gebe also schnell meinen Rucksack bei der Garderobe ab und laufe erhobenen Hauptes auf den Backstage-Bereich zu, als würde ich dazugehören, als wäre es ganz natürlich, dass ich dort durchlaufe. Wie war das noch? *Fake it til you make it!* So bekommt man, was man will, richtig? Wenn niemand anzweifelt, dass ich dazugehöre, wird mich auch niemand aufhalten.

Mein Herz droht trotzdem in meiner Brust zu explodieren, während ich mich an der Absperrung vorbeidränge. Ich bin so nervös, dass ich kaum atmen kann. Ganz bestimmt steht mir die Lüge ins Gesicht geschrieben. Aber ich gehe weiter, denn da ist niemand, der mich aufhalten könnte.

Als ich die letzte Tür, die mich vom Backstage-Bereich trennt, anfasse, kann ich nicht glauben, dass ich das wirklich tue und dass ich damit durchkomme. Doch als die Tür aufgeht, ehe ich an dem Griff ziehen kann, erstarre ich.

Fuuuuuuuck!

Nur eine Sekunde später steht ein bulliger, riesiger Bodyguard vor mir.

Kapitel 24

Der Bodyguard kneift die Augen leicht zusammen und mustert mich misstrauisch. Unter seinem Blick fühle ich mich auf einmal ganz klein und mache einen Schritt zurück. Ich halte den Atem an, während er seine Augenbrauen unmutig nach oben zieht.

»Verlaufen?«, fragt er grimmig, sodass ich mir nervös über die Lippen lecke.

Einfach weglaufen wäre vermutlich die simpelste und effektivste Option. Stattdessen atme ich tief ein und blicke ihm erhobenen Hauptes entgegen.

»Ich bin eine Freundin von Tyler«, sage ich entschlossen.

»Eine Freundin von Tyler, hm?« Er mustert mich weiter unbeeindruckt.

»Ja. Tyler Lawrence von –«

»Ist schon klar. Von der Band.« Er schmunzelt. »Natürlich kennst du ihn.« Er stemmt die Arme in die Hüften und blickt mich abwartend an. »Ist mein Buddy. Deiner vermutlich auch.«

»Ja!«, rufe ich aus wie ein Trottel und will mir am liebsten selbst eine Kopfnuss geben, weil er sich natürlich lustig über mich macht und ich voll drauf eingehe. Ich unterdrücke ein lautes Grummeln und setze noch einmal neu an. »Er war doch in Island für ein paar Monate. Wir haben uns da in den Bergen kennengelernt«, erkläre ich.

»Wir sind ziemlich ... enge Freunde geworden. Wenn Sie ihn kurz fragen, wird er –«

»Keine Ahnung wovon du sprichst, aber hör mal, Mädel, die Band tritt gleich auf, und ich habe Besseres zu tun, als hier mit dir zu diskutieren.« Er zieht sein Handy hervor. »Wenn du auf der Gästeliste stehst, überleg ich's mir noch mal. Name?«

Ich blicke ihn perplex an. Mein Herz macht einen Sprung. Das könnte es sein! Wenn Tyler mich tatsächlich noch in seinem Leben haben will, dann würde er mich womöglich auf die Gästeliste setzen, oder? Aber ... habe ich ihm je meinen vollen Namen gesagt? Ich schlucke.

»Saga Rún Magnúsdóttir.«

Er sieht nicht zur mir auf, reagiert nicht einmal auf meinen Namen, scrollt aber durch sein Handy.

»Nicht auf der Liste«, sagt er schließlich und zerschießt damit meine letzte Hoffnung. »Also entweder gehst du jetzt oder verschwindest in den Saal. Backstage kommt niemand rein.« Er deutet auf den Türknauf, den man von außen nicht öffnen kann. »Ich kann dich sonst auch gern nach draußen begleiten.«

Ich presse meine Lippen zusammen, um nicht zu frustriert zu wirken. Dann nicke ich enttäuscht und gehe mit gesenktem Kopf davon.

Das war wohl nichts. Dabei war ich fast drin. So ein Mist!

Zurück im Eingangsbereich, lasse ich mich an der Wand auf den Boden sinken und lege meinen Kopf auf meine Knie.

Das hier hätte eine fantastische Idee sein sollen, und jetzt ist es der blödeste Einfall, den ich je hatte. Wieso bin ich überhaupt davon ausgegangen, dass ich ihn auf einem Konzert mit Tausenden Zuschauern erreichen könnte?

Ich habe ihm gesagt, er soll abhauen. Habe ihn damit aus meinem Leben mehr oder weniger rausgeschmissen. Und selbst wenn er mir diesen Songtext hinterlassen hat, heißt das nicht, dass er mich nicht längst aufgegeben hat.

Betrübt ziehe ich das Stück Papier aus meiner Hosentasche, lese die Worte und versuche, dabei nicht wieder loszuheulen.

Was bin ich nur für ein Vollpfosten!

Ich stöhne auf, nehme mein Handy und tippe auf dem Display herum. Erleichtert entdecke ich kostenfreies W-Lan und wähle mich ein. Ob ich heute noch einen Flug zurück nach Hause bekommen kann? Wir waren uns so verdammt sicher, dass wir den Rückflug nicht mitgebucht haben. Noch so eine Sache, die jetzt so völlig unsinnig erscheint. Wie blauäugig kann man eigentlich sein?

Mich erreicht ein Schwung aufgeregter Nachrichten von Margrét, Hildur und Einar.

Ich wische sie alle zur Seite und drücke auf Margréts Kontakt, bin kurz davor, sie anzurufen. Allein bei dem Gedanken, mit ihr zu sprechen, kommen mir die Tränen, also stoppe ich mich. Wenn ich sie anrufe und darum bitte, würde sie mir definitiv helfen, so schnell wie möglich zurückzukommen. Ich kann wahrscheinlich so lange bei ihr wohnen, bis wir uns zu zweit was gesucht haben oder ich selbst eine kleine Wohnung gefunden habe.

Meine Finger verkrampfen sich ums Handy. Will ich das wirklich? Allein bei dem Gedanken, zurück nach Reykjavík zu gehen, stellen sich meine Nackenhärchen unangenehm auf. Die Stadt fühlt sich längst nicht mehr heimisch an, nicht so wie vor Ingvis Tod. Aber nach Thórsmörk kann ich auch nicht zurück, weil die Saison fast zu Ende ist.

Nein, das geht alles nicht. Ich stecke das Handy wieder in die Hosentasche, drücke kurz die Hände an meinen Kopf.

Und dann wird mein Körper ganz ruhig.

Was hätte die »alte« Saga gemacht? Wie wäre sie mit Tyler in Kontakt gekommen? Was hätte sie alles riskiert, um in den Backstage-Bereich zu kommen? Ich versuche, es mir auszumalen. Ihr hat niemals etwas im Weg gestanden. Nein, falsch. Sie hat nichts in ihrem Weg stehen lassen, hat sich immer durchgebissen. Egal, wie unrealistisch ihre Ziele auch waren.

Als ich das verstehe und verinnerliche, als ich *sie* vor meinem inneren Auge aufstehen sehe, atme ich tief ein und tue es ihr nach. Versuche, wieder *sie* zu sein.

Selbstsicher gehe ich an der Bar vorbei und nehme den Raucher-Ausgang, der noch zum Bereich der Halle gehört, wo man aber kurz nach draußen gehen kann, ohne noch einmal durch den Security-Check zu müssen. Die kühle Luft tut gut auf der Haut, weil es drinnen so stickig ist, dennoch rümpfe ich die Nase, als mir der Zigarettenrauch von zwei Rauchern in die Nase steigt. Die beiden jungen Männer unterhalten sich und lachen, schenken mir keine Aufmerksamkeit. Selbst wenn sie mich beobachten würden, wäre mir das jetzt egal. Was ich vorhabe, ist wichtiger.

Ich gehe an ihnen vorbei und analysiere die Lage. Der kleine Hof ist natürlich zeitweise für das Konzert ebenfalls abgesperrt, nach außen und nach innen. Rechts von mir steht ein Bauzaun, aber dahinter befinden sich Fenster vom hinteren Teil der Halle. Vom Backstage-Bereich. Zumindest vermute ich das.

Nachdenklich betrachte ich den metallenen Zaun, lecke mir nervös über die Lippe, drehe mich aber nicht zu meinen zwei potenziellen Beobachtern um. Stattdessen hole ich tief Luft, schüttle meine Hände aus und taste mich dann die Metallstäbe empor. Mit dem Fuß suche ich auf der unteren Stange nach Halt, mit den Händen halte ich mich so weit oben wie möglich fest.

»Keine gute Idee«, kommentiert einer der beiden Jungs schmunzelnd.

Gekonnt ignoriere ich ihn und ziehe mich nach oben. Die dünnen Metalldrähte schneiden schmerzhaft in meine Haut, sodass ich die Lippen zusammenpresse. Ich halte die Luft an und überwinde den Schmerz, um hochzukommen. Mit den Füßen suche ich schnell nach der nächsten Lücke etwas weiter oben, um dort draufzusteigen, und erreiche so die dicke Abschlussstange mit beiden Händen. Bevor meine Füße von den dünnen Drähten rutschen können, mache ich den nächsten Schritt. Meine Arme zittern leicht unter der Anstrengung, während ich mich hinaufziehe, weshalb ich schnell mein Bein über den höchsten Punkt schwinge und mich dann oben festklammere.

Die beiden Raucher lachen, sagen jedoch kein weiteres Wort. Ich hocke kurz unschlüssig auf der obersten Stange und spiele mit dem Gedanken runterzuspringen, entscheide mich aber dagegen. Mir hier ein Bein oder einen Knöchel zu brechen, wäre verdammt unpraktisch. Stattdessen schwinge ich umständlich das zweite Bein auf die andere Seite. Fast verliere ich das Gleichgewicht, klammere mich jedoch panisch fest und lasse dann beide Beine langsam nach unten. Erst das letzte Stück überwinde ich mit einem Sprung. Meine Knie sind unendlich weich und zittrig, aber ich bin erleichtert. Das überraschende Klatschen der Jungs lässt mich erschrocken zusammenfahren. Als ich mich umdrehe, sehe ich aber ihr wohlwollendes Lächeln und bin augenblicklich stolz auf mich.

»Wir sagen nichts.« Der eine zieht augenzwinkernd an seiner Zigarette und deutet mit seinem anderen Daumen nach oben.

Ich nicke dankbar und eile den kleinen Pfad am Gebäude entlang, der zu einem offenen Fenster führt. Da ich zu klein bin, um es zu erreichen, schiebe ich eine Mülltonne davor, auf die ich raufklettere und vorsichtig einen Blick durch die Scheibe erhasche.

Meine Augen weiten sich, weil dort jemand direkt vor mir im Flur steht. Hastig ziehe ich den Kopf wieder ein, mache mich so klein wie möglich und halte den Atem an, damit man mich nicht hört.

Erst als die Schritte sich entfernen, wage ich es wieder, einen Blick hineinzuwerfen, und atme auf. Zur Sicherheit warte ich noch etwas ab, bevor ich mich aufs Fensterbrett hochziehe. Beim Aufstehen wackelt die Mülltonne so sehr, dass ich fast das Gleichgewicht verliere und runterfalle. Mit einem unterdrückten Aufschrei fange ich mich, kralle mich am Fensterrahmen fest und warte, bis die Tonne wieder stabil steht. Erneut halte ich den Atem an. Fast geschafft. Ich hab's fast geschafft.

Dann schließe ich die Augen und nicke, um mich selbst zu überzeugen, dass das hier nicht total in die Hose gehen wird, weil es ein überaus grandioser Plan ist!

So leise wie möglich klettere ich durchs Fenster und finde mich in einer Abstellkammer wieder, deren Tür in den Flur mit einem Eimer offen gehalten wird, vermutlich, um frische Luft ins stickige, menschenüberfüllte Gebäude zu lassen.

Missmutig schleiche ich zum Türrahmen und schiebe meinen Kopf langsam und vorsichtig hindurch. Der Flur ist lang, und ein paar der hellen Lichter flackern. Aber in diesem Moment ist niemand dort zu sehen. Das muss ich ausnutzen. Und zwar schnell!

Möglichst lautlos haste ich durch den langen Gang und begutachte jede Tür eingehend. Die meisten Aufschriften sagen mir nichts. Unschlüssig beiße ich auf meiner Lippe herum, während von irgendwoher Geräusche von der Bühne ertönen.

Erschrocken zucke ich zusammen, als ich erneut Schritte höre, und quetsche mich durch die nächstbeste Tür. Die Schritte werden lauter, und als ich rückwärtsgehe, stoße ich an eine Kante. Ich springe weg und rümpfe die Nase, denn es riecht nach ... oh! Mit geweiteten Augen sehe ich mich um: Ich bin auf dem Männerklo gelandet. Die Schritte kommen näher.

Fuck! Wenn jetzt jemand hier aufs Klo will!

Hastig reiße ich die Kabinentür auf und verschließe sie von innen, stelle mich auf den Klodeckel und halte die Luft an. Die Tür zum WC öffnet sich tatsächlich, und eine genervte Männerstimme stöhnt auf.

Die Schritte laufen an der Kabine vorbei rüber zum Pissoir.

Ich drücke mir eine Hand auf den Mund, während ich dem leisen Plätschern lausche. Verzweifelt versuche ich, nicht aufzulachen, weil diese Situation so absurd und lächerlich ist. Was mache ich nur hier?

Wer-auch-immer wäscht gemütlich die Hände und verlässt das Bad seufzend. Erleichtert atme ich endlich wieder und muss gleich einen Brechreiz unterdrücken. Dass nicht einmal die Backstage-Toiletten richtig sauber sind, enttäuscht mich wahrlich. Angewidert verlasse ich die Kabine und ziehe die Tür hastig auf, um mich nicht doch noch vor Ekel zu übergeben. Aber statt in Freiheit entlassen zu werden, laufe ich noch auf der Schwelle in etwas beziehungsweise jemanden hinein. Der unerwartete Aufprall lässt mich nach hinten wanken und auf den Hintern fallen.

»Ihhh! O Gott!« Ich fluche laut und versuche angewidert, den ekligen Boden auf keinen Fall anzufassen.

In dem Moment lacht mein Gegenüber auf, was mich stutzig aufschauen lässt. Der junge Mann beobachtet mich amüsiert, presst sich eine Hand auf seinen lachenden Mund und schüttelt den Kopf. Dann, ohne etwas zu sagen, reicht er mir die Hand und hilft mir auf die Beine.

»Ja, ziemlich widerlich, oder?« Er schmunzelt weiter. Kurz sprachlos, mustere ich ihn, habe das Gefühl, dass er mir seltsam bekannt vorkommt. Gehört er zur Band? Er trägt eine Kappe und ein lockeres Trägertop. Amüsiert zieht er die Augenbrauen hoch, das Grinsen seiner gepiercten Lippen wird breiter. »Und du bist …?«

Schnell reiße ich meine Hand von ihm los und schlucke.

»Ein Groupie vielleicht?« Sein Blick wandert an meinem Körper herunter. »Oder nur ein einfaches Fangirl? Respekt, es schafft normalerweise niemand hier rein.«

»Ich bin kein …« Entrüstet schüttle ich den Kopf. »Ich bin kein Groupie. Und auch kein Fangirl. Ich kannte die Band vor diesem Sommer noch nicht mal!« Ich mache einen Schritt zurück, verschränke die Arme vor der Brust.

»Nicht?« Er kneift die Augen etwas zusammen. »Du versteckst dich einfach so auf dem Backstage-Männerklo?«

»Okay.« Ich weiche seinem Blick aus. »Ja, ich habe mich reingeschlichen.«

»Aha!« Jetzt verschränkt auch er die Arme, wartet aber geduldig darauf, dass ich weiterspreche.

»Ich hab mich nur reingeschlichen, weil dieser Bodyguard-Typ mich nicht reinlassen wollte«, erkläre ich. Da er darauf nicht eingeht, setze ich noch mal neu an. »Ich bin eine Freundin von Tyler. Wir haben uns in Island kennengelernt. Und ich wollte gern mit ihm sprechen.«

»In Island?« Sein Gesicht wird etwas ernster. »Ist das so?«

»Ja!« Meine Augen werden größer. Er hat anscheinend davon gehört, dass Tyler in Island war. Vielleicht ist er sogar ein Bandkollege. »Wir haben den Sommer zusammen in den Bergen verbracht. Saga ist mein Name.« Ich nicke, als würde das irgendetwas bewegen, doch mein Gegenüber bleibt davon unberührt.

»Schätzchen, selbst wenn du irgendwie rausgefunden hast, dass er über den Sommer in Island war, kann das jeder behaupten.« Er mustert mich eingehend.

»Hat er ...« Ich schlucke, die Welt um mich herum scheint kurz zusammenzufallen. »Hat er nichts erzählt?« Hat ihm unser Sommer so wenig bedeutet?

Schweigsam mustert mich der junge Mann weiter, als würde etwas in seinem Kopf arbeiten.

»Was ist Tylers liebste Dorito-Sorte?« Er stemmt die Hände in die Hüften, betrachtet mich geduldig.

Ich weiche verwirrt einen Schritt zurück.

»Was?« Stirnrunzelnd schmunzle ich. »Nacho Cheese? Offensichtlich.«

»Okay.« Er nickt, wirkt aber immer noch skeptisch. »Wobei das die Lieblingssorte von beinahe allen ist. Wie nennt er seine Gitarre?«

Ich blinzle, nicke lachend. Daher weht der Wind. Er testet mich.

»Baby.«

»Lieblingsband?«

»Bring Me The Horizon.«

»Lieblingskuchen?«

»Karottenkuchen von seiner Mutter.«

»Guilty Pleasure?«

Ich lache auf. »Keine Ahnung, warum ich das weiß, aber: Erdnussbuttertoast in Erdbeermilchshake getunkt.«

Seine Augenbraue zuckt. »Pyjama- oder Nacktschläfer?«

Verdutzt schaue ich ihn an, seufze, als ich sein süffisantes Grinsen entdecke. »Unterwäscheschläfer.«

Er lacht auf. »Wow, okay, okay. Die letzte und wichtigste Frage des Tages: Liebster Bandkollege?« Er wackelt grinsend mit den Augenbrauen, sodass der Groschen seiner Identität bei mir fällt. Der Schlagzeuger also. Deshalb kam er mir bekannt vor. Ich muss ihn online auf einem Bild von der Band gesehen haben.

»Chuck.«

»Ding, ding, ding! Richtige Antwort!« Auf einmal tätschelt er meine Schulter, als würden wir uns kennen. »Okay, entweder bist du wirklich mit ihm in Island gewesen, oder du bist eine echt verrückte Stalkerin. Aber wenn du das alles irgendwie herausgefunden hast, habe ich schon wieder Respekt vor dir.«

Augenrollend schüttle ich den Kopf.

»Und kannst du mich zu ihm bringen?« Meine Hoffnung ist plötzlich zurück. Ich presse dennoch bittend die Hände zusammen.

Chuck seufzt, zuckt schuldbewusst mit den Schultern.

»Ich fürchte, er ist auf der Bühne. Reicht es danach?«

Verwirrt runzle ich die Stirn.

»Warum bist *du* nicht auf der Bühne?«, will ich wissen.

»Weil ich pinkeln musste und Tyler mit seinem akustischen Set losstartet.« Er mustert mich eingehend. »Okay. Egal. Weißt du was? Komm einfach mit.«

»Was?« Verwirrt starre ich ihn an, folge ihm aber, als er meinen Unterarm nimmt und mich mit sich zieht.

Ehe ich mich versehe, rennen wir zusammen den langen Gang hinunter. Stimmen fliegen aus Richtung der Bühne durcheinander durch die Luft. Aufgeregte Stimmen. Fans. Mein Puls beschleunigt sich. Wir rennen durch einen kleinen Raum, wo mich einer der Bodyguards zwar skeptisch mustert, aber durch Chucks Geschwindigkeit gar keine Zeit hat, mich anzusprechen oder uns aufzuhalten.

Als wir plötzlich vor einem dicken schwarzen Vorhang stehen, stockt mir der Atem. Die Sicht ist zwar versteckt, aber die Stimme, die zu uns durchdringt, würde ich unter Hunderten erkennen. Zögerlich mache ich einen Schritt zurück.

Was denke ich eigentlich, was ich hier tue?

Chuck zupft an meinem Arm, schlägt den Vorhang zur Seite, sodass Tylers Gesang durch die Luft zu uns herübergetragen wird, als stünde er direkt neben uns. Aber ich bleibe wie erstarrt. Ich kann doch nicht einfach hier auftauchen und erwarten, dass er mit mir sprechen will. Das habe ich gar nicht verdient, das habe ich längst verkackt.

Seine sanfte Stimme mit der gewohnten Gitarrenbegleitung beschert mir Gänsehaut am ganzen Körper. Worte und Melodie sind vom alten Album, das ich bisher nur über Kopfhörer gehört habe. Die Menge singt mit, und der Boden und die Luft scheinen zu vibrieren und nicht mehr damit aufzuhören.

Ich nehme es den Fans nicht übel. Tylers Stimme tut gut und tut weh zur gleichen Zeit. Ich weiß, worüber er da singt, worüber er damals die Songs geschrieben hat, und mein Herz bricht ein wenig. Aber ich weiß auch, dass er durch all das gewachsen ist, und freue mich für ihn.

Als er das nächste Lied anfängt, bekomme ich noch mehr Gänsehaut, halte die Luft an. Den Song kenne ich, den Song habe ich so oft beim Álftavatn gehört. Manchmal haben wir ihn sogar zusammen gesungen, nachdem die Lyrics feststanden. Wie gerne wäre ich jetzt dort bei ihm.

»Ziemlich cooler Mist, den er in Island fabriziert hat. Und ich glaube, du hattest einiges damit zu tun, hm?«, flüstert Chuck, hält den Vorhang noch ein wenig weiter auf, sodass ich einen Blick auf Tyler erhasche. Mein Herz scheint stehen zu bleiben, und die ganze Welt um uns scheint zu verschwinden. Da ist nur noch er.

Tyler sitzt vorn auf der Bühne, die Beine hängen herunter. Es sind nur er und seine Gitarre. Und er singt sich die Seele aus dem Leib, während die Fans bei dem neuen Song mit einstimmen, obwohl sie ihn kaum kennen können. Zwischendurch hält er das Mikro in die Menge, lässt die Fans singen. Ich sehe nur seinen Hinterkopf, aber ich bin ziemlich sicher, dass er gerade lächelt. Mein Herz wird ganz warm.

Aber dann ist der Song zu Ende, und ich spüre Hände an meinen Armen, und ohne dass ich mich dagegen wehren könnte, werde ich auf die Bühne geschubst.

»Tyler!«, ruft Chuck neben mir, sodass Tyler aufschaut und sich unsere Blicke treffen.

Mit voller Wucht.

Seine Augen weiten sich. Zögerlich steht er wortlos auf. Der ganze Saal ist still. Es fühlt sich an, als würde er direkt vor mir stehen, und gleichzeitig liegen da Kilometer zwischen uns. Die Luft ist dick und schwer und trotzdem federleicht, fast schon schwerelos. In meinem Bauch dreht sich alles einmal um sich selbst. In seinen Augen lese ich Verwirrung und sehe Tausende Gedanken durcheinanderschießen. Dann formen sich Tylers Lippen zu einem Lächeln, und er geht langsam auf mich zu.

Zu perplex, um mich zu bewegen, bleibe ich wie erstarrt stehen, kämpfe gegen den Drang an, mich umzudrehen und wegzulaufen.

Tyler öffnet den Mund, scheint etwas sagen zu wollen und tut es dann doch nicht. Seine Augen und sein Lächeln sind so warm, dass ich mich darin verliere. Meine Knie sind weich wie Pudding, als er vor mir stehen bleibt und mir fest in die Augen blickt. Erst jetzt sehe ich, wie feucht seine Haare sind, wie schweißnass seine Arme und sein Gesicht sind, das T-Shirt ebenfalls. Ganz automatisch will ich ihm die Haare von der Stirn wischen, die dort drankleben. Aber ich stoppe mich. Die Nähe, die wir zueinander hatten, habe ich doch kaputtgemacht. Oder?

»Es tut mir so leid«, flüstere ich, ehe ich die Worte hinter einer Mauer in meinem Mund gefangen halten kann. Und jetzt, wo sie erst mal raus sind, kann ich sie nicht wieder hineinschieben.

Tyler schüttelt den Kopf, lächelt immer noch. Fast so, als wäre er erleichtert.

»Du siehst fürchterlich aus«, stellt er schmunzelnd fest. Und als hätte sich nie etwas zwischen uns geändert, als hätte ich ihn nie so harsch aus meinem Leben entlassen, ist er es, der mir ein paar Haarsträhnen aus dem Gesicht streicht. »Du weißt schon, dass du jetzt gleich genau so, wie du jetzt bist, mit mir auf der Bühne stehen wirst. Ja? Das ist das Mindeste.« Er zwinkert.

Ich reiße die Augen auf.

»Was?« Panisch blicke ich von ihm zu Chuck, der abwehrend die Hände hebt. »Das ist … das … das geht nicht.«

Doch Tyler macht eine Handbewegung, und einer der Bühnenassistenten drückt mir ein Mikro in die Hand.

»Also?«, fragt Chuck herausfordernd. »Habt ihr's bald, oder wollt ihr die Fans weiter warten lassen?«

Auch der Bühnenassistent mustert Tyler nervös. Dieser leckt sich angespannt über die Lippen und nimmt meine Hand. »Der nächste Song ist für uns beide.«

»Tyler!«, zische ich. »Ich kann doch nicht … du bist wahnsinnig. Das ist doch euer Konzert! Schau mich an! Und singen? Vor den ganzen Leuten? Was denken die denn? Ich will nicht, dass …«

»Mach einfach mit.« Tyler schmunzelt, seine Augen strahlen. Ein Strahlen, das mich merkwürdig glücklich macht. Ganz tief drin. Ist er auch glücklich? Freut er sich wirklich, dass ich hier bin? Ich hatte Angst, dass er mir vorwirft, was passiert ist. Ich war doch so grausam zu ihm. Wie kann er mich so einfach wieder in sein Leben lassen?

Aber ich kann mich nicht wehren. Er zerrt mich auf die Bühne mit sich. Ich mache einen geschockten Schritt zurück, als mir das Ausmaß der Menge bewusst wird, die sich auf einmal vor uns ergießt.

»Was zur …!«, flüstere ich leicht panisch.

»Sorry, Leute!« Tylers Stimme ist so laut durchs Mikrofon, dass ich zusammenzucke. »Aber ich musste die liebe Saga jetzt schnell auf die Bühne holen. Wir haben den Sommer nämlich zusammen verbracht, und sie war ein wichtiger Bestandteil dieses neuen Albums. Ohne sie gäbe es das Album vermutlich gar nicht. Und ich will gleich ein paar der Songs mit ihr singen, die wir zusammen geschrieben haben. Aber …« Mahnend hält er seinen Zeigefinger in die Höhe. »Der nächste ist nicht *mit* ihr, sondern *für* sie entstanden.« Mit seinem breiten, wie eine Sonne strahlenden Lächeln fixiert er sich völlig auf mich.

»Saga.« Er holt tief Luft. »Danke für alles!«

Mit seiner Gitarre stimmt er eine Melodie an, die ich nicht kenne, die mir aber sofort ein warmes Gefühl gibt. Tylers Blick hält sich an meinem fest.

She locked her heart away
Letting nobody stay
Too long before she goes
Like she already knows
I get lost in her eyes' ocean
Don't know how to call that emotion

Tränen sammeln sich in meinen Augen, als ich die Worte, die ich bestimmt Tausende Male von seinem Zettel gelesen habe, zum ersten Mal aus seinem Mund höre. Tylers Stimme ist wie eine warme Decke, die sich um mich wickelt und in der ich mich verliere.

I just get lost in her smiles
Follow her no idea how many miles
Follow her until the end of the sea
Until she knows who to be
Until she realizes what we already know
That she always had that glow
She just got lost for a minute
Never quite reaching her limit

I just get lost in her smiles
Get lost in her smiles
No matter how many miles
I just get lost in her smiles

Tränen strömen meine Wangen hinunter, und ich bin zwiegespalten zwischen Schluchzen und diesem unangenehmen Gefühl, wenn einem jemand Happy Birthday vorsingt. Also drücke ich mir eine Hand auf den Mund und nicke Tyler zu, während er die letzten Töne anspielt.

Ich lache auf, als er meine Hand von meinem Mund nimmt und mich warmherzig angrinst. In seinen Augen glitzert ebenfalls etwas. Dieser Idiot. Dieser fiese Idiot.

Seine beiden Hände nehmen meine, und er sieht mir weiter fest in die Augen. Dann zieht er mich leicht zu sich und legt seine Stirn an meine. Ich spüre seinen Atem, er muss meinen auch spüren, und ich muss mich wirklich bemühen, nicht zu hyperventilieren oder loszulachen. Oder beides. Für ein paar Momente bleiben wir so dort stehen. Stirn an Stirn. Nah an nah.

Dann bricht das Publikum in Jubel aus. Ich zucke zusammen, hatte fast vergessen, dass wir nicht allein hier sind.

Und dann lachen Tyler und ich lauthals.

So laut, dass wir die Menge fast übertönen können, aber nur fast.

Kapitel 25

Nach dem Konzert dröhnen meine Ohren immer noch. Aber gleichzeitig ist der Adrenalinpegel in meinem Blut so hoch, dass mein Körper wie auf Wolken ist und ich nicht aufhören kann zu grinsen. Vielleicht ist meine Hand in Tylers dafür auch mitverantwortlich. Wir laufen langsam den Flur hinunter, gehen immer mal wieder jemandem aus dem Weg.

»Du bist mir also tatsächlich nachgereist, hm?« Tyler grinst breit und, wenn ich mich nicht irre, genüsslich. »Wusste gar nicht, dass du so romantisch bist. Ist ja fast wie in Hollywood.«

Ich verdrehe die Augen, sodass er auflacht und mich in die Arme schließt. Wie gerne würde ich einen sarkastischen Kommentar dazu abgeben, aber leider hat er recht. Ich bin ihm hinterhergereist. Vielleicht stimmt es, was Chuck gesagt hat. Ich bin ein Fangirl. Das größte vermutlich.

»Tja.« Ich zucke mit den Schultern. »Das Freiticket für die Welttournee wollte ich mir nicht entgehen lassen.« Ich stupse ihn am Arm.

»Stimmt, du hattest aber gar keinen Backstage-Pass, oder?« Stirnrunzelnd sieht Tyler sich um. »Wie bist du hier eigentlich reingekommen? Wie hast du es an den Sicherheitskräften vorbei geschafft?«, will er neugierig wissen.

»Uhm.« Ich drehe mich schnell weg. »Fenster«, nuschele ich.

»Nein!« Ungläubig schüttelt er den Kopf. »Wirklich? Unglaublich! Illegal also.« Er lehnt seinen Kopf an meine Schulter und schmunzelt. »So engagiert?«

»Alles für dich«, spotte ich und meine es tief in mir drin vermutlich sogar ernst. Er war mit mir zwar schon am Ende der Welt, aber vermutlich wäre ich ihm auch ans andere Ende der Welt nachgereist.

Wow! Besessen nennt man das auch, liebe Saga.

Wir schlendern zur Tür des Hinterausgangs, die uns nach draußen in die frische Nachtluft führt.

Tyler reibt sich die Arme, und auch ich ziehe meinen Mantel enger. Wie von selbst wandert unser beider Blick nach oben.

Die Stadt ist zu hell, um Sterne zu entdecken, trotzdem habe ich das Gefühl, das ein oder andere Licht aufleuchten zu sehen.

»Absurd.« Ich atme tief ein.

»Was?« Tyler streicht über meinen Handrücken.

»Dass wir beide hier in Toronto sind. Also so ganz wirklich.« Ich schüttle den Kopf. »Vielleicht träume ich gerade einfach.«

»Ich wohl auch. Ein schöner Traum.« Er sucht meinen Blick. »Und du bist sicher, dass du bleiben willst? Dass du mit uns rumfahren und -fliegen willst? Das kann ganz schön stressig werden.« Seine Hand drückt meine fester. »Aber ich würde mich natürlich riesig darüber freuen.«

»Ich bin mir verdammt sicher, dass ich das will.« Zumindest sicher genug. Ich zucke mit den Schultern. »Ich freue mich drauf.« Obwohl vorher alles so kompliziert schien, fühlt sich jetzt auf einmal alles so leicht an. Als hätte ich den schwersten Schritt bereits hinter mir, und jetzt, wo ich endlich frei atmen kann, käme ein neues Kapitel.

»Hm«, mache ich nachdenklich.

»Was?«, will Tyler wissen, mustert mich neugierig.

»Irgendwie ...« Mit gerunzelter Stirn schaue ich noch einmal hoch in den Himmel und suche dann Tylers Blick. »Irgendwie fühle ich mich gar nicht mehr so verloren. Obwohl ich hier in einer Stadt bin, in einem Land, in dem ich noch nie zuvor war. Auch wenn das eigentlich total gruselig sein sollte, empfinde ich es gar nicht so.«

»Auch ohne deinen ... Nordstern«, stellt Tyler fest, als würde er ganz genau verstehen, worauf ich hinauswill. Nein, nicht nur als würde, er versteht es sogar wirklich.

»Auch ohne meinen Nordstern.« Das Lächeln, das sonst immer so wehgetan hat, wenn ich an Ingvi gedacht habe, schmerzt jetzt weniger. Und auch wenn wir nicht zusammen hier sind, sind wir es irgendwie doch. Also wird es Zeit, das alles nach draußen in die Welt zu tragen. Genauso, wie wir es immer geplant hatten.

Nach einer Weile grinse ich Tyler schief an.

»Du bist aber auch ein ganz gutes Leitlicht.« Ich zwinkere, sodass er kopfschüttelnd lächelt.

»Mit mir als Licht ans nächste Ende der Welt.« Überzeugt nickt er. »Das schaffen wir.«

»Aber hier und jetzt ist auch erst mal gut.« Ich lege meinen Kopf an seine Schulter, die so kalt ist, dass ich lachend meinen Mantel ausziehe und ihm um die Schultern lege. Und ehe er sich beschweren kann, ziehe ich ihn zu mir, und sobald sich unsere Lippen berühren, hat er mir nichts mehr entgegenzusetzen. Nun ja, außer seiner Zunge.

Epilog

»O mein Gott! Ich war noch nie VIP!« Hildur hibbelt aufgeregt von einem Bein aufs andere.

»Ich habe das Gefühl, hier sind wir alle VIP«, wirft Einar trocken ein, trägt das VIP-Halsband aber dennoch stolz auf seiner Brust.

»Es gab nur siebenhundertfünfzig Tickets, oder, Saga?« Margrét sieht sich neugierig um.

»Genau.« Ich schmunzle. »Die waren aber so schnell weg, da hättet ihr sonst gar keine bekommen.«

»Unglaublich«, flüstert Hildur, immer noch begeistert.

Ich führe meine Freunde hinter die Absperrbänder zum Tourbus neben Reykjavíks ikonischem Konzerthaus Harpa. Das Gebäude besteht aus zwei großen schräg stehenden Quadern aus Glasflächen, die unterteilt sind in basaltsäulenähnliche Formen und Farben. Ein bisschen wie Island selbst, das sich fast direkt neben dem Wasser erhebt, ist es eins der beliebtesten Touristenziele der Innenstadt.

Ich kann kaum glauben, dass ich tatsächlich im Harpa singen werde. Das war immer ein kleiner Traum von Ingvi und mir. Aber selbst für Isländer war es schwer, dort drinnen auf die Bühne zu kommen. Viele internationale Künstler schaffen es ebenfalls nicht hinein, wollen es bei der geringen Zuschauerkapazität vielleicht auch gar nicht. Klar, dieses Konzert wird nicht vergleichbar sein mit den großen Sälen und Hallen, die Tyler und seine

Band im Rest der Welt gefüllt haben, aber dafür ist das hier auch etwas ganz Besonderes.

Das Management der Band war zwar skeptisch, aber weil diese kleineren und intimeren Konzerte immer beliebter werden und sie sich selbst ein Ticket nach Island nicht entgehen lassen wollten, konnten wir sie schließlich überzeugen. Und nachdem ich in den letzten Städten bereits ein paar meiner eigenen Songs im Rahmen der Vorband-Phase der Tournee singen durfte, darf ich hier sogar das Konzert selbst eröffnen und bekomme dafür mein erstes eigenes Set.

Aufgeregt? Bin ich natürlich gar nicht. Ha! Dass meine Beine zittern und nachgeben wollen, ist total normal.

»Tyler!«, rufe ich in den Tourbus hinein, sodass er eilig hinausgerannt kommt. Das Grinsen auf seinen Wangen ist breit, als er die anderen entdeckt und sie Umarmungen austauschen. Er stellt seine Bandkollegen vor, und ich bin ziemlich sicher, dass Chuck und Hildur ein paar Blicke austauschen, von denen ich nicht weiß, ob ich sie gutheißen soll. Aber in den Minuten, bevor es losgeht, verliere ich sie aus den Augen. Verliere ich alles aus den Augen.

»Hey!« Tyler nimmt meine Hand, legt seinen Kopf an meine Schulter. »Du wirst doch nicht aufgeregt sein?«

»Niemals«, lüge ich, und er muss spüren, wie sehr meine Hände zittern, denn er hält sie ein wenig fester. Ich atme tief ein und aus.

»Vor fast einem Jahr ist mein Flieger das erste Mal in Island gelandet.« Tyler schüttelt leicht den Kopf. »Krass, was seitdem alles passiert ist.«

Nickend schlucke ich.

»Fühlt sich fast an wie ein anderes Leben.« Ich schließe die Augen. »Ich habe den Song fertig.«

Tyler weicht zurück.

»Seinen?«, fragt er, auch wenn er bereits weiß, welchen ich meine.

»Jap.« Ich drehe mich um, lasse meinen Blick über die Küste Reykjavíks und die auf der anderen Seite der Bucht aufsteigende Esja-Bergkette gleiten. »Wir wollten immer hier zusammen singen. Das war eins unserer bescheideneren Ziele. Wenn sein Song irgendwo hingehört, dann hierhin. Ich hatte Angst, dass ich es nicht rechtzeitig schaffe. Aber ich glaube, ich bin bereit.«

Auch Tyler atmet tief ein.

»Eröffne mit ihm«, sagt er, sodass ich kurz nervös die Lippen zusammenpresse.

»Okay.«

Danach schließt er mich in die Arme, und ich lache in mich hinein. Wie das hier real sein kann, werde ich nie so richtig verstehen. Hier in meiner Heimat singen, meine Freunde um mich, der Song für Ingvi und die Nähe zu Tyler.

So sehr zu Hause habe ich mich noch nie zuvor gefühlt.

Und den Weg hierher habe ich mir ganz allein gewiesen. Bin zum ersten Mal mein eigener wegweisender Stern gewesen. Genau wie wir ... – genau wie ich es immer sein wollte.

Danksagung

Im Sommer 2019 habe ich den Laugavegur zum ersten Mal selbst bestritten.

Im Sommer 2020 habe ich in Thórsmörk volunteered, um Wanderpfade zu pflegen.

Die isländischen Highlands habe ich in dieser Zeit lieben gelernt. Nirgendwo zuvor habe ich mich so unglaublich friedlich gefühlt. Gleichzeitig habe ich noch nie zuvor solche körperliche Anstrengung empfunden – und es dennoch durchgezogen.

Nirgendwo sonst habe ich unterwegs so viele tolle Menschen getroffen. Wanderer und Tourguides und Wardens. Wenn man nicht besonders gut im Wandern ist und immer am hintersten Ende der Gruppe läuft, ist man dankbar für Menschen, die einem Freundlichkeit entgegenbringen.

Und man ist dankbar zu wissen, dass egal, was einem in Island womöglich passiert (ja, die isländische Natur und sein Wetter haben es in sich), die Search & Rescue Volunteers werden kommen, um zu helfen. Wirklich. Diese Freiwilligen retten regelmäßig Leben.

Deshalb möchte ich mit diesem Buch all diesen wunderbaren Menschen danken.

Mein nächster Dank gilt der Musik und ihren Künstlern – jedem Song, der mich in meinem Leben begleitet hat, der mich beruhigt und bestärkt hat. Der mich durch dunkle Zei-

ten gebracht hat. Ohne Musik wäre ich nicht, wo ich heute bin.

Und ich immer so gern sage: Musik ist zum Atmen da.

Auch bei meiner lieben Lektorin Elke möchte ich mich bedanken, die die Geschichte von Saga und Tyler aus dem Stapel der vielen anderen Geschichten ausgewählt hat, und die Veröffentlichung bei PIPER möglich gemacht hat. Danke, für deinen Support und die Unterstützung, das Beste aus diesem Roman herauszuholen.

Ich danke – wie immer – meinem Mann Greg, der mich bestärkt hat, allein nach Island zu reisen. Der mich komplett unterstützt hat, als ich gesagt habe, ich möchte drei Monate in den Bergen Islands verbringen (ohne ihn). Danke, für deinen immerwährenden Support und deinen unendlichen Glauben an alle meine Träume.

Danke an meine liebe »Crew« – Yui, Ryvis, Jen – die mir ständig dabei helfen, die kleinsten und größten Entscheidungen zu treffen. Die mich anspornen, die für mich da sind, ohne die ich ziemlich verloren wäre. Meine Nordsterne, irgendwo da oben und ganz nah an meinem Herzen.

Ansonsten möchte ich mich natürlich auch bei meinen wunderbaren Testlesern und Brainstormern bedanken, dir mir geholfen haben, das Manuskript feinzuschleifen, die mir gesagt haben, dass sie genauso an Saga und Tyler glauben wie ich. Die mir Mut gemacht haben. Danke, dass es euch gibt und für eure Zeit und einfach alles!

Und natürlich danke, an meine lieben, super unterstützenden Kollegen und Freunde und Familienmitglieder – dafür, dass ihr so sehr an mich glaubt, dass ihr meine Geschichten lesen wollt, ohne den Klappentext zu kennen. Dass ihr meine Entscheidungen, egal wie absurd, ernstnehmt und mir den Rücken stärkt.

Nachwort

Zur Laugavegur-Wanderung:

Die Wanderung führt euch in eine der schönsten Gegenden der Welt!

Aber: Bitte informiert euch gut und ausreichend, bevor ihr die normalerweise 3 bis 4-tägige 55km-Wanderung antretet. Die Pfade sind zwar gut markiert, aber dennoch herausfordernd und gerade an den höchsten Punkten gibt es oft dicken Nebel. Wenn ihr nicht sehr routinierte Wanderer seid, bucht euch besser einen Tourguide – mein Tipp: ich habe selbst immer nur Touren gemacht, bei welchen mein Gepäck nicht mitgetragen werden musste, sondern von speziellen Autos gefahren wurde, und habe in den Hütten geschlafen, nicht im Zelt.

Ihr solltet immer das Wetter checken, bevor ich die Wanderung antretet und dann auch täglich. Unterhaltet euch außerdem morgens vorm Loswandern unbedingt mit den Wardens der Campingplätze und Hütten, die normalerweise die Wettervorhersagen und auch die Wasserstände der zu überquerenden Flüsse kennen – und eben sonstige wichtige Hinweise.

Wetter: https://vedur.is/
Außerdem immer wichtig in Island: https://safetravel.is/